纪婴 著

寒夜星来

全2册
下

江苏凤凰文艺出版社

第六章 入幻梦

谢星摇做了个梦。

昨晚待房中只剩下自己一个,她很快舒舒服服躺上床,闭上双目开始小憩。

这个梦有些模糊,视线所及之处全都蒙了层白影,仿佛雾里看花。有趣的是,她的意识却格外清晰,清醒地知道自己就在梦里。

在梦中,她似乎并无形体,轻飘飘浮于半空之上,以旁观者的视角缓缓移动,将八方景象尽收眼底。

这是座不大的山。

山林如碧海,随风荡开幽幽浪涛,四下充斥着鸟雀的鸣啼,清脆悠扬,好不欢畅。

天边万里无云,一碧如洗。晴空之下、山巅之上,静悄悄立着个小道观。

谢星摇从未见过这幅景象,念及此乃梦境,朝着道观所在的方向靠近一些。

比起赫赫有名的凌霄山,这座道观其貌不扬,简朴古旧,用了最常见的白墙黑瓦,墙壁略有斑驳,房檐结出好几道蜘蛛网。

透过木质大门向内探去,能见到一个小院。

院墙青绿,爬满一簇簇生机蓬勃的爬山虎,几棵青松笔直伫立,投下浓黑阴影。

而在阴影下,站着个七八岁的男孩。

男孩生得精致,剑眉星目,鼻梁高挺,虽然年纪不大,却已能瞧出几分多年后俊朗的轮廓。

谢星摇在脑子里默默搜索，无论她还是原主，都对这张脸毫无印象。

男孩正在练剑。

他身量不高，瘦削如竹，看上去弱不禁风，居然能将手里的木剑舞得虎虎生风，凭空生出几分剑意，拂下片片松枝。

木剑一次又一次划破寂静空气，男孩体力不支，额角渐渐渗出汗珠。

就在这当口，几只鸟雀飞离松枝，枝叶窸窣间，自院落后方走出另一道人影。

来人是个白发苍苍的小老头，身形不高，身穿一件洗得发白的淡色蓝袍。

比起谢星摇熟悉的意水真人，这位道士神色更为内敛认真，举手投足之间，透出严肃古板的长者气质。

男孩见他到来，兴奋得双眸骤亮："师父！"

原来是师徒关系。

"今日练剑可有所感？"道士颔首轻笑，摸摸他的脑袋，"这套剑法，常人最少需要十年学会。你修习它不过两年，便已能用得行云流水……后生可畏。"

谢星摇心下一动，看向男孩的眼神更认真几分。

两年学成人家苦练十多年的剑法，这已是万里挑一的绝佳天赋，更何况男孩年纪不大，还正值混沌懵懂的时候。

此等悟性，必然是个绝世天才。

"待你再长大些，便可拜入声名显赫的大仙宗。"道士目露欣慰，轻抚徒弟眉心，拭去一滴汗珠，"以你的资质，定能被各大长老所青睐。"

"徒儿不想。"男孩皱眉，"我是师父的徒弟，不愿去别处拜师学艺。"

白发道士哈哈大笑："我能教你多少？孩子，海阔凭鱼跃，天高任鸟飞，你的路，还长着呢。"

男孩露出不舍之色，无言垂眸，看了看手里握着的木剑。

谢星摇还想继续看下去，没承想眼前蓦地一黑。

青山、道观与两道人影一并消失不见，当她再眨眼，赫然见到熟悉的房梁。

是意水真人飞舟里的客房。

梦醒了。

"什么？奇怪的梦？"飞舟即将抵达凌霄山，月梵懒洋洋伸个懒腰，"我也做过很诡异的梦。比如变成亿万富翁唯一继承人，和各种各样的美男子谈恋爱，被迫卷入毫无逻辑的狗血修罗场之类的。"

韩啸行点头:"梦里什么事情都有可能发生,潜意识没法子控制。"

"但那个梦太真实了。"谢星摇立在窗边,看飞舟缓缓降落,释放出的灵力凝聚成滚滚白烟,"而且我记得很清晰,居然一点儿没忘——通常做梦的话,应该会忘记大半吧。"

她见到的画面虽有模糊,却足够完整,醒来后整段留在识海之中,不似荒诞梦境,更像见到了某个人真实拥有过的记忆。

……但看见记忆这种事,未免太过玄幻了。

他们你一言我一语,谈话的间隙,晏寒来也从房中下楼,步入一层的主厅。

显然没忘记谢星摇房里的事,他较之平日更加安静,眉宇间平寂如古井,衬得琥珀色双眸越发阴沉,自始至终没开口说话。

不知是气还是羞。

关于梦境的话题戛然而止,谢星摇正打算聊些别的,却听身后响起意水真人的哼笑:"或许不是梦。"

她闻声回首,见到白胡子老头的一霎,忽然意识到自己就处在无比玄幻的修真界。

"你之前接触过仙骨,对吧。"意水真人长袖微振,慢吞吞轻捻胡须,"仙骨之中留有主人残存的神识与灵力,许是你受其影响,感应到仙骨主人的记忆。"

谢星摇恍然大悟:"所以那个小小年纪就能舞得一手好剑的男孩子……"

意水真人颔首一笑:"正是那位陨落的仙道大能,禅华剑尊。"

"禅华剑尊天赋卓绝,于少年时拜入我凌霄山。"意水真人道,"听闻他拜师前,恰在一间道观修习。"

"可是我们也都触碰过仙骨,"温泊雪略有困惑,"为何只有谢师妹一人同它有了感应?"

"仙骨若能随随便便被人感应,仙道大能们的过往,岂不是被窥视得一清二楚?"白胡子老头扬声笑笑,"这其中自有章法。要么是摇摇拥有感灵的天资,要么……"

听他一顿,月梵心中更添好奇:"要么什么?"

"要么,她与仙骨主人曾有过极深的联系。"意水真人神色舒展,缓缓摇头,"这个可能性几近于无。禅华剑尊陨落了几百年,摇摇的年纪尚不及它零头;若说是血脉相连,但据我所知,禅华剑尊无父无母,亦无道侣,如此一来,也应排除。"

所以她在梦里见到的那个，当真是禅华剑尊。

谢星摇细细回想，梦中的男孩灵力澄净，剑气凛冽，的确有几分剑尊幼时的风姿。

可惜梦境戛然而止，匆匆结束于幼年时期，没能让她看到这位大能拜入凌霄山的模样。

但是——

她想得入神，眉头不自觉微微锁住。

在原文里，有描写过"谢星摇"感知仙骨的情节吗？

"既然摇摇体质特殊，今后搜集到其他仙骨，许能感应更多记忆。"意水真人双目弯弯含笑，"既然说到这个话题，不妨再告诉你们一个好消息。神宫连夜推演，算出了第二块仙骨的位置——在花都绣城。"

绣城。

谢星摇眉心一跳，识海很快传来"叮咚"轻响，抬眼探去，任务栏不知何时有了变动。

当前任务：前往绣城。

第二个主线任务匆匆来临，丝毫没给他们留下歇息的时机。

绣城位于东边的澜沧州，因四季如春，繁花处处，是修真界当之无愧的百花之都。

万物有灵，与飞禽走兽相仿，绣城中千千万万的花草树木同样能化作人形精怪，听闻皆是花容月貌，整座城池风月无边、绮丽非常。

与之相应，草木无心，危机也暗暗藏于各处。

"绣城景致不错，你们在天寒地冻的北州待得久了，恰好去东边放松放松，见见世面。"意水真人笑道，"至于在那之前……辛劳数日，还是在凌霄山好生歇息两个晚上吧。"

谢星摇："师父万岁！"

意水真人，修真界实名反"内卷"第一人，眼看几个小弟子一路风尘仆仆，特意嘱托他们今明二日不必出行，在房中休养生息。

飞舟不消多时便抵达凌霄山，谢星摇静静候在一旁，等师父师兄先行离开。

她形貌乖巧，目光不时向上微扬，静悄悄掠过不远处的青衣少年。

晏寒来抬头，撞上她的视线。

"晏公子，"谢星摇轻挪脚尖，向他靠近一丢丢，嗓音低不可闻，"你还好吧？"像只突然凑到身边的猫。

晏寒来懒懒扬唇，眼里瞧不出笑意："很好，不劳谢姑娘关心。"

她在借口"疗伤解毒"时得寸进尺，惹出白狐狸的一声呜呜，这会儿自己也觉得做贼心虚，试探性又朝他靠去一步："真的？"

少女身边带着股悠悠淡香，类似清新干净的薄荷，如今随风而来，悄然笼在他鼻尖。

晏寒来喉头微动，垂眸别开视线："嗯。"

谢星摇："没生气？"

他语气淡淡："有何可气？"

这句话说得轻慢，明显携了不大高兴的暗嘲，晏寒来说罢抿唇，正欲继续讽刺几声，却听身侧那人长舒一口气。

"那就好。"谢星摇后退两步，抬手指一指飞舟外的月梵，"既然你没事，那我走啦。"

没心没肺。

始乱终……

晏寒来止住思绪。

他仿佛一刀扎在棉花上，来不及开口，便见谢星摇毫不留恋行至舟门之外，未曾回头。

纤细灵巧的少女穿了红衣，步入春光时明艳如火，再一眨眼，已然到了月梵、温泊雪与韩啸行身边，叽叽喳喳不知说些什么。

而他独自站在阴影下，同所有人隔出天堑般遥不可及的距离。

喉咙里没来得及出口的话，被晏寒来尽数咽下。

他一向很有自知之明。

凌霄山皆是百里挑一的天之骄子，而他来历不明，不过一个无门无派的野路子，加之性情古怪孤僻，定会被他们排斥在外。

毕竟连晏寒来本人都极其厌恶这种性子。

他方才居然生了一丝不应有的念头，以为谢星摇会同他说更多。

才几天而已，他就快被惯坏了，忘记了自己是个什么德行。

耳边如血的红坠无声轻摇，少年自嘲地扬起嘴角，眸色晦暗中，瞥见温泊雪转身回首，好心地问他："晏公子，你怎么还不出来？"

当他走近，一行人噤若寒蝉，不再如方才那般窃窃私语。

"晏公子是凌霄山的新客，上回咱们来去匆匆，没来得及带你四处赏玩。"他将情绪隐藏得极好，温泊雪没察觉出异样，温声笑道，"今日天气正好，不如由我领着你逛逛吧。"

鬼使神差地，晏寒来看了一眼谢星摇。

她立于温泊雪身后，正与月梵暗暗交换眼色，不知传音入密说了哪些悄悄话。

许是感受到他的注视，谢星摇迅速收敛神态，极快地同他对视，礼貌地笑一笑，继而把目光移开。

晏寒来淡声："不必。温道长近日辛劳……"

"我不辛苦！"温泊雪积极得一反常态，"晏公子态度如此冷淡，莫非不把我当作朋友？"

甚至开始了不讲道理的道德绑架。

"偶尔多出去走走，有益于身体健康。"韩啸行顶着一张冷酷刀客的俊脸，口中台词却与之大相径庭，"年轻人莫要总待在房间，得出来见见光透透气。"

谢星摇颔首插话，从温泊雪身后探出脑袋："凌霄山景色很不错的。"

最终还是被温泊雪带在了身边。

诚如他们所说，凌霄山广袤壮阔，因有灵气聚拢，放眼望去浮光漫天。

群山绵延千百里，云雾渺然无息，林籁泉韵里夹杂声声鸟鸣，清脆响起，旋即消散于满目的浮翠流丹。

温泊雪是个合格导游，从山门借了两只可供人御驶的仙鹤，自山北行到山南，一路上话没停过。

他表现得如此热情，饶是毒舌如晏寒来，也不便说出多么讽刺的恶语，只能听对方满嘴跑马，偶尔笨拙地应和几声。

不知不觉，天色已入傍晚。

"天快黑了。"温泊雪说得口干舌燥，"咕噜噜"往喉咙灌去一大口水，"晏公子，时候不早，我送你回梅屋居。"

仙鹤展翅，掀起阵阵回旋清风。

时值春日，山中一派生机勃勃，晏寒来无言出神，听温泊雪继续道："晏公子，你会不会觉得我们有点儿烦？"

他闻声侧目:"道长何出此言?"

"我方才仔细想了想,平日里,我们好像过分闹腾了些。"白衣青年坐在仙鹤背上,心觉不好意思,摸摸后脑勺,"在朔风城,还让你不得不卷进稀奇古怪的闹剧里头。"

晏寒来摇头:"无事。"

温泊雪如释重负:"你觉得没事就好。晏公子若是无聊,大可来找我们说说话,尤其谢师妹……"

他说着稍稍停住,似乎斟酌了一会儿用词,片刻后再开口:"她很关心你的。"

谢星摇。

晏寒来低眉哼笑,目色微冷,未有多言。

仙鹤凌空,很快抵达梅园所在的山头。

温泊雪挥手同他道别,似是想到什么,临别前认真嘱咐:"晏公子,天色渐黑,注意安全。"

随即便是仙鹤两声清唳乍起,白翅高扬,消失于夜色中。

晏寒来敛眉转身,望向身前幽寂的小路。

目力一日不如一日,此刻太阳落山不久,天边余霞散去,当他抬眼,只觉一切景象都格外模糊。

这具身体,不知还能挺到什么时候。

少年心生烦躁,手中现出一把小刀,被他随意轻轻扬起,熟稔地划在掌心。

熟悉的疼痛紧咬神经,抵消不少烦闷燥意。晏寒来合拢手掌,不让鲜血落下,弄脏道路。

暮色四合,他唯能见到眼前蜿蜒的小径,道路漫无尽头,好似张开血盆大口静候猎物的野兽。

鼻尖萦有幽然梅香,可惜梅树成了模糊不清的一团团白影,看不清晰。

晏寒来默不作声,迈步往前。

其实今时今日的处境已算极好,他虽目不能视,却不必担心妖兽邪祟的侵扰,不似独身在外的时候,夜夜过得混乱不堪。

少年足步轻缓,一袭青衣融入沉沉夜色,踏出第一道脚步时,莫名感到耳边吹来一阵冷风。

晚风拂动额前碎发,为视野笼上一瞬阴影,再眨眼,碎发乖乖垂落,阴影随之散去。

晏寒来却凝息怔住。

——如同白昼降临，当他上前的一刻，身侧两棵梅树骤然亮起。

莹亮灯光映照出朵朵寒梅，月色清幽，与明黄的灯火重叠交错。

夜色是四处漂荡着的水波，梅枝雪白，灯影澄黄，而他好似行于水底，从一团斑驳光影走向另一处亮色。

混沌视野渐渐趋于明晰，平日里刺猬般的冷戾少年，忽而有了一霎的手足无措。

晏寒来继续前行。

两侧梅树似乎同他皆有感应，每每迈步向前，都会有两盏明灯随之亮起。

于是昏黑暗淡的小路逐渐被光影浸透，张开嘴的巨兽倏然无踪，他看清了夜色中的每一处事物。

包括道路尽头的最后一棵梅树上，正悠闲地坐在枝头的人影。

灯光被挂在梅树的枝丫，映亮每一片花瓣。花瓣单薄，被白光浑然浸透，匆匆一瞥，犹如悬于树梢的万点繁星。

而那人置身于通明流光里，斜斜倚靠在树干，望见他到来，露出猫一般得意扬扬的神色，扬唇一笑。

明艳，张扬，不讲道理。

四下无声，晏寒来听见胸腔里轻颤的心跳。

他早该想到，当时谢星摇欲言又止般匆忙从他身边离去的古怪神色，温泊雪过分热情的邀约，还有他们聚在一起的絮絮叨叨。

他目力残损，谢星摇一直知道。

这是——哄他？

掌心的伤口隐隐生痛，晏寒来下意识用力握紧，在随之而来的剧痛里，勉强稳下心神。

他有些仓促地侧开视线。

"别想太多，我没那么好心。这是对你在飞天楼里救我的报答。"

谢星摇小腿悠悠一晃，枝头红裙轻盈落地，惊起满树繁花如雨下。

她语气漫不经心，目光却是稍稍上扬，悄然打量对方面上的神色，佯装不在意地问他："飞舟那件事，还在生气呀？"

其实他并未因那件事觉得生气。

或是说，即便后来当真有些心烦，也绝非因为狐狸的那声呜呜。

晏寒来垂眼："未曾。"

谢星摇面不改色，悄悄卸下紧绷的气力。

"我和月梵师姐、大师兄费了好大工夫，才把每棵树都挂上感应灯的。你入夜目力不佳，现在应该能看清了吧？"

遥远的人影一步步靠近，当她脚步声响，两人之间的黑暗也随之亮起。

满地落花纷乱，破碎的光影亦是纷然，星河漫流，谢星摇来到他身前。

晏寒来避开她的目光，对方却不依不饶，脚步轻挪，凑到他眼前四目相对："你有没有高兴一点儿？"

她好烦。

少年心烦意乱，说不出更多言语，恍惚间嗅见清新薄荷香，喉头微动："多谢。"

话音方落，近在咫尺的小姑娘愉悦扬唇，鹿眼澄澈，晕开蜂蜜融化般的柔暖微光。

心口如被绒毛扫过，抓心的轻痒浑然弥散，让他蹙起眉心。

有生以来头一回，晏寒来觉得夜色太亮，一切隐秘之物无处可藏，灼得人烦躁不堪。

"那就是高兴了。"

谢星摇明白他别扭的性子，眉眼弯弯凑得更近一些，带着几分晏寒来熟悉的、恶作剧般的得意轻笑，尾音如钩微扬："高兴的话，笑一个嘛。"

于凌霄山歇息两日后，一行人告别师父与大师兄，乘着月梵的法拉利正式启程。

绣城位于修真界正东，他们出发得早，抵达目的地时正值日中。

谢星摇自法拉利踏足而出，环顾身边景象，不自觉发出一声惊呼。

因四季如春、气候宜人，绣城亦被称为"花都"。

法拉利派头太盛，为了避免惊扰城中百姓，他们选择降落在城门之外的花林中。行出车门的一霎，立马有轻盈花香扑面而来，微风掠过，拂下一片花瓣落在鼻尖。

极目远眺，林中皆是一簇簇的桃红浅白、鹅黄淡粉，桃树、杏花、樱枝与种种她叫不出名字的灵植蓬勃生长，群芳斗艳，好似自天边偷摘而来的团团落霞，置身其间，颇有入梦之感。

再看城门附近的幽幽绿林，春日晴朗，正是新绿初上、飞花点翠的时节，碧影连天，随风泛起徐徐涟漪。

尤其疾风掠过，四面八方花落如雨，不摇香已乱，乘风花自飞。

谢星摇一个普普通通的小姑娘，对这种景象毫无抵抗力，兴冲冲跑向绿林之中，仰头四下打量。温泊雪与月梵同样心生新奇，露出愉悦之色。

"不愧是花都。"月梵抬手接下一片花瓣，放在鼻尖轻轻一嗅，"听说绣城百姓九成是由花草化作的精怪，今日我们见到的这些花花草草，或许有朝一日也能修成人形。"

修真界万物有灵，草木鸟兽若能汲取天地灵气，萌生慧根，便有机会修炼得道。

"在北州那种天寒地冻的环境里待久了，乍一来这儿，居然有些不习惯。"温泊雪笑笑，扭头看一眼晏寒来，"晏公子，你感觉如何？"

他与晏寒来同为男子，交谈起来会少许多隔阂，后者沉默寡言不开口，温泊雪刻意搭话，是想让他融入队伍的氛围之中。

青衣少年立在树下，闻声长睫倏动，唇角习惯性勾起："春山如黛，万木吐翠，自是极好。"

温泊雪咧嘴笑笑，转头远眺一派好春光，薄唇微张，颇有将要吟诗一首的雅士风姿。

谢星摇："哇。"

月梵："好看。"

温泊雪："真牛。"

晏寒来觉得，自己应该慢慢习惯这三人无比简单的语言逻辑。

花林之中春色正好，既有如此景致，自然少不了纷至沓来的闲人雅客。

四下随处可见人影纷纷，月梵无言张望，目光凝在东边一处角落："你们看，那儿为何围了黑压压的一大片人？"

她所指的角落位于一棵桃花树下，枝头团团簇簇，粉绿交缠如烟，枝头下，赫然围了整整三层人影。

谢星摇踮起脚尖，望见人群中心的景象。

没有想象中或神奇或灾难的种种画面，被人们团团围住的，是个瞧上去年纪不大的佛修。

年轻佛子相貌清隽，一双明亮星眸好似将春水揉碎，额上印有朱砂一点，鲜红如血。

在此之前，谢星摇与佛修并无太多接触，对他们的印象，仅限于光头长袍。

然而这位小和尚生得贵气，肤色玉白，加之身形挺拔消瘦，仅仅立于远处，便朗朗如日月之入怀，周身散发出仙灵缥缈之意。

"这位是……"月梵若有所思，摸摸下巴，"万佛寺的昙光小师父？"

昙光，天生佛相，天赋卓绝，万佛寺里千年一遇的少年天才，虽年纪尚小，却已被广泛公认为佛门资质第一人。

同时也是绣城副本里，他们一行人的可靠同伴。

"震撼。"因有晏寒来在身边，月梵竭力压下心中惊叹，对谢星摇与温泊雪传音入密，"虽然我曾经见过几个高质量佛修，但这位，质量也太好了吧。"

谢星摇深有同感："光头果然是检验颜值的最佳神器。"

她一面说，一面轻挪视线，瞥过温泊雪与晏寒来。

温泊雪性子温良，眉目精致，倘若剃去长发，倒也不输昙光几分；至于晏寒来——

觉察到她的目光，青衣少年眉骨微动，蹙眉抬眸。

杀气太重，平日里漫不经心、神态阴鸷，活脱脱一个入魔的妖僧。

谢星摇试着想了想那幅画面，没忍住唇边轻笑，不动声色地收回视线。

"昙光小师父身为万佛寺的新秀，之所以来绣城，应是为了宣讲佛法。"温泊雪道，"不知道进入绣城，还有没有机会见到他。"

他说得认真，其实对后续剧情烂熟于心。

今时今日的绣城并不太平，城中屡有怪事发生，恐是邪祟所为。主角团一行人持续调查此事，其间与昙光结识，成了关系不错的伙伴。

只不过，同这位小佛子相识相交的情节还在后头。

这会儿并非剧情的触发点，更何况昙光正在谈佛论道，他们不便打扰。

谢星摇很快接话："仙骨就藏于绣城之中，事不宜迟，我们先进城吧。"

绣城不似北州那般严格，处处通行皆需城中居民的名牌。若想进城，只需出示凌霄山弟子牌，于城门登记下名姓，便可顺利入内。

"原来诸位是凌霄山的道长。"

看守城门的是个柳树精，许是觉得化形太麻烦，直接现了真身，用枝条卷起登记用的纸笔。

"道长们可曾听说绣城近日来的那些怪事？"

谢星摇念及剧情，面上神色依旧，扬眉应声："怪事？"

"就是很奇怪的事。"柳树精智商不高，先是做了一遍词语解释，"绣城聚有万千精怪，常有异象丛生，比起寻常人族百姓，能让我们吃惊的事情不多。"

柳树枝条轻颤，懒洋洋靠在身后的木椅上，两根枝条盘出二郎腿的姿势："但就在几天前，城郊突然发现了一个杏花妖的尸首——那小妖怪身上无甚致命伤，唯有神色惊惧万分，仿佛见到了什么极其震悚的恐怖画面，被活生生吓死了。"

谢星摇与月梵默默对视一眼。

"在那之后，城中各处相继出现了不同的尸体，死相死因完全一致——"柳树发抖似的颤了颤，"还有不少精怪一睡不醒，如同做了什么噩梦，虽没睁眼，表情却是狰狞得很。"

温泊雪点头："绣城没调查这件事吗？"

柳树叹一口气："当然有过，然而绣城偌大，凶手没留下任何痕迹。有来自仙门的道长调查一番，声称那些精怪个个中了毒咒，毒咒古怪，深入识海，据他推断，应是类似于魇术。"

魇术乃是邪法，能映出每个人心中的恐惧之物，从而蛊惑人心，令人陷入混乱之中。

这起事件背后的咒术，显然比魇术更为阴邪歹毒。

"凌霄山声名远扬，各位道长定非等闲之辈。若有空闲，不知可否多多留意城中的古怪迹象？"

柳树道："近来绣城妖心惶惶，叫我们连门都不敢出。"

谢星摇凝神笑笑："好。"

他们看过原著小说，知晓背后秘辛。

柳树精所说的推断大多准确，幕后之人的确用了蛊人心神的毒咒，能侵入识海，将受害者引进幻境之中。

幻境受到咒法影响，能呈现出受害者一生的恐惧之物，相当于一场不死不休的心魔。

直到受害者心力枯竭，被恐惧折磨至死，幻境才会停下。

此法阴毒诡谲，乃是失传多年的古时秘术，虽害人无数，却能让施咒之人修为大增。

倘若不及时阻止，待那人修为渐成，恐怕整个绣城都将沦为心魔炼狱。

"我讨厌这个副本。"走入城门，月梵沉声传音，"我记得在原文剧情里，咱们都被卷入了心魔。"

谢星摇还在思考如何对付幕后真凶，听她这么一说，陡然停下脚步。

心魔幻境，仙侠小说里的必备剧情。

原因无它，心魔一出，男女主角必有一方深陷其中，而另一人则手握救赎剧本，予之温暖，送其呵护，最后搭配一个真情实感的拥抱，自此心魔破除，二人感情急剧升温。

不巧，在绣城副本里，是由月梵与温泊雪担此重任。

月梵身为女配之一，虽然如今地位尊贵，但其实是个无父无母的孤儿，自小颠沛流离，直到天赋显露，被收入凌霄山神宫。

她心有自卑，被困于心魔之中，幸得温泊雪出面相救，终将毒咒解除。

也正因如此，月梵对温泊雪的爱意到达巅峰。

只可惜爱而不得，实在可怜。

"我们的确有个集体入心魔的剧情。"温泊雪挠头，"不过，如今我们并非原主，没有那么多深仇大恨，在心魔里能见到什么？哥斯拉大战贞子？"

月梵思忖半晌，掷地有声："贫穷，连泡面都吃不起的贫穷。"

谢星摇想起不甚愉快的过往，皱皱鼻尖："写不完的作业，考不完的试。"

二十一世纪的心魔，好没有格调。

"大家都是头一回来绣城，不如先找个客栈住下，歇息用餐的间隙，也能打听点儿情报。"月梵瞧向晏寒来："晏公子意下如何？"

晏寒来自然应了声"好"。

无论城里城外，这座城池处处生有锦簇花团。

绣城房屋皆用木头制成，小巧别致，玲珑精妙，于檐角透出点点新绿；更有甚者别出心裁，直接建出一幢幢树屋，以树为房，住在被掏空的树心里头。

"城中精怪由花草树木所化，住的房子也是木头。"谢星摇正色蹙眉，"岂不是有种同族相残的感觉？"

身侧的晏寒来冷声嗤笑："谢姑娘平日里，也将猪肉牛肉作为吃食。"

谢星摇果然仰头瞪他一眼，少年对此置若罔闻，嗓音轻慢懒散，继续出声："妖魔原形多是飞禽走兽，然而亦会食肉。精怪与草木有本质上的不同，不会多加在意——顶多桃妖不碰桃树，牡丹花精不伤牡丹。"

谢星摇礼貌微笑："以及晏公子不放狐狸花灯。"

晏寒来侧目，没再说话。

绣城声名在外，客栈住所为数不少。他们挑了个颇为精致的住下，坐于大堂之中，等待今日午餐。

"绣城里的菜单……"月梵欲言又止，拧眉半晌，"花茶、花汤、百花糯米饭，还有个花香火锅？"

谢星摇喝一口菊花茶："月梵师姐，入乡随俗。"

他们这边犹在围观菜单，但听两道脚步声响，继而凉风倏过，有人坐在了旁侧的餐桌。

来人一男一女，女子容貌姣好，姿态亲昵，青年剑眉凤目，风度翩翩，美中不足的是不见头发，脑门发亮。

月梵啧啧摇头，悄然传音："二十岁程序员现状。"

"不对啊。"谢星摇抿下一口热茶，目光停在陌生男人面上，"你们有没有感受到一股很熟悉的气息？"

晏寒来轻轻一旋手中茶杯："天生佛相。"

天生佛相，意味着识海清明，自出生起便蕴藏无边法光。这种气息浑然天成，可与灵力彼此感应。

亦即是说，无论他相貌如何、体态怎样变化，凡是有一定修为的修士，都能自行察觉佛相之气。

"所以，"温泊雪睁大双眼，"这是昙光小师父，他易了容？"

纵观原文所有段落，昙光有接近过任何女孩吗？

"不会吧。"月梵压低声音，不让旁桌二人听见，"我听说昙光小师父自幼生在万佛寺，极少同女子接触。万佛寺讲究清心寡欲，他又是个初出茅庐的愣头青，哪来关系如此亲密的姑娘？"

原文里的昙光，同女子说话甚至会紧张结巴。

谢星摇坐在那两人正对面，视野最为开阔，匆匆抬眼一瞧："静观其变。"

"这里便是绣城最好的客栈。"女子面似芙蓉，行如弱柳扶风，应是城中土生土长的精怪，开口之际低声笑笑，尾音轻扬，"小师父，你看看这些吃食，可有中意？"

男人颔首低笑，舌尖轻抵后槽牙："我看看。"

"这语气，"月梵避开晏寒来，传音入密，"好熟悉的感觉。"

谢星摇神情复杂:"如果修真界里有旁白,当他说话的时候,背景音绝对是'抵了抵后槽牙'。"

抵后槽牙,言情小说男主人公的必备技能,一如邻桌青年故作低沉的磁性嗓音,让人梦回某江文学网。

女子好奇地笑道:"菜式如何?"

不过片刻,又是男人的一道低语:"很有趣。这份菜单,已成功吸引了我的注意力。"

"天。"温泊雪瞳孔地震,"这是……夹子音?"

"不对劲,一定不对劲吧。"月梵掩不住眼中震撼,怔怔传音,"昙光佛子,原著里有写过他竟是如此……放荡不羁吗?"

"没有。绝对,肯定,毋庸置疑,百分之百没有。"

谢星摇轻旋手中茶杯:"这崩人设了吧?"

准确来说,岂止"崩人设"这么简单。

原文中的佛子昙光,霁月光风,不食人间烟火,连和女子说话都会手足无措,旁白清清楚楚写过,他有颗不染俗尘的佛心。

眼前这幅景象,分明是把昙光佛子掰开了剁碎了,人物设定跟骨灰似的随风一扬,连个壳都不剩下。

"我在想,"温泊雪小心接话,"昙光小师父……该不会也是老乡吧。"

昙光很烦。

非常烦。

他原本是和妹妹坐在前往郊外的大巴上,吃着零食哼着歌,就等抵达郊外,来一场舒舒服服的野餐。

没承想,半路遭遇了车祸。

他最后的记忆,是自己在千钧一发之际紧紧抱住妹妹的脑袋,紧随其后剧痛袭来,眼前一片混沌黑暗。

再睁眼,莫名其妙就来到了修真界,还成了劳什子"佛门资质第一人"。

身为佛门天选之子,他的身份与天资皆是绝佳,手里拿着妥妥爽文男主的剧本,奈何老天不做人,给他绑定了一款游戏系统。

车祸前,妹妹拿着手机吃零食,让他帮忙点了个游戏选项。

昙光静默无言,遥望识海中似曾相识的游戏面板。

《合欢宗养鱼手册》。

还是个女号。

他容易吗？

《合欢宗养鱼手册》，这款游戏堪称歹毒。

他需以一己之力撩遍修真界，于妖魔人仙之间处处辗转，做好各种堪称极限的"时间管理"。因为妹妹选择了最高难度，倘若累积好感过低，还将受到天雷的惩罚。

一旦被人发现，他的人生就完了。

悲痛沉思间，识海中传来熟悉的"叮咚"一响。

《合欢宗养鱼手册》是款文字恋爱游戏，每每见到攻略对象，都会出现对话选项。

譬如此时此刻，几行小字赫然于眼前徐徐展开。

一、"女人，自己挑起的火，自己来灭。"

二、"真想把你狠狠给办了。"

三、"丫头，眼神骗不了人的。"

他觉得这不是一个正常人能讲出来的话，倘若在用餐时讲出来，能把清汤变成油锅。

更何况，在现实中用花言巧语欺骗女孩子的感情，他实在不大能做出来。

之前那句"你已经成功吸引了我的注意"，被他无比机智地用在菜单上了。

昙光勉强露出一个微笑，颤抖着手腕喝下一口热茶。

"近日正值春日，柳絮纷飞。"同桌的姑娘朝他靠近一些，双目轻眨，"你凑近看看，我眼中有没有飘进柳絮？总觉得不大舒服。"

"应当没有。"昙光如蒙大赦，倏然扬唇，"你瞳色分明，眸中并无血丝。丫头，眼神是骗不了人的。"

老天。

昙光几欲热泪盈眶。

——他是个天才！

女子怔然愣住，却见青年正色抬眼："近日城中不得安宁，我之所以来绣城，是为扫除祸患，还百姓们一个安心。"

昙光狠狠握拳:"真想把这件事狠狠给办了。"

识海中又一次响起任务完成的"叮咚"轻响。

"我说……"另一边,月梵好几次欲言又止,"他是怎么把各种言情经典语录,讲出这种老干部风格的?"

再看昙光,已经对着上菜的侍女认真开口:"如果你给我的和给别人的一样,那我就不要了。"

侍女:"神经。"

"他可能,也绑定了某种游戏系统,比如不说骚话就会死之类的。"月梵迟疑道,"但也不排除一种可能性,佛子昙光私底下,的的确确不大正常。"

温泊雪瑟瑟发抖:"这也太不正常了吧!他可是对着一个女侍,说了好奇怪的话啊!"

他没看过太多言情小说,但拍戏时瞧过剧本,明白大概的套路,正打算继续分析,忽然听得身边一道清冷声线:"早就听闻有位小师父前来绣城除邪,若没猜错,应当就是眼前这位吧。"

很熟悉这嗓音。

温泊雪猝然扭头——

谢星摇?

"正是。"昙光眉目稍凛,"是我,不满意?"

识海再度响起任务完成的提示音,他却高兴不起来。

坐在邻桌的两男两女,看面相与气质,很有可能是原文里的主角团。

他们不应该在此相遇的。

这四人修为不低,倘若觉察出他体内的佛相……他到时候百口莫辩,就彻底完了。

主角团为何会在这里落座?按照原文里透露出的蛛丝马迹,他们不是应该住去城北吗?亏他还特意把地方选在城南。

稳住,别着急。

事情尚未有定论,他绝不能露馅。

心口如被紧紧攥起,昙光勉强稳下心神,慌乱之间,听邻桌的谢星摇沉声道:"此行危机四伏,小师父,你在玩火。"

昙光小心翼翼,瞟一眼识海中的任务面板:"无妨。修士不惧妖魔邪祟,自己挑起的火,由我自己来灭。"

默默旁观的温泊雪惊呆了。

啊！不是。

你们俩居然用这种台词对上话了，听起来还很和谐？又开始对暗号了是吗，你们这群戏精！

"我听闻佛门不问世事，极少理会妖魔纷争。"谢星摇礼貌轻笑，"没想到小师父嘴上说着拒绝，身体却很诚实地赶来了。"

温泊雪：这种台词是怎么被用得刚刚好的啊！

另一边的昙光却是一愣。

以主角团的修为，很有可能发现了他的真实身份，谢星摇一直不戳穿，反而刻意讲出如此熟悉的句子……

民风淳朴的修真界里，应该没有这种台词吧？

更何况他们的行进路线与原文压根对不上，细细想来，疑点颇多。

难道……

莫非……

昙光轻咳一声，试探性接话："是吗？我佛门一向心怀众生，今日由我前来驱除邪祟，敢问这位道友，满意你所看到的吗？"

女人，满意你所看到的吗？

两个人无言对望，一句句朴实无华的家乡话，在此刻显得那般亲切可人。

一切，都对得刚刚好。

谢星摇许久未曾见过新的小伙伴，情不自禁朗然笑开："我名谢星摇，来自凌霄山。这几位皆是我的同行好友，晏寒来、月梵与温泊雪。"

"小师父好，这位姑娘好。我们之所以来绣城，也是为了除邪，既然大家目标一致，大可一并用餐。饭菜已点好，二位不妨坐上来，自己动——"月梵指指身旁空出的木凳，"筷子。"

温泊雪，他理解不能。

——你这句话更离谱了啊！这就是传说中的言情小说吗，怎会恐怖如斯？

他听得震撼连连，昙光身侧的女子觉出异样，好奇地问道："这位公子为何神情如此古怪，莫非身有不适？"

谢星摇闻声垂眸，静静同他对视。

昙光亦是眨眼，眉目之间隐有希冀微光。

他们，都在等待一句家乡话。

温泊雪不理解。

温泊雪脑子里一片空白，想不出应答。

"叫什么公子。"温泊雪咬牙，"叫声温道长，命都给你。"

温泊雪，一句话杀死了比赛。

短短一瞬，他用刻在自己DNA里的台词，唤醒了在场所有人的DNA。

温泊雪默默垂头，双手捂住通红脸颊。

昙光逐渐明白了一切，面露喜色。

激动的心颤抖的手，他的眼泪下一秒就要汪汪流。

老乡，能讲出这句话的，只可能是他老乡！

"明白了。"谢星摇长舒一口气，拍拍胸口，"昙光小师父，百分之九十九的可能性是老乡。"

"以我对男人的了解，只需再加一句话，就能把可能性提升到百分之百。"

月梵若有所思，将手中茶杯放于桌上，缓缓启唇。

月梵："小师父生得俊朗，身量亦是高挑，粗略望去，应当有七尺九寸吧？"

七尺九寸，换算成二十一世纪的计量单位，恰好一米七九。

话音方落，角落里顷刻冒出一个锃光瓦亮的大光头："八尺。"

昙光传音入密："准确来说，是一米八三。"

"想不到，万万想不到。"昙光正襟危坐，明面上抬手抿一口热茶，实则内心大受震撼，传音入密，"一二三四……整整四个外来者，这难道是修真界老乡大团建？"

温泊雪叹气："实不相瞒，在我们凌霄山小阳峰，还有位同是外来者的大师兄。"

昙光看过原著，双目炯炯："我知道，韩啸行嘛！很酷的那位冷面修罗！"

"能在客栈逢得志向相投之人，实乃幸事。"倘若一直传音，饭桌上会出现奇怪的冷场，谢星摇淡声笑笑，打破沉默，"不知二位姓甚名谁？"

昙光极快瞥过晏寒来，正色应答："我姓谭，名光现。"

以晏寒来的修为，必然也知晓了他的真实身份。

大反派神色散漫，视线漫不经心地落在他脸上，毫不掩饰其中的讽刺意味，显然将他当作了一个背弃佛法、寻花问柳之徒，态度实在称不上好。

打不过，他忍。

昙光身侧的姑娘扬唇轻笑："你们叫我锦绣就好。绣城里多是草木精怪，不像你们人族，在名姓上有那么多讲究。"

谢星摇点头："锦绣姑娘生在绣城，应当知晓近日的一些怪事。"

"那是自然。"锦绣道，"这事闹得大，绣城连夜发了通缉令。我和谭小师父，就是在通缉令旁遇上的。"

昙光飞快补充："锦绣姑娘是位捕快，我之所以邀请她来客栈，是为查明更多情报。"

"我听说绣城曾派人查过此事。"月梵吞下一口百花酥，"幕后凶手真有这么厉害，能让所有人都查不出丝毫线索吗？"

"这也是无可奈何。"锦绣姑娘撩起颊边一丝碎发，于指尖悠悠转圈，"我们皆是汲取天地灵气、无父无母无师无长的妖怪，绣城呢，就是我们的安乐窝。绣城里的精怪大多修为不高，只顾及时行乐就好——哪怕是历任城主，修为全都没超过金丹中阶。"

城主往往由一城之中最具威望的领袖担任，金丹中阶虽然不弱，但顶多算个小城首领。绣城声名远扬，这样的修为着实不相称。

谢星摇好奇："没过金丹？绣城选拔城主，究竟是以何为标准？"

"看谁有钱。"锦绣扬眉，"或是比比谁最美——如今这任城主，就是大家一致推举的牡丹花妖，国色天香，最能服众。"

这个"服众"，一听就很不能服众。

温泊雪神色复杂："不愧是精怪之乡，民风淳朴自由。"

"那是当然。"锦绣斜倚椅背，得意地一笑，"说回那件事，绣城经过多日调查，其实并不算毫无收获。据我们探访查证，近一月以来，城中共有四处地方出现过异常的灵力波动——城东周府、沈府，城南荒山，以及城北的林氏书院。"

谢星摇心下一动。

"然而目前没有进展，"月梵道，"你们没寻得线索？"

"不错。"锦绣蹙眉，"我们在这四处地方仔仔细细探察过，却没找到任何足以定罪的证据。幕后凶手定在其中，官府却无能为力，只能叫他逍遥法外。"

她说着饮下一口热茶，现出不耐之色。

"既然已有怀疑对象，我们由此入手，细细排查便是。"谢星摇同月梵交换一道视线，"我于绣城闲逛的时候，碰巧见过几张告示，声称近日人心惶惶，府中管家离开了绣城，欲招徕几位管事之人。细细想来，发出告示的，似乎正是……"

月梵:"想起来了,是沈府!"

她们二人一唱一和,配合得恰到好处,话音方落,识海中传来"叮咚"一响。

再看任务栏,赫然改变了字迹。

当前任务:潜入沈府,接近沈惜霜。

有原文剧情傍身,副本难度果然会大大减少。

《天途》明明白白写过,引发这次异事的幕后黑手,置身于沈府之中。

沈惜霜。

看似是端庄典雅的沈家小姐,实则早已被一只桃花妖取而代之。

桃花妖修习邪术,又在无意之间得到了遗落的仙骨,自此修为大增,残忍杀害沈家小姐并夺舍其身,伪装成的"沈惜霜",生活在府邸中。

而城中无辜枉死之妖,皆是被她夺走魂魄,炼化成了己身修为。

在原文剧情里,一行人顺利通过考核,化名进入沈府。桃花妖看中温泊雪的澄澈神识,有意同他往来,被温泊雪察觉出猫腻,于副本结局成功斩杀,将仙骨夺回。

沈府戒备森严,外墙设有阵法,阻隔了外人随意进出的可能性。

他们要想接近沈惜霜,通过沈府考核是唯一的办法。

"我也见过告示,考核就在明日。"谈及城里的案子,锦绣不似方才那般慵懒散漫,眉目间略有正色,"我身为捕快,不便前往。诸位若是有意,不妨去试上一遭。"

谢星摇:"没问题。"

一切进行得顺理成章,几人商讨完明日计划,很快以"养精蓄锐"为由互作告别,回到自己房间。

片刻之后,温泊雪房间凑齐了四道人影。

"所以说,主角团里就晏寒来一个正常人?"昙光轻抚光头,若有所思,"不对,晏寒来是个反派卧底……主角团全被穿了?"

"目前看来,的确如此。"温泊雪道,"而且不只主角团,外来者正在修真界各处持续增长中。"

他们彼此介绍了自己从前的身份和绑定的游戏,听见无比熟悉的《合欢宗养鱼手册》，月梵又惊又喜，当即低呼出声。

"别别别，这玩意儿顶多图新鲜玩玩游戏，要是当真绑定在身上，简直是种折磨。"昙光痛苦握拳，"你们尝试过辗转在四五个人之间，还不能被他们发现任何端倪吗？你们体验过两个攻略对象同时约你见面的尴尬吗？你们见过凌晨还在起草'时间管理'计划书时，窗边冉冉升起的太阳吗？"

他太懂了。

就算他的身份不是佛修，被这样一折腾，估计也得变成和现在如出一辙的秃头。

"累也就罢了。"昙光叹气，"最重要的是有心理负担。我从前一次恋爱也没谈过，如今不得不变成'鱼塘塘主'，总觉得辜负了那些姑娘的喜欢，是个烂人渣男。"

谢星摇恍然大悟："所以你和锦绣姑娘聊天的时候，才会把系统给出的台词用在点菜上。"

"少对她说暧昧的话，就能让关系尽量维持在正常区间。"昙光面有颜色，"但如果好感度过低，会受到天雷惩罚，浑身上下被狠狠电上一遍。"

进退两难，惨不忍睹。

从羡慕到同情，月梵的表情变化只用了短短一瞬。

"对了，"谢星摇道，"我们都说了自己从前的事，你之前是做什么的？"

昙光神色更苦："普普通通网文写手。"

温泊雪："难怪你对小说台词如此熟悉，原来是作家！"

"别别别，'作家'实在抬举我了。"昙光连连摆手，有些不好意思，"我就一小喽啰，一年到头赚不了几个钱，更何况不少读者只看免费的盗版，我有时还得为房租发愁……总之没什么了不起，为生活秃头罢了。"

他说罢一顿，露出几分欢欣之色："不过说起《合欢宗养鱼手册》，它虽然坑，但在这个副本里，或许能帮我们一些忙。"

月梵不愧为养鱼手册忠实粉丝，闻言目光一闪："什么？"

"我天生佛相，倘若进入沈府，很可能会被察觉出真实身份，明日需由你们进行考核。"昙光笑笑，"我方才想了想，可巧，沈府中一位负责考核的掌事，正是我这几天的攻略对象。"

月梵当即明白他的用意，轻拊掌心："有机可乘！"

"没错。"

昙光道:"时间紧迫,待得明天早上,我会将她约出来见面。听说沈府考核极难,咱们走走后门,问题应该不大。不过……"

他一顿:"我明早还约了另一个小和尚见面——别用这种眼神看我,全是系统任务,而且他是个十五六岁的小朋友,我们只是探讨佛法的纯洁友谊关系!总而言之,一个人不可能同时出现在两个地方,为了不露出破绽,我需要你们帮我一个小忙。"

谢星摇右眼皮轻轻跳了跳:"什么忙?"

昙光"嘿嘿"一笑:"放心,这个计划听起来或许有点儿扯,但凭我这么多次出神入化的'时间管理',必不可能翻车。"

第二日。

沈府掌事名为采朱,是个面貌姣好的梅花妖。

谢星摇早早来到约定的糖水铺,先行找了个角落坐下,目光轻瞥,看了一眼身侧坐着的"昙光"。

准确来说,这并非昙光本人,而是一个复制了他相貌体态与气息的纸人。修真界术法千千万万,用纸人造出以假乱真的傀儡,对他们来说不算难事。

她不动声色,低头望向掌心。

与纸人一样,谢星摇掌心上,同样贴了一张符纸。

"你到糖水铺了?"佛子昙光的嗓音于符纸传出,似是长舒一口气,显出志在必得的惬意,"我也到和另一个小和尚约定的茶楼了。距离约定好的时间还有一盏茶工夫,趁他尚未出现,我们速战速决,尽快摆平采朱。"

"时间管理"达人,统筹学一定是满分。

谢星摇乖乖应声,目光扫过纸人身后的黄色符纸。

这是傀儡符。

纸人与昙光彼此相通,只需双双贴上一张傀儡符,就能让二者动作同步。

亦即是说,昙光虽然远在茶楼,却能通过谢星摇手里的传音符听见采朱的声音,明白糖水铺子里发生的事情,再经由傀儡符,利用纸人同她沟通交流。

如此一来,既能让他们成功走完后门,又不必担心茶楼的约定迟到,让他被系统惩罚。

至于谢星摇,明面上伪装成了他的妹妹,实则需要掌控糖水铺局势,避免发生难以预料的不可控事件,并在采朱离去之后,将纸人回收。

一番操作猛如虎，真牛。

"一定没问题的！"另一边，昙光已然于茶楼落座，踌躇满志，"采朱对我的好感度到了七十，只要我诚心拜托，她定会……"

他的话说到一半，尽数卡在喉咙。

毫无征兆，猝不及防，茶楼正门口，飘然出现一抹似曾相识的浅白色人影。

当人影抬眸，目光恰恰同他相对。

糟糕，不好。

为什么……和他约在茶楼的小和尚，居然提前一盏茶到了？

这个变故完完全全超出他的预料，昙光努力扯动嘴角："你……你怎么来了？"

"昙光前辈！"亲眼见到鼎鼎大名的佛门资质第一人，小和尚目露崇拜，"我等不及同您探讨佛法，便提早出门了。"

恰是同时，传音符中响起一道冷然女音："怎么，我不该来？"

——采朱也到糖水铺了！

昙光忙不迭改口："不不不，没说你。能同你见面，我也挺高兴。"

纸人应该如出一辙传达了他的意思。

传音符绝不能被眼前的小和尚发现，他努力维持面上笑意，将符纸揉成一团捏在手心，指指对面的木桌："既然来了，坐。"

冷静，深呼吸，一定没问题。

采朱和小和尚出现的时间刚好一致，他或许可以利用这一点，用相同的话术，同时搞定两个人。

"听闻昙光前辈来此，我高兴了一整个晚上，前辈一直是我学习的榜样。"小和尚乖乖坐下，"前辈为何来了绣城，这几日有何打算？"

很好，他的小粉丝很让人省心。

昙光面露微笑，凝神于手心里的传音符。

他方才因为听小和尚讲话，稍稍走了一会儿神，没听见符咒里的声响，不知怎么，另一边的采朱似是生了气，语气极冷："今日找我来，究竟所为何事？"

虽然想不明白前因后果，但好在和小和尚的问题对上了。

昙光稳下心神："实不相瞒，我之所以前来绣城，是为彻查城中近日的魔术。"

"魔术！"小和尚陡然挺直脊背，"是许许多多精怪离奇身亡的那件事吗？此事诡谲万分，前辈务要小心！"

昙光："多谢。"

另一边的采朱也问了句"你还好吗"，昙光笑笑，循声作答："有你这份心意在，我定不会有事。"

他说得温和有礼，言语间尽是亲切笑意，小和尚果然露出欣慰之色，想必采朱亦是如此。

然而，话音方落……

又是一次毫无征兆、猝不及防，于他识海内的游戏界面里，轰然响起一道冰冷嗡鸣——

是攻略对象好感度骤降，即将降下天雷惩罚的提示音。

这什么情况？

昙光摸不着头脑，匆匆打开好感界面，神识掠过采朱，蓦地僵住。

原本七十的好感度，莫名其妙变成了四十五，远远低于及格线。

不是。

——他应该没怎么说错话吧？糖水铺子里，究竟发生了什么？

"昙光前辈，你怎么了？"

天雷落于识海，引得昙光一阵战栗，为避免怀疑，强行勾出一抹笑意："没事，我没事。"

小和尚觉察出不对，关切蹙眉："等等……前辈，你袖口好像沾了什么东西。"

袖口的东西。

天雷余威未退，昙光咬牙低头，见到那张操控纸人的傀儡符。

好感度仍在不停下降，糖水铺子里的局面显而易见失了控，纸人不能再用，这玩意儿必须摘下。

昙光勉强扬起唇边，费力抬起右手。

"前辈，我来帮您！"

小和尚热心肠，见他似是身有不适，倏然凑上前来，一把揭下傀儡符。

"嚯！这是……"

傀儡符上印有傀儡主人的大致轮廓，小和尚年纪不大，认不出这符咒的用途，见到纸上圆溜溜的光头，朗然扬出一个笑脸："谁画的大西瓜！"

昙光：西瓜就西瓜吧。

傀儡符已被揭下，很快就会失去效用，糖水铺那边应该也能没事……吧？

另一边，糖水铺。

采朱踩着点进入铺子，谢星摇小心翼翼藏好传音符，向她礼貌地一笑。

一切准备就绪，问题不大。

"你就是采朱姑娘吧？我是……"

她一句话没说完，身侧的昙光纸人浑身一震，不敢置信般死死盯住采朱："你……你怎么来了？"

什么情况？

这种表情这种语气……为什么活像一个在外拈花惹草、被妻子抓包的渣男？

采朱蹙眉："怎么，我不该来？"

谢星摇心觉不妙，赶忙解释："采朱姑娘别误会，我是他妹妹，方才无意中路过糖水铺。他这句话并非针对你，而是在问我为何来了。"

"不不不，没说你！"

纸人紧接她的话茬，一本正经："能同你见面，我也挺高兴。"

谢星摇：啊？不是？什么剧情？

在场一共三个人，既然"不该来"的不是她……不就摆明了在针对采朱姑娘吗？

再看采朱，面色已黑沉如墨。

待她回神，身边的纸人已轻扯嘴角，目光直直盯住采朱："既然来了，坐。"

——你这笑容也太勉强了吧！好不情愿，好皮笑肉不笑啊！

昙光话里的冷淡快要溢出喉咙，采朱表情更冷："今日找我来，究竟所为何事？"

纸人颔首轻笑，终于显出些许佛门弟子应有的神态："实不相瞒，我之所以前来绣城，是为彻查城中近日的魇术。"

听他提及魇术，采朱姑娘神色略有缓和。

剧情总算渐渐入了正轨，谢星摇暗暗松一口气，与此同时，听见身侧一道惊呼。

"啊呀！"循声望去，端着木碗的陌生食客面露惊惶，手中本应盛满糖水的木碗空空荡荡，显然是脚下一滑，打翻了碗中糖水。

目光再往下，几滴清水滴滴答答，顺着木碗边沿缓缓下滑，顺势落在了——

纸人身上。

在陌生食客的连声道歉里，在采朱目眦欲裂的瞳孔地震中，在满身湿漉漉的红枣汤圆下——

昙光岿然不动，置若罔闻，仍是青松般笔直而坐，面上满是佛性微笑。

远在茶楼的昙光本人见不到此地景象，很难做出回应。

谢星摇默不作声，右手悄悄往上，捂住自己小半张脸。

食客慌乱不已："对……对不起小师父！"

纸人不语，似是在凝神听某人说话，平静微笑。

采朱试探性开口，目光中隐有惊恐："你还好吧？"

纸人双目无神，平静微笑，微笑。

"抱歉，我哥他有点儿……脑子不清楚。"

谢星摇拿出手帕，擦拭他的肩头，尝试给出暗示："没事吧你？糖水全落脑袋上了。"

"多谢。"纸人终于有了反应，"有你这份心意在，我定不会有事。"

……这是你应该对采朱说的台词啊！

情节飞奔如野马，她脑子里一团乱麻。

谢星摇佯装镇定再度坐好，不知应当做何解释，沉默间，听见采朱倒吸了一口冷气。

但见端正坐于角落的纸人，忽然微翻白眼，开始了极为诡异的面部抽搐。

她已经不想去思考，茶楼那边，究竟发生了什么。

谢星摇筋疲力尽，她搞不清楚状况，大脑放空。

这是什么丧心病狂的海王翻车实录！

纸人好似浑身通电，自嘴角开始，一点点蔓延开肌肉扭曲的弧度。

谢星摇眼睁睁看着他通体颤动，一抽一抽，莫名咧嘴低笑几下，口中囫囵出声："没事，我没事……"

采朱深感晦气，已然后退好几步。

"你……哥哥，"她斟酌好一会儿用词，"可能不大对劲，要不今日咱们先行分开，如何？"

采朱自口袋掏出一张画片："不对，今后也别再见了。他曾说想要我的一张画像，我今日带来了，就当分别礼物吧。劳烦你替我转告他，有病治病。"

谢星摇垂眸，看向被她放在桌上的画像。

这张小像极为简略，然而采朱生得秀美，哪怕只用简单几笔，也能叫人心生喜爱。

事情应该到此结束，不能更糟。

谢星摇保持微笑，正欲开口，身旁却又响起一道惊呼："嚯——"

纸人昙光天真粲然，宛若孩童，双目直直望向采朱画像，咧嘴一笑："这是谁画的大西瓜！"

谢星摇：完蛋了吧他们的考核！

在昙光信誓旦旦说出"不会翻车"后不久，谢星摇有幸目睹了这位传奇海王轰轰烈烈的第一次大翻车。

还是尸骨无存，能直接送入火葬场的那种。

"早知如此，我就不立 Flag（某一特定事件发生前的标志）了。"

被天雷劈了个透心凉，昙光坐在客栈欲哭无泪："我真傻，真的。我早应该想到这是一部小说，而在所有小说里，讲出'绝不会翻车'这句话的角色，都必定完蛋。"

月梵真心实意有感而发："不愧是小说家，好懂。"

"简单来说，因为一点小小的意外，我们没办法走后门了。"谢星摇笑笑，"不过还有机会。在《天途》原文里，主角团就是凭借自己的真才实学通过考核，入了沈府。"

她一段安慰说完，桌上悄然蔓延开短暂的沉默。

"可是，"月梵略有踌躇，"我们好像也没什么真才实学。"

这句话乍一听来很是惊悚，细细思忖……更加恐怖。

因为它是句实话。

"大家都在啊。"沉默间，不远处响起温泊雪的笑音，"我和晏公子方才去武馆转了转，绣城里的打斗那叫一个漂亮——快到沈府考核的时候了，要不咱们即刻出发？"

昙光点头："祝各位好运。"

他身怀佛相，不宜抛头露面，因而今日前往沈府的，只有谢星摇、晏寒来、温泊雪与月梵。

一路上，谢星摇细细回忆了原著里的故事情节。

沈府不似连喜镇的江家那般邪魔群聚，作为一处正经宅邸，聘用掌事之人的要求定然不低。

晏寒来神色不善，一眼就能瞧出是个不折不扣的刺头，哪有宅子胆敢招揽，在第一轮面试就被刷了下来；"谢星摇"虽然模样精致性子乖巧，却有股子大小姐脾气，理所当然，也没通过考核。

两个配角败下阵来，往后便是主人公发光发热的戏份。

"温泊雪"与"月梵"一路过关斩将，令所有面试官赞叹连连，后来更是在文试里拿了满分，顺利混入府中。

总而言之，让温泊雪和月梵成功过关就好。

沈府位于城东，抵达目的地时，谢星摇下意识加快脚步，抬头端详府中建筑。

她在绣城待了一天，精妙绝伦的院落见过不少，眼前这地方，绝对能算其中数一数二的佼佼者。

白墙红瓦，绿藤缠枝，几枝桃花出墙而来，于门边晕开淡淡粉霞，层楼叠榭映着飞檐反宇，画栋飞甍，好似琉璃万顷。

谢星摇："哇。"

月梵："好看。"

温泊雪："真牛。"

"几位可是来应征？"

见谢星摇点头，门前的小童温言出声："请随我来。掌事一职十分重要，因而应征共有两轮，一是如实回答接下来的问询，二是通过由府中准备的文试。"

随小童穿过几条蜿蜒小路，便来到沈府书房。

面试每四人一组，四人一并进入书房接受问答，不巧的是，他们前面已有两人排好了队伍。

按照顺序，谢星摇与晏寒来同两个陌生人先行开始面试。

书房面积很大。

推门而入，扑面袭来一股浓郁书香气，虽是白天，房中却点了蜡烛。烛火盈盈，照亮房中端坐着的四道身影，两男两女，清一色相貌出众，暗香萦身。

这几位，应当就是府里的护院和管家。

谢星摇将他们飞快扫视一圈，目光掠过最右侧的女人，恰好与对方四目相对。

采朱姑娘。

谢星摇心下暗暗松口气——万幸是她陪着纸人去了糖水铺，采朱就算记恨，也只会紧紧盯住她，不去殃及温泊雪和月梵。

毕竟她没必要通过考核。

她与晏寒来并非第一个答题，这会儿正静静地坐在一边，听一个年轻姑娘自我介绍。

采朱听得认真，除了最初神情惊异，居然没再多看谢星摇几眼，而是凝神打量着年轻姑娘；反倒是中间的玄衣男人神色飘忽，偶尔投来一道视线。

谢星摇很不喜欢这种视线。

油腻而不怀好意，仿佛她成了一件物品，正在被行人精心打量。

对于这个角色，她渐渐有了一点儿印象。

原文里潦潦草草提过一句，沈府有位管家品行不端，时常欺辱人微言轻的小丫鬟，在后来的剧情里，因为嫉妒而刻意刁难过温泊雪。

看气质，应该就是这位了。

年轻姑娘一段话说完，玄衣男人果然露出轻笑，目光黏腻如蛇，凝在姑娘侧脸："方才让你谈及府中布置，你说别院的设计太过冗杂——但绣城不正是繁花胜景之地，倘若太雅太素，如何彰显我们沈府的风头？"

看此人面上不豫的神色，加之他管家的身份，十之八九，别院的设计是由他所出。

谢星摇凝神回想，沈府的院落大多精巧，唯独一处别院花里胡哨，一片大红大紫，与周边格调浑然不搭。

活该被批。

男人说罢微微侧过身去，贴近身旁的紫裙女人耳边，语调暧昧："你也觉得吧？"

妥妥的职场骚扰。

紫裙女人无言蹙眉，离他更远。

"下一位。"

待年轻姑娘离场，玄衣男人侧目而来，看向谢星摇："我觉得那位红衣姑娘不错，不如听听。"

他语意轻慢至极，视线更是叫人心生不适，谢星摇正欲回怼，忽见身侧鸦青掠起，惹来一道带有皂香的凉风。

晏寒来神色淡淡，看不出喜怒，纤长双腿只需迈开几步，便行至书房中央。

少年眉梢一挑："我来。"

"怎么就是你来？"玄衣男人面露不豫，"擅作主张。"

"之前二位皆按顺序进场，想必这是约定俗成的规矩。"晏寒来唇边隐有轻笑，声调散漫，眼中却无甚笑意，"因个人缘由横插一脚，自顾自破了规矩——'擅作主张'一词，是不是应当这样解释？"

这是摆明了回骂玄衣男人擅作主张。

　　谢星摇轻咳一声，没忍住嘴角的笑。

　　晏寒来像只刺猬不好招惹，对上他是真烦，然而与之相应地，和他站在同一战线上时，也是真的很能让人心情舒畅。

　　比如此时此刻，她明显见到玄衣男人眼角一抽。

　　采朱不动声色地看一眼谢星摇："正是这个意思。"

　　采朱姑娘。

　　你是个好人！

　　"这位公子是个性情中人。"玄衣男人干笑几声，"可惜性情中人，恐怕并不那么适合沈府。倘若沈府难以接受你的性子，欲图让你矫正几分——公子意下如何？"

　　晏寒来目光比他坦然许多："沈府偌大，而我无处安身。倘若我难以接受漂泊无定的日子，欲图沈府分出一处土地，贵府意下如何？"

　　玄衣男人皮笑肉不笑："不可。"

　　晏寒来理直气壮："那我也不能。"

　　不愧是他，有够厚脸皮。

　　谢星摇坐在阴影里笑个没完。

　　"至于府中设计，"晏寒来淡声，"倘若我是掌事，定会撤去别院装饰。虽说是繁花胜景，然太杂太乱，无异于未经修剪的乡野之地。"

　　玄衣男人嘴角又抽了一下。

　　"都说相由心生。由景观心，别院中花出檐头，乃是逾矩；乱无章法，是为冗杂；簇簇灵植花枝招展，想来设计之人习惯了招蜂引蝶，景花心更花。"晏寒来笑笑，"不知别院之景是由何人所出，言语若有不当，还望多多包涵。"

　　从前面几段对话里，他显然也听出别院是由玄衣男人所造。

　　这段话讽刺得丝毫不留情面，无异于指着鼻子开骂。

　　玄衣男人的品行于沈府尽人皆知，不只谢星摇，连另外三名面试官都扬了扬嘴角。

　　最左边的紫裙女人轻叩木桌，心情大好："这位公子倒是见解独到。"

　　采朱亦是点头："继续说。"

　　"分明是无稽之谈！"玄衣男人竭力维持气度，"别院的布置自有其章法，只有对此一窍不通的门外汉，见它才会心觉冗杂。"

"有何章法？"晏寒来扬眉，"不妨同我们说道说道。"

"首先是房檐的设计，众所周知，我们绣城……"

男人语意急促，洋洋洒洒说了一番长篇大论，待得片刻，终于意识到不对劲。

……不对啊。

分明他才是面试官，为何突然成了被动进行解释的那一个？

一旁的谢星摇狐假虎威，乐得正欢。

晏寒来三言两语一顿挑拨，居然顺理成章地把对方给绕了进去，这是反客为主啊。

"……行。"玄衣男人咬牙微笑，"公子思绪活络，口才亦是不错。你若成了掌事，那便是在我手底下行事，届时须得能吃苦，听从调遣，说一不二，明白吗？"

"明白。"晏寒来对上他的视线，琥珀色双眸微微一勾，"我非但会听从调遣，说一不二，还能一年三百六十五日、一天十二个时辰接连干苦工。"

玄衣男人："……你在同我开玩笑？"

谢星摇听明白晏寒来的用意，坐在角落扬声接话："他的意思是，是你先开玩笑的。"

书房里再度响起几声轻笑。

玄衣男人接二连三被怼得哑口无言，沉默着欲言又止。

他想发怒，然而纵观所有对话，晏寒来从未真正点名道姓讽刺过他，倘若一时失态，吃亏出丑的仍是他自己。

"以及，听完这位玄衣公子的高谈阔论，很难不让人对贵府的修养生出质疑。"晏寒来倏尔抬手，食指修长，不甚在意地抚平胸前衣襟，"今日面谈不如到此结束，告辞。"

谢星摇轻咳着扑哧一笑。

好家伙，晏寒来硌硬人是真的有一手，竟能把反客为主进行到底。

别的面试都是面试官淘汰选手，他倒好，直接把面试官给否决了。

再看玄衣男人，早已面如土色。

"我想了想，若说吃苦的话，我应该也不行。"眼见晏寒来转身离开，谢星摇随之起身，向屋内四人礼貌颔首，"我嗅觉味觉都很敏锐，打小就吃不得苦味。还有——"

"方才离去的公子所说不错，别院设计者的眼光大艳大俗，实在称不上好，不如趁今日换了吧。"

谢星摇心满意足地走出书房。

谢星摇心情愉悦，就差没小跑两步再跳起来。

晏寒来站在院门前，见她身影微微侧目，眉眼间嘲弄意味不变："谢姑娘只用短短一瞬，莫非就被赶出来了？"

"我用这短短一瞬，认真想了想。"谢星摇足步轻快，来到他身边，"书房里的人没什么意思，还是同晏公子待在一起比较开心。"

少年发出一道低嗤的笑音："谢姑娘口蜜腹剑的本领又增长几分。"

"因为晏公子的发言着实精彩。"她这会儿通体舒畅，连带着对晏寒来的印象也好上不少，"晏公子同那人无冤无仇，为何要突然针对他？"

晏寒来身边的气息悄然一僵。

转瞬间，少年神色如常，冷声应她："举止轻佻，不合眼缘。我看他心烦，临走前加了个厄运缠身的小咒术。"

"不愧是晏公子，实在用心险恶。"谢星摇压低音量，尾音轻笑微扬，"我也用了个初阶的苦厄诀。"

她说着抬眼，话里带上了点儿玩笑的语气："想来也是，晏公子一向正经，见不得腌臜，定瞧不上那种家伙。"

她说罢稍顿，莫名想到绑定了《合欢宗养鱼手册》的昙光。

自从发现他易容养鱼后，晏寒来对佛子的态度一直极冷极差，就差把"鄙视"写在脸上。

"所以晏公子是觉得，"谢星摇抬头，对上少年人漂亮的眸，"男男女女应当对伴侣一心一意，不能有二心。"

晏寒来冷笑："不似谢姑娘这般心怀百川，让你失望了？"

还真是。

原文里的晏寒来一心一意搞事业，从未有过男女之情，谢星摇一直以为，他对情爱一事嗤之以鼻。

没想到居然如此正经。

正经得有些纯情和古板。

"晏公子，"谢星摇好奇地瞧他，"你同我说过，灵狐一族初生不分男女，须得遇上一个真心实意喜欢的人。"

她眨眨眼，试探性继续道："晏公子已经遇上了吗？"

身侧的空气凝滞了片刻。

当晏寒来再开口，语气听不出太大起伏："此事与谢姑娘无关。与其在意这种无趣之事，不妨在修炼上多加用心。"

无趣之事。

所以大概率是没有。

谢星摇思忖须臾，不由得轻声一笑。

以晏寒来别扭的性子，就算当真心仪某个姑娘，也定不会让人家知晓。

然而，灵狐的身体不受他思绪控制，到时候一边嘴硬说着厌烦，一边浑身发热、彻彻底底因那个人完成分化——

想来十分有趣。

倘若真有那么一天，谢星摇定要好好笑话他。

晏寒来察觉出她的笑意，冷声蹙眉："有何可笑？"

"不是可笑。"谢星摇正色，"那玄衣男人一看就不是什么好人，多亏晏公子替我挡下。我方才思及晏公子的几段对话，只觉钦佩万分，心情大好。"

她双手合十，笑起来露出白亮亮的牙："多谢晏公子啦。"

巧舌如簧，伶牙俐齿。

晏寒来别开视线，薄唇微抿，压下一道扬起的小小弧度："不及谢姑娘花言巧语。"

温泊雪走出书房时，被满面花香熏得打了个哆嗦。

他与月梵顺利通过面试，只等接下来的文测，谢星摇早早在外等候，瞥见他们的身影，兴致勃勃地挥了挥手。

晏寒来立于她身侧，礼貌颔首。

"摇摇为何如此高兴？"月梵笑道，"我们方才进入书房，听里面那四人交头接耳，声称有个姑娘还没开始就溜了——那姑娘不会是你吧。"

她用了陈述句的语气，显然早已知晓答案。

谢星摇小跑向她身边，语调倏软："因为面试官里有人一直找碴儿，我和晏公子同仇敌忾，功成身退，打响了无产阶级反抗资本主义压迫的第一枪！"

她生得精致，一双鹿眼干净又漂亮，只需稍微弯一弯眼，就能叫人心生好感。

月梵最吃她这一套，扬唇应声："我知道，穿红黑色衣服的那个对不对？他一直不怀好意地盯着我瞧，直到身后的灯架突然倒了一地，灯盏砸在他的脑袋上。"

温泊雪点头补充："他试图扶正灯架，结果脚下一滑，整个人摔在地上。"

这是他们的咒术生效了。

谢星摇默默瞟一眼晏寒来，见对方垂眼，四目相对的刹那，朝他轻挑一下眉梢。

"所以，"谢星摇道，"我和晏公子在第一轮被双双刷下，接下来的文试，要靠你们二位了。"

"文试，岂不是和考试一样？"想起某些不甚愉快的记忆，月梵轻皱鼻尖，悄然传音，"我上学那会儿最怕考试。那句话怎么说来着，没背的内容必考，背了的知识点，全在题干里主动出现。"

"虽然脑子里留存了一些原主人的记忆，但诗词记忆零零散散，很不齐全。至于我……我已经好多好多年没考过试了。"温泊雪弱弱接话，耳根泛红，"我来这儿之前，连大学都没读过。"

更何况修真界里的遣词造句清一色文绉绉，他连意思都听不大懂，要说奋笔疾书，绝对是天方夜谭。

谢星摇面色如常："凌霄山弟子常年修习道法，对诗词歌赋不甚了解。师兄师姐不必担心，我同昙光小师父提前有过商量，为你们准备了一样小法器。"

前面那句话，自然是针对晏寒来的谎言。

原文里的温泊雪与月梵皆是文武双全，对诗词歌赋造诣颇深，她唯有这般解释，才能不让晏寒来起疑。

书房之外行人繁杂，不适合详谈此事。谢星摇寻得一处僻静角落，自储物袋中拿出两张符纸。

"此为高阶传音符，昙光小师父在上面加了佛门咒术，能以神识传音。虽然效果可能没有当面传音那么好……不过绝对够用。"

谢星摇抬起右手，亮出其中一张："届时二位传音入密，将题目告知我们，我们自有接应。"

月梵大受震撼："作弊神器。这就是神奇的修真界。"

温泊雪心有顾虑："倘若使用灵力，不会被发现吗？"

谢星摇笑笑："绣城的精怪大多修为低下，我细细探察过，那几位管家护院都在筑基初阶。"

对高阶修士而言，能轻而易举地发现身边的低等灵力，譬如他们当初不擅闯江府，就是为了避免惊动江承宇。

然而对修为低弱的小小精怪来说，高阶修士只需有意掩藏，就能让他们很难发觉灵力踪迹。

"虽是不正当手段，师兄师姐不必有心理负担。"谢星摇指尖轻捻符纸，"绣城人心惶惶，沈府极可能是幕后真凶的藏身地，唯有通过这个法子潜入其中，才有机会将它找出，还绣城安宁。届时我、昙光小师父与晏公子会全力配合二位，无须担心。"

"没问题。"月梵接过符纸，"文试将在一炷香后开始，我们……"

她话没说完，忽然听见身后两道杂沓脚步，于是迅速闭了嘴，恢复平日里川淳岳峙的模样。

迎面走来两个年纪不大的小厮。

这处小院偏僻荒凉，许是没料到会有人在，小厮好奇地将他们打量几眼，很快继续往前，停在一棵快要枯死的竹子下。

谢星摇挑起眉梢。

竹子生得细瘦，虽然已至春日，枝叶却是稀少枯黄，几条竹枝蔫蔫地垂落而下，实在称不上美观。

值得留意的是，树枝上挂了三三两两的红绳白纸，与他们在北州所见的景象如出一辙。

这应当是一棵用来许愿的树。

"祈愿树——"

谢星摇想起当初听得的介绍，红绳许愿是北州特有习俗。她没想太多，下意识开口："沈府老爷是北州人吗？"

"老爷不是。"其中一名小厮闻声抬头，"这树曾经的主人是。"

温泊雪一愣："曾经的主人？"

"这棵树以前很神的！"小厮道，"它原本不在府里，而是生在上任主人的家门前，听说屡有奇效，实现了主人一家的不少心愿。可惜那家人在北行的路上出了意外，没一个活下来，后来几经辗转，竹子就被栽进沈府了。"

月梵："那它如今这是……"

"说来也怪，自它主人死后，竹子就一蹶不振，生机没了大半。"另一个小厮接话，"我们尝试过在它身上挂红绳，但从没成真过，久而久之，便没什么人再来理会它了。"

与他同行的少年摸摸后脑勺："我俩今日来，是为把红绳取下，一直挂在这儿，怪傻的。"

"都说绣城草木有灵，竹子会不会是心知主人死去，所以才变成如今这副模样？"两个小厮取下红绳告别离去，温泊雪望着青竹皱眉，"看它的形貌，不久便要死了。"

"能实现愿望的树。"月梵轻抚下巴，"既然咱们来都来了，不如在树上挂个纸条，祈祷能顺利通过文试吧。"

她正兀自出声，谢星摇口袋里的传音符忽然"嗡嗡"一响。

拿出传音符，昙光的嗓音顿时响起："各位，我已到沈府门前。"

"我与晏公子马上出来。"谢星摇飞快回应，"各种古籍书册都带来了吧？"

"放心。"昙光嘿嘿一笑，"这次做了万全的准备，绝不可能翻车。"

不知为什么，听见最后那无比熟悉的六个字，谢星摇的右眼皮不甚吉利地跳了跳。

昙光体质特殊，不便进入沈府；谢星摇与晏寒来双双被淘汰，同样没了继续逗留的理由。三人于沈府旁侧寻了处小茶楼，在角落坐下。

"我和温泊雪已经坐下了。"月梵的传音通过符箓响起，由于距离太远，听得不甚清晰，"我看看……题型大概是补充古诗词和撰写文章。"

虽然传音只能听清七成，但总算成功了。

谢星摇心下微松。

昙光面上瞧不出紧张，志在必得："放心放心，温泊雪和月梵好歹是全书重要人物，有主角光环罩着，不会出问题。"

谢星摇暗暗叹气："只能祈祷不要有任何岔子了。过不了文试，就没办法接近Boss沈惜霜，那样一来，主线任务必定泡汤。"

他们二人说悄悄话的间隙，沈府中的月梵已发来传音："第一题是……《溯游魂梦》第三句。"

谢星摇正襟危坐，飞快翻开身前诗集："《溯游魂梦》，快快快。"

她话音方落，身侧的晏寒来倏忽一动。

"魂牵梦绕，花落水流。"

谢星摇怔怔抬头。

晏寒来面无表情地避开她的视线："下一题。"

"看不出来晏公子居然对诗词颇有造诣!"另一边的月梵兴致勃勃,"我看看,第二题是《归乡四则》第二则第三句。"

晏寒来毫不迟疑:"欲裁半截诗,遥赠旧时邻。"

简直一个人形答题机,这次文试绝对没问题!

月梵斗志更盛,手中墨笔如龙:"还有还有!第三题……"

晏寒来居然答出了所有文试题。

当月梵与温泊雪写下最后一个字,落笔之际,双双长舒一口气。

昙光目露震惊,传音入密:"晏公子……他这么厉害吗?"

谢星摇茫然摇头。

原文里提到他,俨然一个四处漂泊、以屠杀为乐的小魔头,从未与诗词歌赋扯上过任何关系。

晏寒来是从何处学来的这些?

她心下好奇,然而晏寒来戒备心极强,现在并非向他提问的最佳时机,只能闭口不言。

一场文试匆匆落幕,接下来只需静候成绩。

困扰多时的任务完成,谢星摇心中紧张消去大半,心满意足地喝下一杯热茶,猝不及防,又听见传讯符"嗡嗡"一响。

应当是结果出来了。

昙光满心期待地将其点开,不过转瞬,耳边响起月梵踌躇的低语:"奇怪。"

谢星摇惬意地托起下巴:"怎么了?"

月梵音量渐小:"我没过……温泊雪也没过,卷面一百,他总共八十分。"

谢星摇飞快抬眸,同晏寒来对视一霎,对方居然破天荒露出了几分茫然之色,蹙眉轻颤长睫。

另一头的温泊雪低声喏嚅:"其实我在写的时候就觉得有些古怪,比如第二题,什么'欲裁胆结石,遥赠旧时邻'……作者怎么想的,居然要把胆结石送人?"

无须更多言语。

谢星摇隐隐约约明白了一切。

月梵似是敲了下他的脑袋:"什么胆结石,是半截诗!"

温泊雪摸摸额头,语带惊惶:"那第十题的'眼瞎夜游山,摔死为哪般'呢?"

月梵:"是'炎夏夜游山,哀思为哪般'。"

破案了。

他们通过语音交流，根本无法核对文字，加之距离太远，传音模糊不清。

更何况温泊雪与月梵都没怎么接触过古诗文，哪怕听见传音，也不一定明白其中含义，只能下意识去写。

譬如那"欲裁半截诗"，若只匆匆一听，常人的确很难对上所有字句。

谢星摇揉揉眉心："月梵师姐又是哪里出了问题？"

月梵："第一题的《溯游魂梦》。"

月梵说罢稍顿："别的题是答错不给分，不知为何，我在这道题上被倒扣了一百分——所以我的总分，是负十分。"

谢星摇：……你究竟写了多离谱的答案，不要用这么骄傲的语气说出来啊！

"哦哦，就是那个'魂牵梦绕，花落水流'？"温泊雪乖乖应声，"我对这首诗有点儿印象，说是作者行于荒郊思及故园，眼前所见却只有一片荒凉景象，正如花落水流，一去不可追。让我看看，你写了什么？"

传音符里响起"哗啦"纸页声响，应是温泊雪接过月梵试卷，低头去瞧。

温泊雪："魂牵梦绕，欢……欢乐水牛？！"

良久，沉寂的空气里，响起月梵一声"嘿嘿"低笑。

她的笑声如此朴实憨厚，一如诗人怅然行于田间，在满目荒凉里，怀念着的那只快乐水牛。

好家伙。

他们平平无奇一支外来者小队，里面居然藏着一对卧龙凤雏。

虽然不太想承认，但此时此刻的剧情，的确到了一个十分尴尬的局面。

在《天途》原著中，主角团之所以能逐渐发觉真相，接触到最终 Boss 沈惜霜，全因温泊雪与月梵通过沈府考核，成功混入其中。

然而现实是，经过一轮面试笔试，他们一伙人无人"生还"。

"……都是我们的错。"温泊雪无颜面对"江东父老"，坐于茶楼角落悲愤握拳，"我落笔时若能多想想，一定不会像现在这样辜负诸位的期望。"

月梵以手掩面："对不起。我承认，刚开始做题时有点儿过度兴奋。"

"别自责，我和晏公子也玩脱了。"谢星摇痛定思痛，"还是在面试的时候。"

"大家尽力就好。这种试题，我去了也得被刷。"昙光轻抚秃脑门，饮下一口热茶，"当务之急，是商量出后续的解决之法——我们进不了沈府，寻不着线索，恐怕很难查明真相。"

现实严峻，桌上蓦地一静。

"沈府四周处处设了结界阵法，倘若硬闯，只会被送去官府。"谢星摇道，"至于其他办法——"

他们如今与沈府唯一的联系，只剩下采朱姑娘。奈何昙光在她面前翻了次轰轰烈烈的大车，要想再去接触，难免徒增尴尬。

"今日在沈府面试，我遇见了采朱姑娘。"

谢星摇回忆当时景象，斟酌一番措辞："她应该是个颇为正派的人物，非但没刻意刁难我，还帮晏公子回怼了玄衣男人。倘若实在想不出法子，或许能考虑从她入手。"

念及采朱，昙光条件反射地一哆嗦。

谢星摇说罢凝神，放于桌面的食指微微蜷起，轻叩一下木桌："或是用更直接的办法——去结识那位沈府小姐。"

月梵："沈惜霜？"

"原著里有讲过，是沈惜霜先行看上了温泊雪的根骨，妄图诱惑他步步沉沦，心甘情愿成为她的养料。"谢星摇抿一口菊花茶，传音入密，"既然她对温泊雪如此上心，我们只需要制造一场偶遇，就能顺理成章地让他们产生联系。"

"没错！强行剥夺神识与根骨，会大大损害质量，沈惜霜要想完完全全剥夺我的力量，必须让我自愿将它奉上。也就是说，她会想方设法同我接触，提升我对她的好感度。"温泊雪面上一喜，"我已经准备好了！"

"话说回来，《天途》里的沈惜霜头一回注意到温泊雪，"月梵轻揉眉心，不自觉抿唇，"是因为主角团参加沈府的考核后，个个沾染了魔术，连二连三陷入心魔之中，而温泊雪最先破除了心魔，对吧？"

终于还是来了。

他们最担心的剧情。

沉默间，温泊雪猝然抬头，昙光条件反射地打了个冷战。

谢星摇握着茶杯的右手稍稍僵住，半晌迟疑传音："魔术生效，是在什么时候来着？"

月梵佯装镇定，尾音隐有颤抖："如果我们全都攻不破心魔，不会被永远困在里面吧？"

话音方落。

他们置身于茶楼角落，四下行人稀少，静谧无声，在几近凝滞的空气里，陡然生出一缕阴惨惨的冷风。

谢星摇眉心重重一跳，抬眼寻不到冷风的源头，与此同时，听见身侧的冷肃少年音。

晏寒来反应极快，转瞬抬手罩上她后脊，掌心灵力四溢，将谢星摇护于身后："当心。"

然而，还是睡着了。

睁眼见到一片漆黑，谢星摇后脑勺阵阵发痛，默默叹口气。

心魔幻境，能幻化出修士一生中最为恐惧、悔恨或忧虑之物，一旦被卷入其中，将忘记自己的身份与来由，自始至终循环往复，一遍遍经历永无止境的心魔。

谢星摇静默敛眉，环顾四周。

或许因为她是意外来此的异世魂魄，和身体识海有着本质的割裂，此时此刻，居然仍能保持清醒，记得自己的身份。

恍惚间，四下光影渐出。

方才还是伸手不见五指的满目墨色，不过一个眨眼的工夫，便已晕染开一团团白光。

光线并不明亮，悄无声息地蔓延生长，勾勒出一间房屋的轮廓。

这是一处装潢精致的卧室，面积宽敞，采用北欧建筑风格，墙体雪白，木制书架被整理得一丝不苟，中央悬着盏圆形白灯。

是她曾经居住过的卧室。

谢星摇默不作声，在心魔散发的沉沉威压下，难以抑制地感到呼吸困难。

她与心魔彼此割裂，成了团半透明的空气，抬眼望去，书桌前坐着个十五六岁的少女。

下一刻，敲门声响起。

干练严肃的中年女人推门而入，女孩被吓得浑身一颤，仓皇挺直脊背。

"今天是怎么回事？"女人冷声蹙眉，面若寒霜，"排名下降到第五，不打算解释解释？"

比起修真界里的血雨腥风，困扰着二十一世纪人们的心魔，似乎显得格外平凡又渺小。

没有家仇国恨，也没有壮志凌云，只剩下许多无比琐碎的点点滴滴。

譬如家里人恨铁不成钢的目光，繁重到快要喘不过气的压力，令人焦头烂额的学业与工作，或是来自他人的过于沉重的期望。

在如今这样的境地里，谢星摇甚至有余心自嘲地想，也许温泊雪和月梵说得没错，倘若二十一世纪也有心魔，穷和累铁定要占大多数。

而她身为倒霉蛋们的其中之一，必然会被折腾得永无翻身之日。

眼前的少女怯怯抬眼，语调极低："我……看错了一道题。"

"这是你应该犯的错？今天看错一道题，明天就能搞砸一桩大单子！你这粗心马虎的习惯什么时候能改？留着给别人看笑话？"

少女默默盯着脚尖，不做反驳。

"摇摇，我和爸爸都对你寄予很大的期望。你不要怪我们太严格，我们都是为了你好。"待怒意消退，女人捋开额前碎发，放软声调，"下次把第一拿回来，好不好？我们为你付出这么多，你长大了，总要让我们省心。"

少女低低应一声"嗯"，好一会儿，又试探性出声："妈，同学约我明天去看电影。"

"退步这么厉害，看什么电影？"女人声线骤厉，"补习班不上了？课业不预习了？我和你爸爸读书的时候……"

于是少女默不作声，眼中希冀重归暗色。

她必须事事做到最好，从小到大总是这样。

小时候拼命学习奥数和兴趣班，长大后的课外补习从没停下，交不到太多朋友，没太多娱乐活动，明面上知书达礼落落大方，从"谢星摇"，变成了父母所期望看到的那个"谢星摇"。

当初月梵听闻她从没接触过《卡卡跑丁车》，着实吃了一惊。

眼前的女人转身离去，留少女独自坐在房里。

谢星摇看着她乖乖拿出书本纸笔，笔尖落在草稿纸上，写不出任何字迹，停顿片刻，画出一个跳舞的拙劣火柴人。

书桌前的女孩轻垂眼睫，渐渐蜷起身体。

房中的白炽灯光亮依旧，却不知从何处蔓延出浓郁厚重的阴影，如线如丝，将她浑然缠绕。

"丢人现眼，叫别人看笑话。"

"不要让爸爸妈妈失望。"

"我怎么就生了你这么一个不求上进的女儿？"

"那就是年级第一的谢星摇？好厉害，听说她从高一起，就一直特别优秀。"

阴影中不断响起嘈杂絮语，少女被压得几近窒息，只能捂住耳朵，强迫自己不去听。

倏然之间，有人握住了那团阴影。

谢星摇神色平平，五指用力，将线团般的阴影慢慢捏紧。

她曾经活得亦步亦趋，向前仅有的动力，是"绝不能让爸妈失望"。

但正如她对云襄所说的那样，身为谢星摇，那种生活她并不喜欢。

将他人的评价作为唯一准则，费尽心思为了取悦别人而活——

那不是她的人生。

心魔阴影被禁锢于掌心之中，皲裂出道道碎痕。

起初不过是细碎如丝的小小裂缝，片刻后愈来愈多、愈来愈大，宛如蛛网盘踞，压得心魔摇摇欲坠。

似是有所感应，趴在桌前的少女茫然抬头，眼眶通红，隐约可见尚未干涸的水雾。

她极少掉眼泪，偶尔被压得喘不过气，会一个人悄悄在夜里哭。

谢星摇坦然对上她的目光。

自她来到修真界，目睹过太多人被困于枷锁之中。无论云襄还是白妙言，都能往前迈开那一步，她又何尝不可。

"觉得很累对不对？我那会儿也挺难受的——再坚持一下吧。"与她面貌相仿的少女目露困惑，谢星摇温声开口，"等你再长大一些，总有机会见到更大更广的世界，遇见更多朋友，不会在意你家境如何、有多优秀，而是真正对'谢星摇'感兴趣的朋友——至于现在，如果觉得太辛苦，休息一阵子也没问题。"

光影溃散，阴影退却，谢星摇扬唇一笑："因为不管别人如何评价，你本身就已经很棒啦。"

偌大空间中，陡然响起一道"咔嚓"脆响。

被握在掌心的阴影轰然碎裂，心魔于此刻溃散无踪。

心口的窒息感终于褪下，谢星摇卸下紧绷的力道，然而没来得及松一口气，便于片刻间怔住。

她凭借外来者的优势，开着挂解开了自己的心魔，按理来说，应该能即刻脱身而出，在现实中醒来。

但熟悉的房屋渐渐消散，取而代之的，竟是另一片更为浑浊的黑暗。

这什么情况？

谢星摇习惯性做出防备姿态，细细回想原著里的剧情。

《天途》只详细描写了主人公温泊雪的心魔，待他勘破幻境，将其破开——

对了。

温泊雪破除心魔后，同样也坠入了另一重幻境。

他在原文里和月梵一路同行，两人身中魔术时，距离很近。

于是两重幻境产生了十分微妙的重叠，温泊雪得以窥见月梵心中的不安与恐惧，继而顺理成章地助她解开心魔，好感度大幅提升。

说回现实，魔术发作时，他们几人身在茶楼，当时离她最近的……是晏寒来。

晏寒来将她护住，甚至将掌心贴在她后背上。

所以，这地方极有可能是属于晏寒来的幻境。

谢星摇凝神抬头，心中不免疑惑：当初他们身在连喜镇的江府，白妙言心魔发作之时，她曾短暂见过晏寒来的心魔。

那时的情景俨然一派明媚春光，晏寒来亦是天真稚童的模样，与眼前所见相差了十万八千里，怎么看都对不上。

她兀自出神的间隙，许是感应到生人的气息，幻境两侧渐渐亮起摇曳烛光。

这里竟是一座牢房。

牢狱阴暗，四面八方不见天光。

谢星摇孑然立在中间的长廊，长廊两边则是一间间窄小囚牢，地上铺着杂乱草屑，墙壁潮湿，现出浓郁深沉的鲜红血色。

往前探去，长廊幽深，不见尽头。

越往深处，灯火就越暗淡，直至最后消逝不见，化作黑黝黝一团阴影，好似巨兽张开的深渊大口。

谢星摇从小到大，只在鬼屋密室里感受过如此压抑的氛围。

准确来说，鬼屋甚至远不及此地的死气沉沉。

晏寒来……曾经待在这种地方？

放眼望去，满目皆是抓痕与早已干涸的血迹，只需瞧上几眼，便能叫人后背发麻。

谢星摇看得浑身不适，好不容易褪去的窒息感卷土重来，让她不禁蹙起眉头，抬手掩住扑面而来的血腥气。

她没发现晏寒来。

极大概率，他在更远一些的深处。

牢狱之中寂寥无人，浓郁的死寂仿佛凝成实体，重重压在胸腔上方，令人难以呼吸。

四下只能听见她的脚步声，不知何处藏匿着危机，恐惧感更甚于鬼屋。谢星摇心里发怵，悄悄给自己加油打气，竭力鼓足勇气，继续向前。

行至深处，灯火暗下，夜色织出漫天巨网，将所见之物牢牢缚住。

她毕竟是个年纪不大的小姑娘，平生尤其害怕这种诡谲沉寂的幽暗场所，小心翼翼地挪动脚步时，蓦地呼吸一滞。

一片静默里，忽然响起某种物件闷闷碰撞的声音。

像是——

铁制的锁链。

如同是对她的回应，当锁链声轻轻掠过耳畔，谢星摇嗅见一股无比清晰的血腥气。

……不会吧。

她手中掐出一道护身法诀，试探性低声道："晏寒来？"

没有人回应。

此地没点烛火，她在长廊尽头僵立了好一会儿，才慢慢适应身边过于浓郁的黑暗，看清牢狱里的景象。

谢星摇头脑一蒙，屏住呼吸。

长廊尽头的牢房极窄极深，墙壁布满青苔，处处可见猩红血迹。

锁链闷响声中，循声望向牢房角落，赫然是道模糊人影。

她忽然有些不敢上前。

那人瘦削得过分，四肢皆由铁链缚住，被一袭单薄白衣轻飘飘罩住身形。白衣浸血，七成布料被染作殷红，更不用提衣物处处破损，好似长鞭留下的痕迹。

牢房里那人，生有一对雪白色的狐狸耳朵。

谢星摇心口不明缘由地发堵，再一次出声："晏寒来？"

晏寒来在发抖。

她听见的声声铁链轻响，正是因他手腕轻颤，引出锁链之间轻微的碰撞。

听闻突如其来的嗓音，少年迟疑着抬头，露出谢星摇熟悉的脸。

他面上亦有一条长长的鞭痕，血渍浓稠，染红毫无血色的苍白嘴角。双目仍是澄澈琥珀色泽，望向她的目光却茫然而混沌，像是蒙了层浅浅水雾。

在幻境之中，他不会记得自己将来的身份，意识停留于心魔起始，无限循环。

如今的晏寒来，应是不认得她了。

"你……"

谢星摇欲言又止，上前靠近几步，于他面前蹲下。

晏寒来气息很乱，加之浑身上下止不住地颤抖，和毒咒发作的状态极为相似。

也就是说，在他被关入这间牢房时，已经被人下了咒术。

时间如此巧合，这两件事的主使者会不会是同一个人？究竟是怎样的深仇大恨，才让那人对他如此折磨？

这些都是原文未曾提及，谢星摇也从未知晓的事情。

眼前所见远远超出预期，谢星摇心乱如麻，如之前做过的那样，伸出右手，轻轻覆上少年头顶。

她本打算触碰他的手心或后背，奈何眼前的身体几乎没一处好肉，匆匆扫视一番，唯有头顶不那么血迹斑斑。

灵力自掌心涌出，澄净温和的气息弥散于无边黑暗。

他看上去因寒冷而瑟瑟发抖，有这股柔暖灵力在，应该会好受很多。

谢星摇不去看那些蜿蜒交错的伤疤，尽量把声线压柔："你被谁困在这里？我能带你出去……"

她没来得及说完，剩下的半句话卡在喉咙里。

这间牢房不见烛火，唯有长廊中光影氤氲，悄然渗入几分。

谢星摇身为修士，借由这点儿微不足道的光线，能看清身前人的形貌。

晏寒来生得好看，她一直知道。

因意识模糊，少年平日里的冷戾与散漫尽数消退，此刻双目凝神，一眨不眨地盯着她瞧。

凤目纤长，眼中可见晕开的缕缕红潮，宛如欲望残留的余烬，于眼尾灼出一抹微妙弧度。乌发凌乱，其中几缕贴在苍白清癯的颊边，在晃动的光影里，五官轮廓冷峻如刀，却也明艳得令人心慌。

——更何况，他条件反射地试图贴近热源，发丝轻晃间，一只耳朵不偏不倚，恰好蹭上谢星摇的手心。

同他因寒冷而战栗的身体不同，狐狸耳朵滚滚生烫，尖端的绒毛蹭过掌心，惹来电流般的痒。

谢星摇很没出息地心脏狂跳。

从小到大的教育迫使她保持冷静，面不改色："这样能缓解你身上的咒术……

有没有觉得好些？"

近在咫尺的少年仍旧没有应答。

长廊中一瞬烛光轻跳，点亮他墨玉似的双眸，晏寒来静静同她对视，半晌，自唇边勾出一抹笑。

恍如夜半罂粟，雨后春池——

不对。

几乎是下意识地，谢星摇停下手中的动作。

对方的笑意来得突兀，然而此地并非旖旎之所，而是晏寒来实实在在的心魔。

少年的轻笑固然动人心魄，但细细看去，这笑意太冷太张扬，眉骨锋利而凛冽，更似夜色中出鞘的快刀。

她打从一开始便心存警惕，闪身后退的一霎，晏寒来果然猛地向前。

他动作极快，显然心存杀意，黑暗中疾光倏过，杀气堪堪擦过谢星摇的发梢。

也正是这时，她才得以看清晏寒来的手臂。

那铁链竟并非套在他手上……而是自腕骨横穿而过。

这番动作牵出阵阵剧痛，少年咬牙一声不吭，通体战栗，死死盯着她瞧。

他意识混乱，许是将她当作了这所囚牢的掌管者。

谢星摇心烦意乱。

她看《天途》时对晏寒来很是不喜，来到修真界，起初也同他针锋相对。

然而经过这么多日的接触，她居然不再那么厌恶这个角色。

他曾多次救下她的性命，与她认识的所有人一样，他同样拥有喜怒哀乐和各种小脾性，就连不久前魔术突现，也是晏寒来将她护住。

晏寒来就该散漫毒舌，肆意妄为，因为太傲太凶而不讨人喜欢，面对一切困境皆能游刃有余。亲眼见他受困于此，被不知何人肆意折辱，谢星摇只觉心口发闷。

也莫名有些生气。

倘若解不开这道心魔，他们两人都没办法出去。谢星摇压下心中更多情绪，尝试沟通："我不是你的仇家。"

晏寒来沉默以对。

"眼前所见皆为心魔幻境。"她试图靠近一步，"你早已离开此地——"

晏寒来果然是个坏脾气的杀坯。

不过一霎，冷冽杀气再度袭来，谢星摇早有准备，反手握住他的手臂。

少年不知饿了多久，浑身骨瘦如柴，加之伤痕遍布，断然不是她的对手。他的手臂满是鞭痕烫伤，谢星摇不敢用力，虚虚将其按下，锁住晏寒来的动作。

他本就置身于牢房角落，被她顺势压下，脊背靠上冰冷的墙面，冷意与剧痛骤然交错，惹出手臂上的一阵轻颤。

"听我说。"谢星摇深呼吸，"我乃凌霄山弟子，与你结伴搜寻仙骨，因在绣城遭遇魇术，一并入了心魔。"

她说着一顿："我是谢星摇。"

听见最后三个字，身下的反抗微微滞住。

谢星摇放缓呼吸。

这处角落逼仄狭小，她与晏寒来相隔极近，莫名被衬出几分不可言说的暧昧之意。

一时间二人都没说话，黑暗剥夺视觉感官，听觉与嗅觉便显得尤为敏锐——譬如此刻，她能听见对方急促的呼吸声。

在如今贴近的距离下，呼吸也变得炽热而黏稠。

谢星摇压下耳边热意，抿唇垂眸。

她将晏寒来抵在墙角，倒影几乎将少年人全然吞没。低头望去，唯能见到一对伤痕累累的白狐耳朵，以及一双同她对视的琥珀色眼睛。

好一会儿，眸中水雾散开，凝出一片昏沉荫翳。

狐耳轻轻一颤，晏寒来嗓音极哑极低："……谢星摇？"

"是我。"

她应得毫不犹豫，晏寒来却沉默着蹙眉，目光混沌茫然。

对了。

他目力受损，在如此昏暗的环境里，什么也看不见。

即便两人相隔咫尺，他仍然只能见到无边无际的黝黑虚空，不知眼前之人究竟是真实存在，抑或只是心魔中的一道幻听。

"我们的心魔，应是重叠到了一起。"

谢星摇暗暗松了一口气，拇指微动，轻缓擦过晏寒来颊边，拭去凝固于侧脸的血迹。

"怎么样？"她极轻地笑了下，语意温和，似是羽毛落于耳边，"是不是货真价实？"

指腹柔软，触感舒适而真切，绝非假象。

少年心神混乱，因她的触碰稍稍松下戒备，在尚未消散的恶咒里，下意识追寻那抹熟悉的热度。

只消瞬息，谢星摇耳根轰然一热。

如同一个小小的试探。

狐耳无声轻颤，晏寒来倏尔侧过脖颈。

薄唇滚烫，轻轻用力，咬住她指尖上的那片血污。

唇瓣炽热，灼在指腹有如火烧。

齿尖压上皮肤，谢星摇匆匆缩回右手。

因为这个意料之外的触碰，晏寒来似是终于找回些许理智，呼吸声渐渐趋于平缓。

视野昏黑，他慢慢想起一切。

过往不堪的经历，心中怀揣的目的，以及近在咫尺的人。

他方才——

耳后的热意更浓几分，晏寒来抬眸瞥她一眼，不知怎的，又默不作声地垂下长睫。

"你想起来了？"谢星摇暗暗摩挲指尖，把声调压平，"没事吧？"

晏寒来没即刻应声，指尖聚起一簇灵力。

灵力莹白，弥散出缕缕幽光，虽不甚明亮，却足以照亮他们二人之间的距离。

被贯穿的手腕剧痛不已，他对这种感觉习以为常，心中暗嗤一声，无言抬眸。

谢星摇目露茫然，正一本正经地盯着他的脸。

她被那个动作吓得不轻，耳根残留着潮红的余晕，一双眼被灵力映得清澈透亮，即便身在心魔，也能叫人想起早春荡漾的湖泊。

同他四目相对的一刻，谢星摇故作镇定，挺直脊背，两眼匆匆眨动几下。

有点儿傻。

晏寒来笑出一道低不可闻的气音。

"无碍。"

他扫一眼贯穿四肢的锁链，漫不经心地动动手腕。

因他这个动作，钻心的疼痛瞬间侵入五脏六腑，晏寒来不过微微蹙了眉，倒是谢星摇倒吸一口冷气，不敢置信般睁圆双眼。

"这铁链……应该如何解开？"她欲言又止，左手摸了摸自己的右手手腕，"晏公子动作如此随心，莫非不觉得疼？"

晏寒来："尚可，不劳谢姑娘关心。"

他语焉不详，不愿在这个话题上多加探讨。谢星摇心口像被猫爪在挠，憋了满满一肚子的话，没一句能问出口。

这究竟是什么地方？是什么人将他锁入囚牢之中，以如此险恶的手段虐打折磨？那人是何身份，如今又身在何处？

还有他身上那道诡谲万分的咒术。

谢星摇最初以为它类似于寒毒，一旦沁入四肢百骸，便会引出寒意刺骨。但回想晏寒来的种种症状，却又与寒毒相去甚远。

倘若真是寒毒，他的耳朵与嘴唇不应那样滚烫，身体更不会下意识地同她贴近。

她有预感，即便自己刨根问底、百般纠缠，对方也绝不会透露半句。

为免冷场，不如不问。

"谢姑娘既能进入我的心魔——"晏寒来哑声道，"难道你破了自己的幻境？"

大反派不愧是大反派，顶着满身上下鲜血淋漓的伤，居然能把疼痛忍下，用和平日无异的语气同她说话。

谢星摇心生敬佩，又一次摸摸手腕，虽然伤口不在自己身上，却仿佛能感到隐隐约约的疼："是。"

她说着正色："眼下这场幻境不破，我们都会被困于其中。晏公子可知破解之法？"

晏寒来浑身痛极，难以动弹，这具身体又被饿得瘦骨嶙峋，此刻精疲力竭斜靠在墙角，自嘲地一笑："大概。"

要想破除心魔，方法不外乎几种。

第一种在小说里最为常见，其中一名主角被困幻境，正值孤独恐惧无助的多重叠加状态，临近绝境时，另一位主人公突然现身，告诉对方别怕，有我陪着你。

《天途》原著中，温泊雪就是这样救下了月梵。

但是吧……

谢星摇皱皱眉头，飞快地瞥向角落里的晏寒来。

他虽然境遇狼狈，神色却是坦然自若，从面上漫不经心的表情来看，心态恐怕比她更好。

毕竟晏寒来已经玩起了贯穿腕骨的那条锁链。

第二种解决之法,是凭借自身意志勘破幻象。

说实话,谢星摇心里不太有底。

倘若她未曾进入这重幻境,晏寒来不知何时才能挣脱心魔。她记得自己初来这里时,少年人那双沁满水雾的茫然凤眼,痛苦至极,也压抑至极。

晏寒来性子傲,从不向旁人表露脆弱之处。他虽表现得漫不经心,然而归根结底,这座牢狱仍是心底最深的梦魇。

"无论如何,还是先想办法解开这些链子吧。"谢星摇拿不准主意,目光往下,凝在"哗哗"作响的铁制锁链上,"你被它们缚住,莫说攻克心魔,连自由行动都够呛。"

她背对着牢房入口,说话时望见晏寒来撩起眼皮,向她身后瞧了瞧。

谢星摇扭头:"怎么……"

两字出口,谢星摇被吓得浑身一震,朝着晏寒来蓦地一靠。

不出所料,耳边响起少年的冷声轻嗤。

牢房外正是那条幽深长廊,烛光暗淡,勾勒出一道无比诡异的影子。

竟是一颗足足有两人大小,悬于半空的眼球。

"这是什么东西?"谢星摇脑子转不过来,"你被一颗眼珠子关进了地牢?"

晏寒来笑意更浓:"自然不是。"

心魔幻境极似做梦,万物都能改变模样,化作或荒诞或天马行空的不同形象。

这只眼睛,很可能对应了他曾遇见过的某些人或事。

谢星摇心中明白这一点,手臂还是不由自主地起了鸡皮疙瘩,向外看去,眼球骨碌碌一转,向长廊另一头飞去。

而在它经过的角落,居然还有一只疤痕处处、几乎被血浸透的巨大断手。

谢星摇压低嗓音:"你心魔里的景象都这么奇怪吗?"

晏寒来:"嗯。"

眼珠好似一个臃肿圆球,逐渐消失在长廊拐角。

它和断手带来的气氛已足够压抑,谢星摇来不及喘气,骤然又望见一缕黑烟。

她敏锐地觉察出一丝杀意。

黑烟没有固定的形体,于长廊之中飘荡游散,倏尔凝成一道人影,看不清五官轮廓,也猜不透身量如何。

唯一能肯定的,是来者不善。

自它现身起,浓郁黑气便疯狂蔓延,飞速吞噬廊间亮光。

雾影如潮，沉重威压步步靠近，即便此地并非谢星摇的心魔，仍是让她不自觉心尖战栗。

晏寒来静默垂眼，看眼前的少女微微侧身，将他小心翼翼地挡在身后。

他扯了下嘴角。

门外的人影时聚时散，离得越近，谢星摇越能嗅到由它散出的腥臭气息，像是浑浊泥泞的沼泽，令人阵阵心悸，无法挣脱。

它已然逼近了门边。

"你能对付它吗？"谢星摇沉声，"我听说在幻境里，心魔的实力会大大增强……"

她的话音戛然而止。

——只一瞬，黑影发出一声桀桀怪笑，忽地化作数道疾风，向二人所在的角落厉然袭来！

威压骤增，前所未有的压迫感沉重如山。

谢星摇极快地掐诀，没来得及抬手，便见身前血光乍现。

属于晏寒来的血渍凝作点点利刃，撕裂扑面而来的暗影。四下冷风猎猎，她听见身后一串清脆锁链声。

时至此刻，晏寒来居然带着几分笑音，嗓音沙哑，耳语般响起："嗯。"

谢星摇猝然回头。

被牢牢缚住的少年缓缓起身，身形极高也极瘦，腕上铁链摇晃不止，处处沾有凝固的血污。

灵力暗涌，照亮他棱角分明的半张脸庞，眉骨凌厉，墨发微卷，犹如一把蕴藉寒光的剑，也像一只隐匿于黑暗的狼。

至于他掌心，早在不知何时被划破长长一条血口。

晏寒来对上她的目光，轻扯一下嘴角。

黑影被一瞬击溃，很快再度凝出另一道形体。由它散开的雾气四下弥漫，吞没大半个房屋。

然而晏寒来比它更快更狠。

在满目黑烟里，陡然传来一阵闷响。

谢星摇呼吸窒住，惊愕地睁大眼睛。

——四条铁链冷硬无情地贯穿他的骨骼，当晏寒来轻抬手腕，掌心鲜血下淌，尽数落在锁链之上。

于是灵力顺着铁链层层爆开，枷锁轰然碎裂，与此同时，也无差别地撕裂了他的骨血。

晏寒来就是这样一个怪人，对别人狠，对自己更狠。

在《天途》中，他屠尽仙门数百人，最终落败于主角团的围攻之下，临死之际，轻笑着用小刀刺穿了自己心口。

铁链应声而落，手腕鲜血淋漓。谢星摇看得后背发凉，再眨眼，身后的少年已挪步向前。

之前与他们一路同行，晏寒来刻意隐藏了自己的真正实力，此刻威压沉沉，瞬间笼罩了整个囚笼。

感应到他释放的气息，谢星摇暗暗蹙眉。

有些奇怪。

寻常修士的灵力纯白干净，邪修则是浑浊不清的一团黑雾。晏寒来此刻的气息竟是介于两者之间，呈现出十分古怪的深灰色泽，不似邪修那般令人生厌，却也不像常人一样澄澈透明。

仿佛混杂了灵力、妖气、魔气与冗杂的死气，叫人心生不适。

这绝非正常人应有的修炼方式。

但此时顾不了太多。

少年清瘦的身影倏忽向前，迅疾得看不透身法。

于他指尖飞快结出数种繁杂法咒，速度之快、咒法之复杂，让谢星摇心生惊讶。

血污凶煞，他用的咒术更是凶残。

但见血光破开重重暗色，不留活路地撕裂怪物身体，黑影嘶吼着倒地，又挣扎着想要站起。

不等它完全恢复，晏寒来的咒法再一次将它撕开。

太快了。

谢星摇从未见过如此凶戾的打法，招招致命，回回狠厉，心魔每每欲图复原，黑影尚未凝集，就被他毫不留情地逐一击碎。

直至此刻，她终于真真切切地意识到，站在不远处的那人，是原文里不折不扣的反派魔头。

反派不会被心魔玩弄于股掌之间——

他只会一遍又一遍，不厌其烦地将其碾碎。

长廊中阴风阵阵，吹得烛火摇曳不休。

晏寒来掌心鲜血凝聚，化作一把锋利小刀，不偏不倚，正正抵在黑影喉咙。

浑身上下皆是痛意，在地牢受了数日折磨，仿佛连筋骨血肉都要碎开，手腕脚腕的情况更是严重，稍一用力，就像有无数把刀锋在磨。

他静静凝视身下的黑影，半晌，在剧痛中嘲弄地一笑。

"许久不见。"

小刀于指尖轻轻旋转，划开黑影的喉咙。

晏寒来声调低哑，比起直面心魔，更似平日里悠然的闲谈。

不动声色地瞥一眼角落里的姑娘，他静默一霎，嗓音压低，没让她听见。

"小时候的确时常梦见你。"小刀用力下压，黑影发出剧烈嘶吼，晏寒来面不改色，语含轻嘲，"至于现在……我不介意变成你的噩梦。"

下一刻，刀锋撕碎了它的咽喉。

心魔震颤不止，竟有了狼狈后退的势头。谢星摇立在囚牢角落，透过门外摇晃不定的烛火，望见少年沉默地起身。

身形如刀，纤长冷戾的凤眼亦如刀。

他身后是黑影聚散，混沌如潮，杀意未褪，冷风扬起染血的发梢。

晏寒来看着她无声一笑，唇角轻扬。

"吓到了？"

他话音落下，眼前景象瞬息变化。

阴暗潮湿的牢狱如同浸了水的墨画，一点点化作模糊不清的虚影。

谢星摇仰面环顾，晏寒来的身影同样消失在眼前，景物融化又聚拢，缓缓形成另一种模样。

一片花林。

很像绣城外的那片林子。

被种下魔术后，修士会陷入沉睡。如今两重心魔接连破除，她的身体仍然处于沉眠状态——

睡着了就会做梦，合理推测，眼前所见是她的梦境。

心里的石头好不容易落下，谢星摇拍拍胸口，久违地深呼吸。

比起危机四伏的心魔，做梦明显友好得多。

更何况她刚从幻境离开，保持着清醒的意识，即便置身于梦里，思绪也称得上清晰活络。

这场梦境正值深夜，一轮明月冷冷当空，花林寂静，四处荡漾着流泻的月影清波。

虽然不明白她为什么会梦见这个地方，但谢星摇曾听说过，人在做清醒梦的时候，能通过潜意识任意修改梦境。

有点儿饿。

她思忖片刻，尝试着在识海中勾勒出奶油蛋糕的形状，不过转瞬，身前当真扑通出现一个盒装蛋糕。

……哇。

谢星摇俯身打量，越过透明塑料盒，果然见到白腻柔软的奶油，一颗草莓点缀其中，色泽诱人。

看上去味道不错，可惜她并无食欲。

不久前见到的景象萦绕于心，地牢幽暗，遍地的血泊更是骇人。

也不知晏寒来在那种地方生活了多久，被那群人如何对待过。

这个念头下意识浮现，让她心中发堵。待谢星摇再低头，赫然瞥见一团雪白。

不愧是想什么来什么。

在她身前的一块磐石上，比猫咪稍大一些的狐狸眨眨双眼，摇了摇硕大的尾巴。

……不过为什么是狐狸的模样？

梦境觉察到她的思绪，白狐耳朵一抖，伴随灵力拂过，现出少年人劲瘦挺拔的身形。

梦里的晏寒来身着单薄青衣，琥珀色凤眼蕴蓊微光，侧脸被月色浸湿，无声地朝她靠近一步。

皂香迎面，漆黑的影子向下沉沉笼罩，不知怎么，谢星摇心口飞快跳了跳。

好像，距离有些太近了。

夜色昏沉，花林幽幽，除却他们二人，于林间深处，悄然现出另一道身影——

晏寒来蹙起眉头。

他破开心魔，顺势坠入梦境之中，走出葱茏树林，居然又见到谢星摇。

魔术能连通入梦，他们的心魔被绑在一处，梦境自然相通。

月光如水，徜徉幽林。少女默然而立，在她身侧，立着另一道影子。

和他如出一辙的影子。

心口如被轻轻一戳，生出不易察觉的微妙颤动。

谢星摇……梦见他？

少年面上少有地现出几分茫然仓皇，正兀自怔忪，听见不远处的红衣姑娘清脆开口，嗓音澄净如铃。

谢星摇："那么大一只狐狸呢？快快快变回去。"

不远处，修长青影闻声一晃。

旋即如她所愿，化作一只拥有大尾巴的白狐。

晏寒来面色渐沉，看她兴致勃勃地蹲下，把狐狸抱在怀中。

"还是这样比较可爱。"

梦中的一切杳无声息，谢星摇背对着他，尚未发觉有人靠近，伸出双手，摸一摸狐狸后背纤长绵软的绒毛。

她之前摸过两次，但对方毕竟是晏寒来，哪怕心下欢喜，手上也不曾用力。

眼下多出这么一个完美替身，皮毛柔软，形貌漂亮，谢星摇可耻地有点儿馋。

替身文学诚不她欺。

小狐狸似是害怕，眨了眨晶亮的眼睛。

"不怕不怕，来摸摸。"

心魔里的景象历历在目，就算知道那是许久以前的事情，谢星摇还是不由自主地放柔了力气，掌心轻轻托住狐狸身体，捏捏它精致的脸颊："是谁那样欺负你，坏家伙？"

身后林中，晏寒来长睫倏动。

……平日里捉弄他还不够，面对梦里的狐狸也要花言巧语。

小狐狸比晏寒来本尊乖巧千倍万倍，谢星摇见它毫不反抗，胆子更大一些，按按肉垫，又抱住毛团猛吸一口。

肉垫弹软，是爱心一样的浅淡粉色，被她指尖轻轻按住，会不由自主地蜷缩起爪子。

至于吸狐狸——

谢星摇心满意足，神态安详。

香香软软，幸福至极，整张脸都被毛茸茸裹住。

是天堂。

脊背往下，就是狐狸尾巴。

她尝试着五指合拢，奈何毛团蓬松，一只手难以握住，惹得谢星摇咧开嘴角："你看，我帮你离开心魔，让我摸一摸不过分吧。"

——得寸进尺，恬不知耻。

她说着笑笑："喜欢吗？舒不舒服？"

——才不喜欢，他只觉得心烦。

与自己形貌相仿的狐狸被她揉弄于怀中，晏寒来心中躁乱，正欲上前，眼见谢星摇俯身而下，将狐狸稳稳当当放在磐石上。

看来她兴致已尽。

世人总是如此，对新奇物事爱不释手，一旦厌倦，就会弃之如敝屣。

少年自嘲笑笑，寂然月色下，却听那人一声低笑。

谢星摇兴致勃勃："晏公子，看你这么可爱，机会难得，咱们来跳个快乐的《天鹅湖》吧。"

梦境皆由潜意识所化，谢星摇不用言语，只需在识海中描摹大致景象，白团便随之一动。

晏寒来眼睁睁看着原形模样的他自己，笨拙地抬起一对前爪，晃了晃尾巴。

然后踮起脚尖，原地转了两个圈。

他不理解。

他太阳穴跳个不停。

月光下的狐狸动作生涩，粉色肉垫衬出雪白绒毛。狐尾轻旋的瞬息，整个毛团好似喝醉一样，软趴趴跃起足尖，于半空画出一道圆形弧度。

可爱。

可爱一百分，谢星摇整颗心都快酥掉。

奋力营业的狐狸蹦蹦跳跳，几乎扭成一根白面条，她止不住轻笑，"啪啪"拍掌："晏公子好棒！不如再来一支热情的桑巴——"

林中一时间充满了快活的空气，奈何这份快活尚未散开，谢星摇的笑意就僵在嘴角。

身前的小白团犹在欢快起舞，在她身后，忽有冷风袭过。

似乎，好像，也许，夹杂了那么一丝熟悉的皂香。

大事不妙。

谢星摇心中默念大慈大悲咒，缓缓回头。

青衣少年面色沉沉地站在树丛，弯起眼尾，冷然轻笑。

"晏公子，"谢星摇低头又抬头，脚步轻挪挡住小白狐狸，欲盖弥彰，"好久不见。"

"嗯。"晏寒来笑意不减，面若寒霜，"的确许久，大概一盏茶。"

"我……我……我遇到一只和你很像的狐狸。"谢星摇乱转眼珠，"你看，它在……"

她咽下即将出口的"跳舞"，脑子里一团乱麻，斟酌一瞬措辞，情急之下脱口而出："活着。"

晏寒来冷呵。

谢星摇："……我错了。"

被树影笼罩的少年人没有回应，她上前几步，鹿眼圆而润，一眨不眨地盯着他瞧："晏公子，我真的真的错了——你生气啦？"

她从来都是这样。

无论说过什么话、做过什么事，总能软着声线来到他面前，言语间猜不透几分是真几分是假。

心里说不清是什么滋味，晏寒来面无表情地别开视线："没。"

"你……"他说着顿住，耳根一阵发烫，"先让狐狸停下。"

顺着他的目光，谢星摇默默低头。

跃动着的小狐狸连续转了好几个圈，许是觉得晕头转向，不慎脚下一滑，四脚朝天跌在磐石上。

细瘦纤长的前爪悠悠晃荡，白团子发出低低一声呜咽，无助地晃了晃毛茸茸的爪爪，好似撒娇，露出足底花瓣形状的粉色肉垫。

谢星摇：完蛋了。

美梦变噩梦，往往只需要短短一个转身。

晏寒来似笑非笑，石头上的白毛狐狸爪子乱晃。谢星摇站在二者之间，强迫自己保持镇静，她扬起嘴角。

简单来说，皮笑肉不笑。

与晏寒来视线相撞的那一刻起，她便已在识海中不断默念"狐狸消失"，奈何梦境全由潜意识操控，她越是紧张，越容易想起那只跳舞的白毛狐狸。

月光静谧，花林中白影颤动。

谢星摇默默俯身，左手握住小狐狸纤瘦的前爪，右手扶住它绵软的腰身，稍稍用力，把瘫倒的毛团重新扶正。

狐狸抖抖尾巴，看看谢星摇，又望一望晏寒来，半晌，眯起双眼蹭了蹭爪子。

谢星摇对它寄予厚望，本以为狐狸能安安分分，没承想竟是个只会卖萌的不肖子；而在另一边，见它做出如此动作，晏寒来的笑意越发冷沉。

"我原本，只是在林子里普普通通散步来着。"谢星摇挺直后背，尽量让自己显得不那么心虚，"没想到突然就蹿出来一只狐狸——晏公子你知道的，梦中所见皆为虚妄，连我也不知道，究竟为何会做这样奇怪的梦。"

少年目露讥诮，言语听不出情绪起伏："谢姑娘助我破开心魔，让你摸摸狐狸，的确不过分。"

就在刚才，她曾对小白狐狸原原本本说过这句话。

谢星摇听见脑袋里一根弦断裂的声音。

她默认了晏寒来刚出现不久，对前因后果一概不知，本打算糊弄过去——

他不会打从一开始，就一声不吭站在后面了吧？

如果那些话全被他听见，她就完了。

谢星摇心乱如麻，犹在思索应当做何解释，没想到晏寒来竟未深究，而是语气淡淡地转移话题："此地应是魔术梦境的交接之地。"

晏公子。

今天的你是个大好人。

她如蒙大赦，眸中明亮几分："魔术梦境交接之地？"

"城中夺魂的恶咒虽然并非魔术，但和魔术一脉相承，只不过更狠更凶。"晏寒来颔首，被月色映照着侧脸，"魔术的运转机制，是以施术者的梦境作为母体，在母体之上叠加受害者各自的不同心魔。"

不愧是原文里白纸黑字写过的咒术天才。

谢星摇恍然大悟："所以我们破开自身心魔，就到了施术者的梦里。"

晏寒来对幕后黑手一概不知，她看过《天途》，知晓一切阴谋背后的猫腻。

——伪装成沈府小姐的那只桃花妖。

城中百姓接连陷入心魔，皆因受她影响，如今眼前所见，亦当是那桃花妖的梦。

身侧晚风徐徐，撩动花林枝丫颤动。没有预料之中凶残狠厉的杀气，这场梦……似乎比她想象中平和许多。

"我们接下来应该怎么办？"

谢星摇低头看看手掌,用指甲戳一戳掌心软肉,居然能感到一丝刺痛。

"要想离开这场梦,应该……"

她细细思忖过一阵,原文把故事的来龙去脉交代得清清楚楚,幕后黑手的真实身份毋庸置疑。

他们即便把桃花妖的梦探索个遍,应该也得不到更多有用信息。

在《天途》里,温泊雪之所以能很快苏醒……

沉思间,耳边嗡然响起一道低鸣。

眼前的景物应声震颤,谢星摇听见似曾相识的低语:"谢师妹、晏公子!"

是温泊雪的声音。

他们已离开心魔,此刻只是做了场普普通通的梦。做梦的时候,倘若自身无法及时醒来——

更快更有效的方法,无疑是被旁人叫醒。

终于能脱离这个鬼地方了。

谢星摇长舒一口气。

"……师妹,谢师妹!"

声声低呼敲打耳膜,连带识海也一并震颤不休。

谢星摇猝然睁眼,被晃动的烛火刺得垂下眼睫。

"太好了,我就知道你能醒过来。"温泊雪站在床边,朗然笑开,"感觉还好吗?"

月梵拍拍胸口:"外来者果然人均一个金手指。你被困在心魔的时候,是不是也成了第三人称的观众?"

谢星摇点头,缓缓坐起身。

身边不再是昏迷前所见的那处茶楼,而是他们一早订下的客房。她正靠坐在床上,对着温泊雪和月梵。

"听说修真界里,常人都会被消去记忆,亲身经历一遍又一遍的心魔。"温泊雪心有余悸,嗓音微软,"万幸我们不是那样,否则我一定醒不过来。"

月梵点头:"我也够呛,就算是以旁观者的视角去看,也会觉得窒息得要命,更别提亲身经历了。"

她顺着侧目,向谢星摇解释如今的情况:"我们进入沈府,被魇术有意盯上,在茶楼里昏迷后,被昙光带回了客栈。"

昙光因体质特殊，一直远远避开沈府，在《天途》原著里，也是由他充当了搬运工的角色。

想起原文，谢星摇心中复杂。

温泊雪突破己身心魔，后又协助月梵离开幻境，不久之后，晏寒来亦是苏醒过来。

至于她这具身体的主人"谢星摇"，自始至终被心魔缠身，直至副本结束、桃花妖身死，才终于悠悠转醒。

要说这个角色的存在有何目的，大概唯有坚定男主角温泊雪除妖的决心。

被嫌弃的工具人的一生。

"我们俩因为金手指，都很快破了心魔。"月梵道，"昙光去晏公子房中帮忙照料了，按照进度，应该也能很快解决。"

她话音方落，房中倏然响起一道砰砰敲门声，紧随其后，是昙光携了喜色的轻快音调："诸位，晏公子醒了！"

"所以，我们潜入沈府的计划失败，只能寻求另一种解法。"

房门打开，昙光与晏寒来顺势进屋，一行人纷纷坐在圆桌旁，身后是不断跳跃的火光。

温泊雪揉揉太阳穴，试图捋清思路："如今看来，最好的法子无疑是主动接触沈惜霜。"

晏寒来轻抬眼帘："为何是沈惜霜？"

白衣青年屏息怔住。

糟糕，说漏嘴了。

晏寒来并非外来者，于他而言，沈府中有几十上百只妖，在毫无线索的前提下，根本无法锁定幕后凶手。

"沈惜霜是沈府的千金小姐，一来拥有足够大的权力，二来同我们年纪相仿，结识起来比较容易。"谢星摇笑笑，面不改色，"沈府老爷固然位高权重，却很难被我们接近；其他侍卫侍女权限太小，提供不了足够的协助。"

她一段话说下来行云流水，无懈可击，末了一本正经："晏公子明白了吧？"

厉害。

温泊雪心中"啪啪"鼓掌。

晏寒来听她说完，面上无甚表情，凤眼稍稍凝起，同她对视一瞬。

梦里的景象历历在目，谢星摇被盯得紧张，礼貌性勾勾嘴角。

"没错没错！"昙光一拍脑门，"各位若想迅速拉拢沈小姐，我看过与之相关的典籍，或许能提供办法。"

他识海里绑定着《合欢宗养鱼手册》，根正苗红的恋爱游戏，要想提升某个角色的好感度，可谓轻而易举。

"沈惜霜对温泊雪的根骨最感兴趣，所以这次计划的主力军——"

谢星摇传音入密，视线来回辗转，最终定在温泊雪面上。

原文里，沈惜霜觊觎他万里挑一的天赋，刻意与之接近。

温泊雪觉察出不对，干脆顺水推舟，佯装被她蛊惑心神，实则暗暗与月梵联络，筹备除妖大计。

沈惜霜以为这个男人对自己爱得死心塌地，将他带往藏匿神骨之地，欲图杀掉献祭。

也正是在那一刻，温泊雪骤然起身，同月梵、昙光、晏寒来里应外合，除灭了恶妖。

他们无法进入沈府，但只要让沈惜霜对温泊雪产生兴趣，或许还能把剧情往回掰一掰。

"我？"温泊雪头一回被委以重任，顿时正色，"我会努力的！"

"我也看过一些诸如此类的话本，能帮着出谋划策。"月梵点头，接过话茬，"比如突然发现相爱的道侣其实是自己亲哥哥，在雨里哭着奔跑时被马车撞到失忆，遇到真命天子却因为身份差距，被他娘亲丢下几万灵石，放言'离开我儿子'，最后跳下诛仙台遗忘前尘往事，来一场十生十世的情缘。"

温泊雪瞳孔微震："所以你平常都在看什么样的言情小说啊！"

昙光倒吸一口凉气："这么演会被人觉得脑子有问题吧！"

"我已经打探过了，沈惜霜会在明日离开沈府，去林中赏花。"昙光扶额，"在那之前，我们需要商量好对策。"

月梵若有所思："在擦肩而过的时候突然平地摔，倒进她怀里。"

温泊雪第一个出言反驳："这……这不对吧？我摔进沈小姐怀里？"

谢星摇听得直乐，笑吟吟补充："或是端着一杯茶从她身边经过，脚下一个不稳，把茶水全洒在她身上。"

温泊雪心生惧意："然后被榨干钱财，只为了赔偿她身上那条价值不菲的裙子？"

"这些都是屡见不鲜的老套路，要想让人信以为真，得从细节下手。"昙光端坐一边,缓缓放下手中茶杯,脑门锃亮,"看来,是时候让诸位见识见识我的独门绝技了。"

他既是网文写手,又是绑定了养鱼手册的玩家,在一群人中资历最为丰富。

谢星摇好奇地道:"什么独门绝技?"

晏寒来不屑一顾,闻言冷嗤。

昙光笑笑:"今日尚有闲暇,我们不妨来演练一番——在我们五人中,谁是最难接近、最不容易攻略的一个?"

客房之中,浑然漫开一阵沉默。

晏寒来对此毫无兴致,坐于角落懒懒抬眸,唇边冰冷的笑意顿时僵住。

圆桌旁,四个黑压压的脑袋齐齐转动,不约而同地望向他。

"那就有劳晏公子了。"

昙光笑得温和,将晏寒来置于客房最北侧的窗边。

窗口大开,月色漫流,照亮窗外一棵枝繁叶茂的雪白梨树,而在他身侧,站着谢星摇。

"假设两位并不相识,接下来,我会用传音指引谢师妹。"昙光与另外两人坐在角落,颔首轻道,"看见窗外的梨树了吗?以它为场景,想象你们置身于花林。"

"首先,从储物袋拿出一个小物,发簪坠子什么都行。"话音散去,昙光传音入密,"然后把它丢下去,确保落在晏寒来脚边。"

月梵心领神会:"这是——制造机会!"

昙光点头:"没错。他见到有东西落在脚边,定会下意识去捡,而与此同时,你也顺势弯腰——指尖不经意彼此触碰,当你们双双抬头,目光交错,二人咫尺之距,暧昧感爆棚,很容易产生好感。"

温泊雪只恨自己不能当场做笔记。

谢星摇乖乖点头,拿出一个小发簪,控制好手中力道,将它丢在晏寒来足边。

少年静默一瞬。

旋即在所有人的注视下,缓缓后退三步。

"晏公子,"昙光一怔,"你不打算帮她捡?"

"既然我同她并不相识,为何要帮?谢姑娘看上去不像无手之人。"

谢星摇瞪他一眼:"你才是无手之人!"

昙光:"……行,捡起你的发簪跟他搭话,就说……你初来绣城,与同伴失散,在花林迷了路。"

谢星摇如法炮制,晏寒来听罢神色如常:"迷路?指北术乃是入门术法,御器凌空亦可遍观八方,更何况身为修士……你们未曾备过传讯符?"

谢星摇勉强微笑:"因为……"

你好烦,好难搞定啊。

"……也行,世界这么大,总会有那么一两只单身狗成精。"昙光眼角狂抽,用力深呼吸,"继续搭话,这回注意眼神和动作,要有意无意地靠近——"

谢星摇仍在细细听他传音,身侧本是寂静,毫无征兆地,忽有清风掠过。

夜风微凉,携来噙笑的少年音:"因为什么?"

谢星摇动作一顿。

晏寒来的嗓音十足悦耳,既有少年人的清润,又隐约裹挟了淡淡的哑,倏尔于她耳边响起,瞬间激起脊骨上的一阵酥麻。

这和剧本里写的完全不一样。

谢星摇匆匆抬眼,撞进他琥珀色的双瞳。

晏寒来身量极高,一身青衣挺拔如竹,不知何时微微躬身,笼罩下漆黑影子。

有意无意地靠近。

注意眼神。

太近了。

她怎么变成了被撩拨的——

心绪飞速闪过,她来不及做出回应,又见对方上前一步。

眼下不比伸手不见五指的心魔幻境,灯火葳蕤,清晰描摹出眼前人精致的五官。晏寒来笑得暧昧又恣意,眉眼尽是说不清道不明的蛊惑。

谢星摇下意识后退,脑子被热气冲得发蒙。

房中一时寂静,青衣少年弯起双目,眼尾晕出桃花色绯红。

晏寒来笑音极低:"躲什么?"

他声调仍是慵懒,伸出左手覆上她头顶,带来热气与皂香,不动声色地向下轻压。

谢星摇别开目光。

这个动作只持续了短短一瞬,待他左手放下,指尖攥了片纯白花瓣。

想来是身后的木窗大开,梨树被风一吹,把花瓣落在她发间。

"看来昙光师父的法子还需改进。"梨花被捻在指尖,晏寒来后退几步,恢复往日轻嘲的冷淡神色,"否则到时候,不知究竟谁会被谁制住——我有些乏,先行告退。"

他说走就走,毫不留恋,只留下四名外来者面面相觑。

良久,温泊雪呆呆出声:"晏公子,好厉害。"

昙光目瞪口呆:"难道这就是……狐狸的种族天赋?"

月梵捂住心口,痛心疾首:"我好像,有那么一瞬间,被撩到了。"

昙光:"哇哦。"

温泊雪:"天哪。"

月梵:"真牛。"

什么叫外来者一败涂地?

这就是外来者一败涂地。

时值深夜,客栈灯影幢幢。

青衣少年自房门而出,孑然行于长廊之上,忽而停下足步,轻抬左手。

单薄花瓣被握于指尖,不过轻轻拈住,便随着动作柔柔颤动。晏寒来眸色沉沉,鸦羽般漆黑的长睫无声一抖。

不知想起什么,他喉结倏动,半晌,自唇边勾起一个浅淡的轻笑。

二十一世纪的套路惨遭无情碾压,晏寒来离开后,客房里沉默了好一阵子。

直到月梵后知后觉地开口。

"我忽然意识到一个问题,不知当不当讲。昙光小师父的本职是网络小说家,但……到底是哪种类型的小说?"

"实不相瞒,"昙光痛定思痛,"我是写男频爽文的。"

破案了。

谢星摇摸摸褪下热意的耳朵,在心里痛骂晏寒来一百遍。

"但男频爽文也有感情线啊!"昙光凛然正色,"市面上流行后宫万人迷,可我觉得那不行。感情线必须层层渐进,水到渠成,让男女主人公相识相知再相爱——为了写出这种效果,我参考过不少某江文学网的作品。"

温泊雪对小说所知甚少,露出钦佩之色:"哇!"

谢星摇是个学生,温泊雪一天到晚忙着拍戏,月梵拼命打工赚钱、花天酒地,也没怎么谈过恋爱。

一行人中,昙光的确是对此最为了解的一个。

月梵颔首道:"明日我们应当如何行事?小师父这么有经验,不妨来说道说道。"

"在原文里,'温泊雪'成功混进沈府,拥有很多接触沈惜霜的机会。我们进不了沈府,接近她的机会屈指可数,必须在第一次见面时,就让她对我们心生好感。"

"首先,要想吸引沈惜霜的注意,温道友需要有一个足够好的人物设定。"昙光不再思考由晏寒来带来的挫败感,专心思忖,"在一本小说里,人设尤为重要。考虑到这里是修真界,不如就用最经典的高岭之花仙门道长形象吧。"

温泊雪惊喜点头:"高岭之花仙门道长,这就是我啊!"

月梵拍拍他后脑勺:"傻崽,先把你的傻笑收一收。"

"其次,你们需要有一场足够刻骨铭心的初见。"都说术业有专攻,昙光不愧为专业人士,说得井井有条,"第一印象很重要。为了配合你的道长身份……来一出英雄救美怎么样?"

毕竟他之前的"双双俯身捡起小物"和"假装迷路",全被晏寒来三言两语给破了。

思来想去,只有这个办法靠谱。

老实人温泊雪一愣:"英雄救美?怎么救?"

"救人的法子可不少。"昙光道,"小说里不经常这么写吗?雇几个看上去凶神恶煞的小混混,让他们把人堵在路口,眼看到了危急关头,你适时挺身出面,从天而降。这个套路我在《合欢宗养鱼手册》中用过,效果拔群,直接加了三十好感度。"

月梵适时开口:"雇人不太靠谱。绣城就这么大,精怪彼此之间互相认识,一旦穿帮露馅,我们就真的完蛋了。"

谢星摇接下她的话茬:"我们一共五个人,可以让其中之一扮演混混角色。如此一来,大家知根知底,能让配合更加默契。"

坐在她身边的三人不约而同点头。

"首先排除晏寒来,他大概率会消极怠工,至于其他人……"

谢星摇一顿:"你们觉得谁更合适?"

除却温泊雪与晏寒来,就只剩下她、月梵和昙光。

"你们两个姑娘,看上去也凶神恶煞不起来。"昙光毫不犹豫,"我来吧。"

"小师父不是天生佛相吗?沈惜霜修为不低,应该很容易察觉。"

"我可以伪造一点儿魔气在身上,用来遮掩佛相的气息。"烛火下的小和尚咧嘴一笑,"虽然太浓的魔气不讨精怪喜欢……但也恰好符合人设,一个入魔的坏蛋。"

"那就这样决定了。"这个计划乍一听来毫无瑕疵,月梵满意总结,"先是昙光小师父佯装恶棍出场,再由温泊雪出面。沈惜霜定会对他生出兴趣,反过来进行撩拨,试图让他心甘情愿献祭仙骨——双方都图谋不轨,这是全员恶人,互坑互演啊!"

"温师兄好歹是个专业演员,更何况我们还有个编剧。"谢星摇笑笑,"要论演戏……我们不会比她差。"

"没错!"昙光信心十足,轻抚一下大脑门,"朋友们,相信我,这次绝不可能翻车。"

第七章 寻花香

第二日。

绣城的清晨处处弥漫花香，谢星摇从睡梦中醒来，无比惬意地打了个哈欠。

今日惠风和畅，阳光熹微，窗外的梨树被春风拂过，吹下一树花落如雪。

她早早来到客栈大堂，另外几人居然起得更早，已然围坐在一张木桌旁，认真商讨今日计划。等用过早餐，便到了出发的时候。

据昙光得来的情报，沈惜霜要想前往城外的花林赏花，须得经过一条人迹罕至的长巷。

他暗暗在巷口埋伏，其他人则藏于巷道两边的二楼走道。等沈惜霜路过，一场大戏就能拉开序幕。

"我的意中人是一个盖世英雄，有一天，他会踩着七彩祥云来娶我。"月梵站在走道角落，被阴影遮住大半张脸，难掩目光激动，"英雄救美虽然俗套，但吃这一口的人绝对最多。"

在她身侧，温泊雪正不断自言自语，唇齿张合间，不时做出几个小动作。

——昨晚昙光不仅布置好了英雄救美的流程，还为他写好了见到沈惜霜后的台词。温泊雪作为专业演员，整夜兢兢业业地练习剧本，直到此刻仍有些紧张。

晏寒来本是立在他身边，这会儿默默轻挪脚步，离远了一些。

"他这是在背台词。"谢星摇压低声音，好心解释，"你来猜猜，他这是在做什么？"

几人中只有晏寒来没看过剧本，无疑是唯一的观众角色。要想知道温泊雪表现如何，问他最为合适。

青衣少年静默无言，凝视角落里晃动的人影。

但见温泊雪原地轻盈跃起，复而足尖落地，衣袂翻飞间，扬唇露出一个轻笑。

晏寒来："他偷偷潜入沈府，做贼心虚四下张望，见身边无人，喜不自禁。"

月梵听得乐不可支，抬眼瞧一瞧温泊雪的盲人演技，随口附和："我觉得吧，有点儿像手生多日，好不容易去麻将馆耍一耍，就很开心。"

这是温泊雪在模拟从天而降，对着沈惜霜颔首微笑。

……他笑起来有这么贼吗？

下一刻，温泊雪双目圆瞪，愠怒蹙眉。

晏寒来："不想却被家丁发觉，仓促之下，只能求饶。"

月梵："打麻将竟被出老千，那叫一个气啊。"

这是温泊雪正在呵斥假扮恶人的昙光。

身前的角落里，温泊雪嗤笑抬手，指尖捻起，倏然上扬。

晏寒来顺利捋清所有剧情："于是他趁家丁不备，陡然暴起，一掌掀开其颅骨。"

月梵笑得发抖，朝他竖起一个大拇指："起手，抓麻，和了。"

这是昙光受到晏寒来启发，让温泊雪去帮沈惜霜摘下头顶的花瓣。

对于待会儿的大戏，她忽然有一丝丝不自信了。

恰是此刻，识海里响起昙光的传音："各部门注意，目标已抵达现场！"

二楼的几人循声而动，纷纷朝着楼下投去目光。

这条巷道位于绣城边沿，不似主城那般热闹繁华。长巷幽深，两旁栽种着几棵粉白桃树，树影纷然，为地面笼下一簇簇婆娑阴影。

自巷道另一边的入口，正徐徐来两个人影。

左侧的女孩年纪轻轻，相貌娇憨可爱，应是沈府中的侍女花妖。

她身旁的姑娘着了件鹅黄长裙，周身裹挟着若有似无的明艳春光，细细看去，面若芙蓉柳如眉，虽是秾丽长相，举手投足却轻缓舒雅，不显媚色。

想必这就是沈惜霜。

温泊雪垂头下探，悄然传音："我从二楼跳下去，应该不会有事吧？"

真正的凌霄山弟子温泊雪可不会说出这种问题，他留了个心眼，绕过晏寒来。

"放心，区区二楼不值一提，修士就算从万丈悬崖掉下去，也能有保命手段。电视剧里不都这么演吗，跳下山头，然后用一个凌空的术法。"月梵拍拍他的肩头,"只要在下落的一刻掐诀念咒,绝不会有问题。"

昙光道:"为烘托气氛,我还找了几个群众演员。待会儿温道友将我逐走,群演就会假装路过,拍手叫好。"

"事不宜迟,我开始了!"话音方落,小和尚倏忽闪身,行入巷中。

他仍用了之前的那张易容,身着一袭墨黑长袍。魔气腾腾,遮掩法相金光,不似仙门圣子,活像个恶霸妖僧。

不消多时,昙光已来到沈惜霜身前,轻扯嘴角:"小娘子,请留步。"

被这样一个怪人拦住去路,小丫鬟心生戒备,拉着沈惜霜后退一步。

"姑娘莫要害怕,我见姑娘生得花容月貌,不知可有闲暇,同我四处逛逛?"

昙光照搬曾在小说里写过的炮灰台词:"放心,我行得端坐得直,绝不会对姑娘动手动脚——只交个朋友,怎么样?"

沈惜霜面色微沉,柳眉轻蹙。

另一边,月梵戳戳温泊雪的手臂:"到你了!"

后者握拳点头,她说罢侧目,无意间瞥见谢星摇欲言又止的神色。

月梵:"谢师妹,怎么了?"

"不知道为什么,我总觉得不太对。"谢星摇说不上来哪里出了问题,同她低声耳语,"按理来说,应该不会出岔子。二楼虽高,但温泊雪能在下落的瞬间使出凌空诀——"

等等。

脑海中的弦猛然一颤,谢星摇蓦地抬眸。

二楼固然算不得矮,然而比起高耸入云的重峦叠嶂……

它的高度未免太小。

"根据自由落体公式,"谢星摇喃喃传音,"假设每层楼有两米高,忽略空气阻力,一个人从二楼直直落下,所需要的时间只有——"

谢星摇右眼皮重重一跳:"大约0.6秒。"

0.6秒,比一眨眼的时间更短。

连大脑都不可能在如此短暂的间隙做出反应,更不用提掐诀念咒。

暴怒的牛顿,终于在修真界安详地合上了他的棺材板。

谢星摇猝然出声:"等……"

回应她的,却并非温泊雪。

视线所及之处,凌然白衣气宇轩昂,双手负于身后,摆好姿势造型,只一瞬间,翩然而落。
　　幽深巷道中,旋即蔓延开一声撕心裂肺的惊呼。
　　"啊——!"沈惜霜身侧的小丫鬟目眦欲裂,"救命啊,有人跳楼自尽啦!"
　　场面一度十分混乱,小丫鬟很蒙,很惊慌。
　　这本是普普通通的一天,她和小姐走在这条普普通通的长街,没承想一眨眼的工夫,竟见一人自高楼腾空跃起,直直落在地上!
　　修士体魄强健,顶多受点皮肉伤,眼看那人动了动身子,小丫鬟心中惊惧万分。
　　也正是此刻,自巷头巷尾,走来三三两两的过路之人。
　　"完了。"谢星摇双目无神,丧失表情,"那些不会是昙光安排的群众演员吧?"
　　"完了。"同样呆立巷中的昙光默默发来传音,"这些,是我安排的群众演员。"
　　离天下之大谱。
　　小丫鬟正欲出言求救,却见其中一人将他们扫视几眼,目光途经地上那白衣,虽面露不解,但还是展颜笑道:"好事,大好事!"
　　另一人亦是莞尔:"没想到有朝一日竟能目睹此番景象,真好。"
　　小巷中俨然充满快活的空气,谢星摇无言垂首,以手掩面;昙光目瞪口呆,失去思维能力。
　　温泊雪趴在地上不敢说话也不敢动,无助传音:"救我,呜呜。"
　　已经有群众演员"啪啪"鼓掌,开始说起"恭喜恭喜"。
　　小丫鬟起初茫然转不动脑筋,片刻后又拼命思考,逐渐理解了一切。
　　一个就算坠落下楼、危在旦夕,也会被街坊邻居拍手称快的人——
　　"小姐,此人定是恶霸同伙,无恶不作,罪行滔天。"小丫鬟神色骤变,"快跑!"

　　群众演员说完台词,一溜烟走了。
　　长长巷道内无人出声,再一次陷入如谜寂静。
　　"怎么办?"月梵小声耳语,"我们要不下去帮帮他?"
　　谢星摇轻轻点头。
　　"小……小……小姐,"巷子里的小丫鬟被吓得不轻,瞅瞅昙光,又望望地上的温泊雪,瑟瑟发抖地扯住沈惜霜袖口,"我们快走吧。"
　　这两人形貌古怪,来者不善,显而易见不是什么好货色,她正欲转身,忽见身侧的楼道人影攒动，匆匆跑下一个姑娘。

有温泊雪这个前车之鉴，谢星摇不大敢直接凌空跃下。

"温师兄！"竭力忽略两名花妖的眼神，谢星摇在他身前飞快蹲下，"你怎么这样不小心，竟不慎从楼上摔了下来。"

她说着扭头，看向两位神色错愕的姑娘："抱歉抱歉，我师兄是不是吓着二位了？我们方才经过楼上的长廊，没想到一处栏杆年久失修……"

一句话没来得及说完，识海陡然响起昙光的传音："等等！"

昙光身为这场大戏的唯一指定反派，此时此刻被男主人公的跳楼自尽抢尽风头，站在原地很是尴尬。

待他稳下心神，冷静分析："不行不行，如果只说他不小心摔下楼，我们和沈惜霜铁定不能扯上关系。"

对哦。

谢星摇目光稍凛。

倘若她把一切解释为意外，这小丫鬟被吓得六神无主，定会拉着沈惜霜赶紧离开。

如此一来，他们既会错过绝佳时机，又将在沈惜霜眼中留下一言难尽的怪人印象，可谓赔了夫人又折兵。

"虽然不想用这个办法……但如今看来，只能豁出去试上一试了。"

昙光握拳："来，碰瓷吧。"

突然出现的红衣少女神色古怪，小丫鬟捏紧沈惜霜袖口："栏杆年久失修，你师兄就不慎掉了下来？"

谢星摇沉默一霎。

"……不。"

当月梵与晏寒来随她下楼，方入巷中，便听得一声悲痛呜咽。

"是师兄他自己，瞥见那木栏摇摇欲坠，自行跃下了。"谢星摇咬牙，"我们门派名不见经传，弟子个个修为低微，已经许久赚不到灵石。师兄拼死拼活养活我们，没承想积劳成疾……"

月梵茫然："不是英雄救美吗？怎么成碰瓷卖惨了？"

昙光："你觉得以我们现在这种状态，还能英雄得起来吗？"

他堪堪说完，一旁的晏寒来已冷静接话："师兄自寻死路，想来是为不拖累我们。"

谢星摇紧接他的话茬:"师兄,你为何这么傻。虽然我们身无分文,但只要拼命去攒,灵石总会有的。"

晏寒来面无表情,语气平平,如同劣质诗朗诵:"如今温师兄身受重伤,我们只怕连治病的钱都凑不起来。"

……晏寒来你是职业捧哏吗?居然就这么毫不犹豫地顺畅接下去了!

这出二人转配合得堪称精彩,月梵大受震撼,默默看向地上平躺的温泊雪。

算了。

虽然英雄救美惨变碰瓷,但为了完成任务,还有什么不能豁出去?

月梵从善如流:"怎么办?我们的钱,只够给温师兄买一个躺进去的小木盒了。"

昙光终于找到可乘之机,横眉立目,颇为嫌弃地后退几步,转身离开:"怎么碰上这么几个玩意儿,晦气!走了走了。"

躺在地上的那人一动不动,之前毫不犹豫地跃下高楼的姿势也不像有假。

小丫鬟被唬得发蒙,低声道:"小姐,我们怎么办?"

另一边,月梵亦是心有困惑。

"这样能行吗?我记得在原著里,沈惜霜之所以选中温泊雪去献祭,是因为亲眼见他破开心魔,觉得他是天赋异禀之材。"她底气不足,语意飘忽,"但现在……"

话音未落,身侧传来一道从未听过的陌生女音:"附近有个医馆,不妨将这位道长送去看看。"

心下猛地一动,月梵抬头。

看人果然不能只看表面,无论男人女人,越漂亮就越会骗人。

沈惜霜的声线清婉柔和,配上一张人畜无害、白净秀美的脸,很难让人联想到杀人如麻的凶残反派。

许是见谢星摇欲言又止,沈惜霜温和一笑:"诸位不必担心,既然萍水相逢,那便是有缘,更何况幸有小道长们及时现身,才帮我们逼退了那魔修。今日疗伤看病的灵石,全由我出。"

"沈小姐,"温泊雪动了动指尖,"你人真好。"

孩子不成器,有奶就是娘。

月梵忍住轻敲他脑袋的冲动:"笨,人家那是馋你身子。"

古往今来，碰瓷果然是屡试不爽的套路。

温泊雪被安置在医馆的病床，为了不让大夫走漏风声，谢星摇特意塞去不少灵石，确保计划万无一失。

"唉，真没想到，谢姑娘你们过得如此艰难。莫要难过，苦日子总会过去的。"

其他人守在房中，谢星摇则与小丫鬟外出抓药。

小丫鬟名叫阿椿，是由椿树化形的精怪，打小便生活在沈府之中，性子天真不谙世事。

谢星摇听她轻声安慰，勉强勾出笑意："多谢阿椿姑娘。"

"第一眼见到你师兄，我还以为他是个纨绔子弟呢。"阿椿叹气，"他生得好看，气质不错，就连身上的衣服也……"

等等。

小姑娘心觉不对："谢姑娘，你们师门穷得治不了伤，为何个个衣着如此光鲜？"

……不好。

今日的戏码本是英雄救美，要想在第一时间抓住沈惜霜的注意力，温泊雪特意穿上了一件花里胡哨的宝纱鲛衣。

"有吗？冒牌货而已。阿椿姑娘你也知道，现在除魔的生意不好做，倘若穿得破破烂烂，定然寻不到金主。"谢星摇闻声笑笑，指尖灵力悄然散开，划破袖口一缕丝线，"你看，这儿已经开线了。"

阿椿眼中疑惑褪去："那为何街坊邻居见你师兄从高楼跳下，要个个鼓掌叫好呢？"

"师兄曾对他们的一位亲朋出过手。"谢星摇脑中飞速运转，曾经看过的小说影视剧逐一浮现，"那恶妖伤人无数，只为汲取人族骨血，助长已身修为。他们心知恶妖误入歧途，却不忍心对他下手——"她咬牙长叹，"师兄费尽千辛万苦，终于将其诛杀，自那以后，也就成了街坊邻居们的眼中钉、肉中刺。"

阿椿一个单纯小姑娘，哪遇上过这种骗子，闻言面露不忍，握住她手："你们辛苦了！"

等医馆煎好药，便由她们二人拿回厢房。

谢星摇推门而入，万幸眼前是一片和睦景象。

"谢师妹，你回来了。"温泊雪靠坐床沿，神情隐有悲伤，"劳烦你去拿药了。"

想来也是，正如昙光所言，人物设定最为重要。他从好端端的高岭之花摇身一变，成了走投无路自寻死路的丐帮种子选手，落差之大，的确叫人难以接受。

"我们在讨论温公子深入龙穴，以一己之力屠灭恶龙的那次经历。"沈惜霜居然十分友好，颔首轻笑，"谢姑娘不妨来我身边坐下。"

演技真好。

原文里的"温泊雪"那样精明，起初都能被她耍得团团转。

想起她暗地里做过的事，谢星摇只觉芒刺在背，礼貌性笑了笑："多谢沈小姐。"

身旁的阿椿好奇地道："温公子屠过龙？"

"两年前的事情了，不足挂齿。"温泊雪不擅长说谎，将其一笔带过，"我们今日身上所穿的衣物，就是屠龙得来的谢礼。"

谢星摇笑意僵住。

阿椿茫然睁圆双眼："谢礼？不是仿制的赝品吗？"

"紧急会议紧急会议！"谢星摇飞快传音，"沈惜霜也问你们衣服的事儿了？"

"对啊！"温泊雪立马接话，"幸亏昙光小师父临时编了个屠龙故事，才让我们把话圆回来——阿椿也问你了？"

这运气真行。

他们不仅翻车，还能撞车。

"我告诉她，这些都是假货，不值钱。"谢星摇轻抚额头，"等等……昙光小师父？"

他应该不在医馆里啊。

她心中困惑方起，即刻听见一道回音："我正趴在房顶。"

趴在房顶的昙光道："放心，网文写手在编故事上绝不会翻……"

他说到这里，陡然停住。

包括晏寒来在内，几人皆是目露寒光。

昙光："咳，应该能圆过去。温道友，你接下来复述我的话就好。"

因有传音，房中出现了短时间的凝滞。

沈惜霜抬眸："小道长们，怎么了？"

像条伺机而动的毒蛇。

谢星摇心生冷意，耳边响起温泊雪的轻笑："无碍，谢师妹太过惊讶罢了——关于我屠龙之事，她并不知晓。"

谢星摇猜出了昙光的故事线，很是配合："师兄，什么屠龙？"

"当年我们门派穷得揭不开锅,恰逢恶龙现世,官府张贴了通缉令。"温泊雪面色苍白,笑容自带几分惹人怜惜的脆弱,"你还记得吗?我执意要去,你却觉得太过危险,将我留在门派中。"

"莫非——"谢星摇讶然,"你瞒着我去了!"

"不去,我们都会饿死;去了,或许还能求得一条生路。"白衣青年含笑摇头,"我得来几件宝衣,不愿让你担心,便说是街头买来的便宜货。"

沈惜霜轻声开口:"……不错,我方才看过,温公子的衣物价值不菲,并非凡物。"

居然圆上了,顺便塑造了一个有实力有担当的好男人形象。

月梵由衷感慨:"真牛。"

"这是我看过的一本小说剧情,叫《穿成偏执反派的咸鱼白月光》。"

昙光"嘿嘿"一笑,神识微动,自识海中传来文案片段。

"一场意外,她成了反派少年时的小师妹。只不过对他软言几句,助他屠灭恶龙,为他买了件护身法衣,为什么……反派却将她压在墙角,红着眼哑声道:既然招惹了我,那就别离开。"

月梵吸一口冷气:"怎么说呢,有某江文学城那味儿了。"

另一边,沈惜霜徐徐饮下一口热茶:"想来温公子修为不低,为何贵派会沦落至此?"

这人果然不好糊弄。

谢星摇长睫倏动,又听温泊雪道:"实不相瞒,那次屠灭恶龙的决战损伤了我的心脉,如今我已成废人,活着只能拖累师弟师妹……呵,生而为人,不过是一个笑话。"

顺便还能圆上跳楼自尽的谎。

绝了。

"这是《我心脉尽碎后全师门都火葬场了》。"屋顶上的昙光适时道,"直到那个少女归来,她才明白,自己不过是宗门白月光的替身。师父师兄的宠爱全都是假,哪怕她拼尽所有,也只能得来一句'你笑起来不像她'。当深渊巨兽突袭山门,她手持长剑以命相搏,在剑光血光里告诉他们,自此两不相欠。"

月梵:"万万没想到,他们目眦欲裂,眼尾通红,哭着求她不要离开。"

昙光:"Bingo(答对了)!"

"竟有此事。"沈惜霜敛眉抿唇,面露同情,"我还有一事不解……温公子降妖除魔多年，为何自高楼坠下，却得来街坊邻居的一致欢呼？"

"我知道！"阿椿眨眨眼，"谢姑娘同我说了，温公子曾除灭过他们的一个亲朋好友，这才被那条街的百姓视作仇人。"

"不错。"温泊雪，"我只求坚守心中正道，至于旁人，就让他们随意去说吧——沈小姐，你不会也同他们一样，觉得我冷酷无情吧？"

沈惜霜被问得一愣，继而笑笑："自然不会。温公子心怀天下，乃是大义。"

谢星摇皱皱鼻尖："我怎么闻到一股芬芳茶香。"

"这并非我自创的台词，是《我靠绿茶作精嫁入豪门了》里女主角说的。"昙光正色，"全A市的豪门圈子都知道，他不近女色、淡漠清冷。直到某天路人无意间发现，他竟把一个娇滴滴的姑娘按在墙头亲！消息传出，全网都炸了！"

"怎么说呢，"月梵沉思半晌，迟疑接话，"虽然很离谱……但不可否认，的确把所有漏洞给圆上了。"

谢星摇点头："而且逻辑清晰，故事线完整，倘若我是沈惜霜或阿椿，定会觉得温师兄大义凛然，体贴亲友，是个心有猛虎细嗅蔷薇的好人。"

温泊雪佩服得五体投地："太厉害了，这就是传说中的职业素养吧！"

晏寒来不懂他们，他觉得人情世故很烦。

"而且经过这么一番梳理，我好像悟了。"昙光轻抚下巴，只觉瞬息之际豁然开朗，"刚才说的故事情节，就是《穿成偏执反派的咸鱼白月光后我让全师门火葬场，最终靠绿茶作精嫁入了豪门》的大纲啊！大卖，热点齐聚，写出来绝对大卖！"

谢星摇：你搁这儿叠Buff呢？

当昙光首次收回那句"绝不翻车"的豪言壮语，终于，他们第一次没有翻车。

谢星摇坐在医馆的木椅上，久违地感到如释重负，谈话间悄然侧目，看向沈惜霜。

沈惜霜坐在她身侧，细细嗅去，能闻见一股清新桃花香。

这位千金小姐生得漂亮，目似秋水，肤如凝脂，一袭浅淡长裙缥缈如烟，衬出风姿楚楚，宛如明珠生晕。

谁能想到，她其实是一只披着"沈惜霜"壳子的恶妖。

"今日因为我，耽误了二位原本的行程。抱歉。"在昙光的传音指导下，温泊雪如鱼得水，"看两位的去路，莫非是要出城？"

"春日正是观景的好时候,我本打算和阿椿一道前往花林。"沈惜霜颔首轻笑,薄唇不点而朱,扬起小小弧度,"遇见诸位道长,可比赏花有意义得多。"

阿椿点头:"我家小姐自幼喜欢侠义话本,对心怀大义之人最是敬佩。温道长算是运气好,才能在今日遇上她,若是别人,可不一定这样帮你。"

沈惜霜摇头:"哪能这样说。"

她的声线婉转柔和,尾音轻微下压,言语之间带了几分宠溺的意味,显然与阿椿关系甚好。

温泊雪:"绣城多是纸醉金迷、及时行乐之辈,能结识眼前各位,是我的运气。"

同时弱弱传音:"虽然知道这是假的……但沈小姐好温柔。"

"稳住,就当是在拍戏!"月梵恨铁不成钢,"傻崽,是你要攻略她,千万别被她反过来干掉了。"

她言语飞快,两句话说完的瞬息,识海里陡然闯入另一道神识。

"……假的?"

月梵抬头,见到晏寒来微沉的凤眸。

糟糕,说漏嘴了。

晏寒来此时此刻,是不知道沈惜霜的真实身份的。

"昙光……昙光小师父是不是忘记告诉你了?"谢星摇心下倏动,迅速编好应对之法,"他不是认识一个捕快姑娘吗?那姑娘昨晚告诉她,发现沈府小姐的行踪十分诡异。"

"对对对!"温泊雪紧张得厉害,又给脸上下了个定身法诀,"就是昨天夜里晏公子先行离去的时候——我们经过一夜商讨,觉得沈小姐嫌疑很大,说不定她的温柔全是伪装,背地里其实是个杀人不眨眼的邪祟妖魔。"

解释通了。

温泊雪松开紧握的双拳。

来修真界这么多天,他仙术法诀的修炼没太大进展,反倒是演技节节攀升,学会了怎样糊弄人。

这个小小的插曲平安过去,温泊雪不再纠结于此,凝神聆听沈惜霜的言辞。

没承想下一刻,居然又听见晏寒来的传音:"不是。"

不止只温泊雪,谢星摇亦飞快地抬眼:"什么不是?"

晏寒来神色如常:"幕后操纵魔术之人,并非沈惜霜。"

沈惜霜毕竟是个千金小姐，倘若迟迟不归家，定会让家中之人心生忧虑。

这会儿天色渐暗，已到了傍晚时分，她与阿椿双双道别，声称明日再来探望温泊雪。

两道身影远远消失在道路尽头，谢星摇终于能出言开口："幕后主使不是沈惜霜？你为何知道？"

她下意识觉得不可能。

《天途》里白纸黑字写明了这个副本最终反派的身份，更何况剧情一气呵成，丝毫没有可供质疑的地方。

沈惜霜居心叵测地接近温泊雪，千方百计将他魅惑，在副本接近尾声的时候，利用魔术蛊惑他的心神，妄图引导他自愿剖开心脉，献祭仙骨。

除了她，自始至终没有出现过第二个反派角色。

"对啊。"昙光从房顶下来，用清洁术洗去掌心的黑灰，"晏公子说得如此笃定，莫非找到了什么证据？"

"心魔之后，我同你进过魔术母体的梦境。"晏寒来瞥一眼谢星摇，"梦境与识海相通，往往沾有做梦者的零星气息——魔术的母体，气息同沈惜霜相去甚远。"

谢星摇一顿。

心魔褪去后，她和晏寒来的确进入了另一场梦境，梦中是夜里的绣城，四下死寂无声，安静得有些瘆人。

她当时觉得真凶已定，并未在梦中多做探察。

温泊雪脑子转不过来："但是……"

他堪堪说出两字就闭了嘴，他们的来历乃是绝密，总不可能直白地告诉晏寒来，他们正在经历一本小说里的剧情。

但是这说不通啊。

晏寒来原形是感知力过人的灵狐，加之修为颇高，对气息的敏锐度远远强于他们几个人，他说相去甚远，那应该不会有错。

"既然晏公子能分辨出魔术母体的气息，"月梵轻揉眉心，试图将清突如其来的巨大信息量，"待你见到真正的母体，可否将其一眼认出？"

角落里的鸦青色身影斜斜向后一靠，倚上木椅椅背。

晏寒来似是轻嗤一声："我远没有那般神通。"

他道："梦中气息极为微弱，我之所以确定那并非沈惜霜，是因二者之间差异太大，极易分辨。"

温泊雪处在茫然状态："会不会是沈小姐隐藏了自己真实的气息，让你只能见到一层假象？"

想来又觉不对，看原文里的描述，沈惜霜修为不比晏寒来高，若想骗过他，恐怕不太容易。

"母体之气沉郁冷凝，沈惜霜……虽然也不干净，但更为尖锐、锋芒毕露。"晏寒来笑笑，"当然，以上仅是我一人之谈，尚无确凿证据。"

因他短短几段话，早已确定好的剧情瞬间天翻地覆。

昙光只觉脑子里嗡嗡作响，艰难传音："不是吧……原著难道还能出错？"

月梵轻轻咬住右手大拇指："也可能是晏寒来受了蒙蔽，但以他的天赋和修为，不应该啊。"

"各位，我有一个大胆的猜测。"房中气氛一时凝固，好一会儿，谢星摇默默接下话茬，"之前经历过的两个副本，大家都还记得吧。"

月梵和温泊雪自然不会忘记，昙光听他们讲述过大致的来龙去脉，同样应了声"嗯"。

"在第一个副本里，白妙言曾被江承宇下了媚术，因而对他死心塌地。"谢星摇敛眉，"但当我们通读《天途》，原文只告诉我们，她和江承宇是对彼此相爱又彼此憎恨的怨偶，因为不舍得杀他，以自刎的方式完成了报复。"

"没错。"月梵低声，"第二个副本也是这样，我们太过依赖原著，以为在朔风城遇见的姑娘铁定是云湘。"

温泊雪："其实……是三百年前的大祭司云襄。"

他们对原著剧情从未有过怀疑，却忽略了一个显而易见的事实。

《天途》不过是本由文字构成的小说，而在他们眼前展开的，是一个恢宏浩大、诡谲莫测的真实世界。

真实的人生里，往往潜藏着更多秘密、诡计、阴谋与阴差阳错。

如果沈惜霜并非真正的主谋，而在原文里……温泊雪找错真凶、杀错了人呢？

"如果幕后主使不是沈惜霜……"昙光蹙眉，少有地显露出几分正经之色，"她与真凶必然关系匪浅，而且幕后主使极有可能潜藏在沈府之中。《天途》虽然会漏掉某些信息，但主角团的确是在沈府消灭魔术后取回的仙骨。"

"但根据昙光小师父得来的情报，沈府确有古怪。"月梵整合一番信息，沉声开口，"如果真凶并非沈小姐……应当如何将其找出，就是如今最大的难题了。"

谢星摇目光稍动，看一眼晏寒来："晏公子方才说过，沈小姐的气息不干净，这是什么意思？"

"字面意思。"晏寒来语意淡淡，"她不大对劲。"

所以沈惜霜确实有问题。

她蹙眉思索整件事情的来龙去脉，又听晏寒来继续道："若要寻得真凶，尚有一条捷径。"

谢星摇抬头，对上他的双目。

"我和谢姑娘破除心魔后，双双入过魔术母体的梦境——绣城。"青衣少年独自坐于角落，被窗边落日映亮琥珀色眼眸，谈及此事，晏寒来不知想到什么，长睫一颤，"绣城之外是场普普通通的梦，绣城之中威压骤增，想必是魔术核心。若能进入其中，将其勘破，做梦者的身份自然呼之欲出。"

温泊雪好奇："可我们已挣脱魔术，如何才能第二次入梦？"

"入梦诀。"晏寒来笑笑，"绣城之中，不还有许多受魔术所困，沉眠不醒的精怪吗？"

他的意思是，利用入梦诀闯进受害者的心魔，心魔以外就是魔术母体，二者彼此相通。

入梦诀难度极高，对施术者的心性亦有要求，元婴之下，精通此术的人寥寥无几。

谢星摇握拳："可恶，被他装到了。"

"这个办法不错，但是——"昙光轻捻指尖，"太危险了。一个人的心魔就已经够呛，魔术母体里，定然容纳有数之不尽的所有人的心魔。一旦被困在其中出不来，很可能一辈子都无法再睁眼。"

这是远远超出了原文范畴的领域，一旦踏足其中，没人知道会发生什么事。

经过这一番商讨，好不容易结识沈惜霜的欢欣愉悦被消磨殆尽，几人静坐医馆，半晌没出声。

最终是谢星摇打破了沉默。

"既然晏公子说了，沈小姐确有猫腻，我们不妨继续同她往来，看看能不能循着蛛丝马迹，找到幕后真凶。至于入梦，大可将它作为一个备用之法。我们先于城中搜集更多关于此事的情报，到时候再统一做决定，如何？"

如今也只能走一步看一步，慢慢摸索更多线索了。

温泊雪点头:"嗯,沈小姐那边,放心交给我吧。"

虽不知究竟是真情还是假意,但至少从明面上看,沈惜霜对温泊雪最有好感。

她极可能是魔术之事的帮凶,套话的任务被温泊雪稳稳接下,只等明日与她再见。

《天途》里,这个副本持续了半月左右,如今他们初来绣城,心急也无济于事。

温泊雪出不了医馆,只能在房中歇息,其他人则兵分两路,尝试在城中搜集更多线索。

谢星摇仰头看一眼渐黑的天色,默默侧目,望向身侧的一抹鸦青。

月梵和昙光都是小说狂热爱好者,来到陌生异世界,好不容易遇上个同好,于是顺理成章地结了伴,去讨论那本大纲文。

至于与她同行的人——

觉察到她的视线,晏寒来默然垂眼,长睫漆黑,在眼底晕开一抹淡影。

谢星摇移开目光。

其实晏寒来所说的入梦之法,未尝不可一试。

她若能成功,便可勘破母体身份;就算不幸失败,等其他人诛杀了幕后真凶,魔术同样会破灭。

在原文剧情里,"谢星摇"就从头睡到了尾。

"谢姑娘,"心绪未定,身侧传来慵懒少年音,"在思忖如何入梦?"

晏寒来语气极淡,携有几分漫不经心的浅嘲,声调虽轻,却让谢星摇猛然抬头:"你怎么知道?"

晏寒来回以一声轻笑:"不难猜。"

想起来了。

这人曾经说过她思维简单,所思所想很容易被猜到。

谢星摇别开目光:"至于晏公子,定在想着如何敷衍完成任务,尽早回房睡觉。"

晏寒来:"不错。"

够恬不知耻。

如今正值春日,恰是百花齐放的时节,无数修士慕名来此,欲图观赏修真界中赫赫有名的花都,因而入夜以后,街上行人摩肩接踵。

谢星摇尚未想好先去何处搜寻情报,四下张望间,渐渐被两旁的商铺吸去注意力。

长街两侧是排排林立的花树,枝头花苞粉白如霞,与昏黄街灯遥相呼应,渲染出一重又一重的柔和光晕。

花树之下,各式各样的小摊点争相叫卖,人声、脚步声、吆喝声与树枝簌簌的响声彼此交织,热闹非常。

连喜镇太小,朔风城太冷,她头一回正儿八经见到修真界的城池夜色,心中不免欢喜。

——小时候时常被关在家中,没办法和同龄好友出门玩耍,后来每一次随心所欲的闲逛,都能让她心生雀跃。

晏寒来看出她的欣喜,破天荒没有出言讽刺,而是循着谢星摇的目光遥遥望去。

视线离开不远处的点心铺,停在一树杏花下。

一家糖水铺子。

她这几日事事操心,想来需要一段缓冲歇息的时间。

"晏公子,"他堪堪停下视线,身侧那人便低声开口,"你觉不觉得,有点儿渴?"

不出所料,她果然不愿坦率承认心里的念头。

晏寒来心下暗嗤,面上不动声色:"不渴。"

果然,谢星摇倏地转过头来,双眼之中火光明灭,欲言又止。

他觉得有趣,尾音带上一分轻笑:"不过那家糖水铺看起来不错,谢姑娘若是有意,不妨去尝尝味道。"

晏公子,今晚的你也是一个大好人。

谢星摇不知道他的心思,只觉得运气不错,恰好和晏寒来看上了同一家铺子,欢欢喜喜小跑来到门前。

一份桃胶银耳羹很快做好,等她接过瓷碗,晏寒来已付好了钱。

糖水清甜,浓稠味美,谢星摇心满意足,抬眼瞧他:"晏公子今夜格外大方,莫不是遇上了喜事?"

"不过是谢姑娘助我破除心魔的答谢。"晏寒来语意轻慢,说着笑笑,"顺便观赏一番谢姑娘风卷残云的实力。"

这人嘴里果然说不出好话,谢星摇满口皆是银耳羹,只能鼓着腮帮子瞪他。

话虽如此，在接下来的夜行里，晏寒来还是一言不发地陪她走完了整条主街。等终于来到偏僻一些的巷道，少年手中满是她挑选的美食。

"好饱好饱，再吃是小狗。"

谢星摇胡吃海喝了一路，少有这样开心的时候，走在一棵桃花树下，咽下口中鱼丸。

"晏公子没有想要的东西吗？从头到尾，你什么东西也没吃。"

"不必。"晏寒来提不起兴趣，"修士皆可辟谷。"

"辟谷有什么意思？吃喝玩乐乃人间四大乐事，吃排在第一位——"

她蓦地加重语气："真没有想要的？"

晏寒来："嗯。"

这个话题本该戛然而止，行于他身侧的姑娘却忽然停下脚步。

晏寒来猜不透她的心思，顺势顿住，对上谢星摇的目光。

她极快地笑了一下。

并非是含蓄委婉的微笑，红唇勾起的一霎，露出两颗白白亮亮的小虎牙，谢星摇足步轻挪，裙摆扫过地上的桃花，身子则向他靠近些许。

倒映在高墙上的影子倏忽一动，当谢星摇飞快抬手，手中赫然是个方形小盒："这个也不想要呀？"

点心盒。

初来这条街时，他的确曾被这家点心铺吸引去目光。

……那一瞬间，当他们踏入长街的时候，或许谢星摇也在看他。

奇怪的感觉。

晏寒来莫名心口发闷——

准确来说，是一种无影无形的酸胀，如被某种力道沉沉下压，他对此并不熟悉，说不清是何感受。

"是趁你帮我买丸子的时候买来的。"谢星摇晃晃右手，"晏公子应该中意这个吧？"

隐秘的思绪被她窥见，他将心中涌起的情绪归结为烦躁不堪。

晏寒来侧开脸："不必，多谢。"

"晏公子，喜欢甜食不丢人。"她又往前一步，笑音渐浓，"还是说，你该不会觉得害羞了吧？"

"谢姑娘思绪活络，想象力倒是……"

少年习惯性出言讽刺，如同刺猬亮出自我保护的利刺，抬眸之际，唇边嘲弄的冷笑陡然止住。

点心盒子被不由分说地塞进怀中，身前的人影无声一动。

巷道偏僻，灯火阑珊，远处变幻的光影淡如春水，浸透她半张白皙侧脸。谢星摇踮起足尖，双目停在与他咫尺之距的地方。

她轻缓笑笑，轻扬右手，眼中灯火融散，如有糖浆化开："我看看——"

浅绯袖口掠过耳尖，惹来微不可察的痒。

热气涌上他耳根的瞬间，谢星摇后退两步。

凝神望去，少女指尖莹白似玉，正握着一片浅粉色花瓣。

与昨夜如出一辙的情节，这分明是一出张牙舞爪的报复。

想来也是，谢星摇向来同他针锋相对，性子本就不服输。

方才发闷的胸腔，像被猫爪用力一挠。

晏寒来无言抿唇。

"有片花瓣落在你头上。"身前的红影立定站好，"晏公子不必道谢，举手之劳。"

像是为了哄他，谢星摇顺势打开点心盒，动作飞快，把一块小甜糕塞进他口中："味道怎么样？"

伶牙俐齿。

偏生甜香丝丝蔓延，细腻柔软的奶香并非是假，让他连生气都做不到。

晏寒来垂眸："……尚可。"

"好耶！"见他没有拒绝，谢星摇兴致大好，又一次抬头张望，"你看，那里有家冰糖葫芦！"

晏寒来咽下被她塞进嘴里的小甜糕，如往常一般冷然轻笑："谢姑娘不久前还口口声声说，只有小狗才会不知疲倦地四下觅食。"

"不要。"伶牙俐齿的谢星摇狡黠地哼笑一声，"小狗馋了也要吃东西，汪汪。"

谢星摇吃饱喝足，没忘记在城里搜集线索的任务，一边嗅着满街轻盈的花香，一边细细思忖，应当从何处下手。

魔术一事让绣城人人自危，幕后主使没留下任何线索，连官府都查不出猫腻。

至于受害者，上至百岁老人，下至七八岁的孩童，彼此之间没有相似点，显然是为了隐匿行踪随意选出的祭品。

很苦恼。

根本找不到调查的落脚点。

她想得出神,目光飘忽,蓦地停在一处街边角落。

他们已经走出僻静巷道,来到另一条长街。此处虽然不比主街那般繁华,但也称得上车水马龙,幢幢楼阁鳞次栉比,放眼望去,尽是热闹商铺。

东边的角落立着两道人影,其中之一是个面容姣好的年轻姑娘,身穿淡紫长裙,神色哀切忧郁;另一位女子红衣似火,凝神看去,是她似曾相识的长相。

谢星摇眉梢微扬:"锦绣姑娘!"

锦绣闻声抬头,见是她,回以一个友好微笑。

"夫人,这二位便是我曾向你提起过的凌霄山小道长。"锦绣侧目,对身边的姑娘道,"凌霄山神通广大,定能查明真凶。"

"锦绣身侧是武馆馆主的道侣。"晏寒来低声,"温道长携我去武馆时,曾与她见过一面。"

馆主夫人微微颔首:"二位道长好。"

"夫人好。"

谢星摇向前靠近几步:"发生什么事了?"

锦绣拧眉:"就在昨日夜里,受魔术所害,又出现了好几个昏迷不醒的受害者。龙馆主也……我们搜查过附近,仍没能找到线索。"

她神色里掩饰不住失落,谢星摇安静聆听,心下却是一亮。

对了。

她之前还在思考,倘若想进入魔术母体一探究竟,应该从何处找来深陷心魔的受害者……

锦绣姑娘身为捕快,对受害者的情报必定了然于心。

晏寒来猜出她的心思,尾音懒懒:"决定好了?"

谢星摇侧过脑袋,鹿眼微亮:"你觉得如何?"

锦绣一愣:"决定?什么决定?"

"你打算进入武馆馆主的心魔?"月梵吸一口冷气,"你用传讯符把我们叫来武馆,就是为了这件事?"

她和昙光一路走一路问,奈何绣城里的精怪都对魔术了解不多,一直没得到有用的信息。

突然接到谢星摇的传讯符，她本以为有了什么重大进展，没想到顺着符里的意思来到武馆，居然听到这样一个决定。

月梵摇头："太危险了。"

武馆馆主是个五大三粗的男人，听闻平日里雷厉风行，处处行善，是城中不少恶霸的噩梦。

如今烛火昏黄，男人双目紧闭地躺在床上，面容毫无血色，仿佛一碰就破的纸屑。

谢星摇笑笑："心魔与魔术母体相通，要想进入母体，必须破开一个人的心魔，顺着梦境深入其中——目前看来，这是最快的办法。"

"但……的确很危险吧？"温泊雪皱起眉头，"我们对梦里的事情一概不知，倘若遇到危险，恐怕会被一直困在里面。"

他说罢传音入密，小声补充："而且原著也没提过这一茬。"

谢星摇："原著里也没说清楚沈惜霜的事啊。如果一味按照原著行事，岂不成了提线木偶。既然到这儿来，不如按照自己的思路走一走。"

她冷静分析："更何况，如果到时候我没能出来，你们又找不到真凶，按照原文里的剧情杀掉沈惜霜后，魔术破除，我同样能醒过来。"

她做事从不鲁莽，一向会安排好退路。

走原文剧情固然是一个办法，但谢星摇并不喜欢——这个副本里突然冒出太多谜团，倘若不能解开，她会感到如鲠在喉。

兼有一种被原著耍弄的愤懑之感。

谢星摇讨厌被忽悠。

昙光凝神沉思片刻："我陪你去吧。"

下一刻，月梵与温泊雪异口同声："我也是！"

"不必。"谢星摇笑笑，"在原著里，'谢星摇'是一个从头睡到尾的角色，就算我不在场，其他人也能顺藤摸瓜发现沈惜霜的猫腻——但你们不同，温师兄要想方设法套沈惜霜的话，决战艰险，更需要各位共同配合。"

组团进入心魔，固然能提高成功率，但如此一来，现实中的剧情将会陷入停滞状态。

万一他们全被困在魔术中，没人出面击杀沈惜霜，那就当真无路可走了。

"总而言之，由我一人进入心魔便是。"传音结束，谢星摇颔首，"师兄师姐们留在绣城，要是我失败了，还能有个接应。"

思来想去,唯有这个法子能确保他们百分之百成功。另外几人虽心有忧虑,也只能不情愿地应上一声"好"。

"馆主姓龙名平,是在绣城定居的人族。被种下魔术的多为精怪,比起它们,我的神识与人族更契合,所以选中了他。"交涉成功,谢星摇舒一口气,"我方才问过夫人,馆主生平有何恐惧之事。他儿时曾遭到一个修士的诱拐,被绑入妖魔群聚的溟山。"

"溟山被一只藤妖所占,在山中称王称霸,除了不少小妖怪对它俯首称臣……也有人族的修士效忠于它。"她身后的紫裙女人道,"我听夫君说,那人是个中年男子,因天资愚钝,修为止步不前,便心生邪念,绑架城里的人族百姓送往溟山,祈求藤妖赠他法力。"

锦绣补充:"就在龙馆主即将被吞吃入腹的一霎,几个仙门道长适时出现,剿灭了藤妖。"

"那你一定要小心啊。"温泊雪放心不下,抬眼望向晏寒来,"晏公子对入梦诀最是熟悉,不知有何需要注意的事情?"

"以神识入梦,初时神魂不稳,会生出晕眩之感。"青衣少年立于角落,凤目微垂,"因只有部分神识进入梦境,修为将大幅削减——以谢姑娘的水平,约莫变成炼气中阶。"

炼气中阶。

谢星摇下意识地蹙眉,听晏寒来稍稍停顿,忽而再度开口:"谢姑娘,没什么想问的了?"

她冷不防被点了名姓,茫然地对上他的双眼。

晏寒来这句话问得莫名其妙,她猜不出其中深意,只瞥见少年欲言又止,别扭的神色一瞬而过,很快恢复成往日里的疏离淡漠:"倘若无事,现下即可入梦。"

他说话间,手中已有淡淡灵力凝结。虚空叠出重重暗影,细细看去,方知那是个无比复杂的法阵。

谢星摇看一眼床头沉睡着的魁梧男人:"嗯。"

颠簸。

剧烈的颠簸持续不休,五脏六腑仿佛被马车重重碾过,让谢星摇不自觉地皱起眉头。

在她最后的记忆里,晏寒来掌心阵法繁复,灵力聚成缕缕细线,连通她与龙平馆主的识海——

随后就是眼前一黑。

涣散的意识渐渐聚拢，谢星摇尝试睁开双眼，首先见到一团混沌黑暗。

双手被缚在身后，应是用了麻绳，绳索质地粗糙，随着颠簸不断摩擦皮肤，体验感称不上太好。

她的身体则保持着一个侧躺的姿势，如虾米一般轻轻蜷缩，脚腕同样绑了绳子，动弹不得。

脑中如糨糊翻涌，晕眩感如影随形。

这应该就是晏寒来所说的"神魂不稳"，谢星摇耐心等待思绪慢慢平复，动一动眼睫。

经过这么一段时间，双目终于适应了身边的环境，视野虽然模糊，但总要好过伸手不见五指。

她似乎被人装进了一个麻袋里头，有光线透过麻袋照射进来，朦朦胧胧。

马蹄声萦绕耳畔，伴随着马车车轮碾过石头的阵阵闷响。

龙平的妻子说过，他曾被一个修士绑走，欲图献给山中大妖作为食物，此情此景，大概率就是当时的景象。

果不其然，意识到这一点的瞬间，恰是近在咫尺之处，响起男孩沙哑的哭声："爹，娘……救救我……"

哭声响起没多久，很快传来另一道不耐烦的中年男音："吵吵吵，烦死了！再哭，再哭我就把你舌头割掉！"

龙平应是被装进了另一个麻袋里。

因为这段咒骂响起的同时，谢星摇还听到了用脚踢踹什么东西的闷响，以及男孩更加剧烈的号哭。

许是被那句"把你舌头割掉"唬住了，哭声渐渐弱下去，变成竭力抑制的抽泣。

所以她的身份，是和龙平一起被送去给大妖当零食的倒霉蛋。

开局不利，谢星摇不动声色，探了探自己的识海。

正如晏寒来所说，她的修为降到了炼气中阶。本就不太富足的灵力雪上加霜，谢星摇暗叹一声，戳了戳识海里的游戏系统。

万幸，《一起打敌人》还能如常运行。

神识点击游戏界面里的背包，不消多时，她手中便现出一把小刀。

谢星摇手腕微动，刀刃锋利，划破粗糙麻绳。

双手重获自由的同时，马车突然停下。

谢星摇凝神屏息。

"对对对，这是我孝敬大人的食材——我今早给您传过讯，傍晚会把食材送来。"中年男音再度响起，这回丝毫不见凶戾之色，言语间尽是讨好的笑意，"还望姑娘行个方便，把结界打开，让我进一趟溟山。"

据龙平妻子阐述的情报，那藤妖占山为王，在山中设下结界，常人无法接近。

此情此景，应是男人带着他们来到溟山入口，在尝试和看守结界的精怪沟通。

"是你。"一道女音响起，"算一算，这是你送来的第六、第七人了吧？"

"正是。"中年男人笑得诌媚，"多亏有各位大人的照拂，我近日修为节节攀升，已到炼气中阶了。"

谢星摇心中冷嗤。

修行靠资质也靠悟性，此人凭借不正当的手段拉拢妖魔，由藤妖助长修为，后果只能是被妖气侵蚀，作茧自缚。

只可怜了那些被他送入溟山的百姓。

"行，我先来验验货。"

女妖声调懒散，感受到脚步声靠近，谢星摇双手并拢，佯装出仍被绑缚的姿势。

麻袋口被轻轻挑开，傍晚的阳光直刺眼底，让她下意识动了动眼皮。

入目是个张扬妖媚的女妖，面上有几根青藤盘旋而过。

女妖动作飞快，只同她对视一眼，确认里面的的确确是个人族姑娘，就立马关上麻袋口。

于是视野重新归于漆黑，谢星摇松下一口气，听见男孩呜呜咽咽的哭声。

他准是被吓到了。

"如何？"中年男人缓声道，"这两宗货，皆是细皮嫩肉的年轻人。肉质鲜嫩，神识清透，作为食材再好不过。"

"不错，进去吧。"女妖很是满意，说着忽然顿住，口风一变，"不过……最近几日，莫要再往溟山送人。"

"这是为何？"

"溟山周边接连有人失踪，仙门已怀疑到了我们头上。"女妖道，"那群修士活像狗皮膏药，怎么也甩不掉……这几天先避避风头，等他们离开此地，我们再做商议。"

男人毫不犹豫地应下。

马蹄声又一次响起，熟悉的颠簸紧随其后。

谢星摇暗暗分析眼前的局势。

在真实发生过的故事里，龙平在千钧一发之际被仙门弟子所救，然而置身于心魔，恐怕不会再有那么好的运气。

她必须尽快做些什么，否则到了藤妖那里，以她炼气中阶的水平，定会被瞬间秒杀。

马车晃荡，刚走出没多久，忽地停了下来。

男人似是欣喜："大人，您怎么也在这儿！"

趁他出神，这或许是个逃跑的机会，谢星摇静静聆听。

"我？我来送吃的。"男人跃下马车，"对对，我已到了炼气中阶……都要感谢大人您的引荐，倘若不是您把我介绍来溟山，我连修道的门槛都摸不着——今日我特意备了些礼物，本想待会儿给您送去，居然在这里遇上了。"

这溟山里的妖，个个都是他口中的"大人"。

有够窝囊。

男人远去的脚步声响起，谢星摇用小刀划开麻袋一角，透过缝隙往外张望。

她被放在一辆简陋的板车上，前面则是一匹被拴在树干上的马。

这会儿已经驶入了山林，四下树影婆娑，映衬着血色斜阳，加之妖气弥漫，阴森得叫人心慌。

中年男人手里抱着几个大木箱，正穿过层叠的幽林，走向不远处的一只猫妖。

之所以一眼认出那是猫妖，是因谢星摇瞥见他头顶两只晃动的猫耳朵。

很不合时宜地，她想起自己曾经摸过的那只狐狸。

"大人的住所就在不远处，这些木箱太沉，马车又驶不进去，不如由我为大人搬去吧。""大人，请。"

还真是不遗余力地在讨好，也不知他舍弃自尊与人性，只为求得几分灵力，良心究竟会不会不安。

谢星摇静静看那两道影子消失在山林之中，心知机会来了，迅速划破袋口。

龙平哭得没了力气，蜷缩着发出几声虚弱呜咽，她手下用力，同样破开困住他的麻袋。

一瞬间四目相对。

和几年后孔武有力的壮汉截然不同，如今的龙平不过十岁左右，身形纤瘦矮小，一双眼睛哭成了红肿的核桃，因被强光直射，颤了颤眼睫毛。

见到一张陌生面孔，男孩面露茫然，欲要出声。

"嘘。"谢星摇做出一个噤声的手势，"我是和你一起被绑来的谢星摇，在来之前，我袖口里藏了把小刀。"

她说着抬手，寒光一现："千万不要出言惊扰了林中精怪，趁那人离开，我们赶快逃。"

她表现得十足可靠，言语间散出几分浩然正气。男孩仓皇与之对视，沉寂的双眸里，渐渐晕开些许亮色。

"我……我叫龙平，谢谢姐姐。"

龙平被吓得浑身瘫软，想要狼狈起身，奈何双腿无力，一个趔趄。

好在被谢星摇稳稳扶住。

他被困在黑暗之中不知多久，本以为再无生路，没想到竟能得她相助。

沉积已久的绝望与恐惧轰然爆发，又被劫后余生的欢喜沉沉压下。小孩瘪瘪嘴，眼泪无声无息地往下掉，手掌紧紧攥住她的手臂，好似溺水之人遇上了漂荡的浮木。

这孩子还算聪明，哪怕在哭，也没发出声音。

"好啦，当务之急是从这里逃出去。"谢星摇低声安慰，"我们得先找个隐蔽的地方，这里妖魔云集，不知什么时候会和他们遇上——"

她的计划很简单。

龙平的心魔是那只藤妖，只要尽快带他逃离溟山，见不到老藤，心魔自然也就散了。

没想到变故陡生。

这句话尚没来得及说完，自密林深处，响起几道脚步声。

谢星摇修为到了炼气，耳力大大不如筑基，当察觉到突如其来的声响，几只精怪的身影赫然到了视野可及的距离。

理所当然，他们也见到了她。

糟糕。

龙平如被重重一击，耳边嗡嗡作响。

正如谢星摇所言，溟山妖魔云集。

那几只陌生的妖物恰巧路过此地，见到他们两个人族，纷纷目露杀机。

"你们，"领头的犬妖蹙眉，"在做什么？"

……完了。

刺骨凉意浸透全身,绝望再度袭来,让他打了个哆嗦。

而且……还要拖累眼前的姐姐。

她若对他置之不理,打开自己的麻袋立马就跑,或许还能有一线生机。

男孩心怀愧疚,抬眼瞧她。

这个姐姐善良又可靠,之前被中年男人困在袋子里,自始至终没有求饶,如今遇上妖魔,定然也会凛然正色——

抬眼的瞬息,龙平听见熟悉的少女音:"大人!"

男孩睁大核桃般的双眼。

"各位大人,这是我孝敬藤妖大人的食材。"善良可靠的姐姐凛然正色,口中却是他无法理解的言语,"我今早传过讯,傍晚会把食材送来。"

龙平:他是不是听错了。

这好像……是那个中年男人曾经说过的台词?

"那你们这是在做什么?"领头的犬妖道,"两个麻袋都破了,还只有这小孩一个人?"

"我驱车带他们入林,没想到其中一人在袖口藏了小刀,划破麻袋后,妄图带着这小孩逃跑,我好不容易把这孩子抓回来,却让他溜了。"谢星摇义正词严,"是个身长七尺、浓眉大眼的中年男人,眉心有颗黑痣——大人,他跑不远!"

龙平呆立原地。

此时的他满目通红,浑身颤抖,而谢星摇抓住他的双臂,堪堪将他扶稳。

从旁人的视角看来,的确像是死死把他制住了。

他好像懂了。

但又好像什么也没懂。

就在这恍神的间隙,龙平又听见那道清清凌凌的少女音。

谢星摇正色抬眼,指向林中一处阴影:"大人们,就是他!"

她说罢拍拍龙平肩头,用唯有两人能听见的音量低语道:"配合一下,开演了小弟弟——现在林子里那个,才是和你一起被绑来的人。"

龙平咬牙,眼泪哗啦啦往下落:"大哥,你回来做什么!别管我,快跑!"

刚送完大礼,满面春风离开深林的中年男人无语。

中年男人很蒙。

他只不过离开了半盏茶的工夫,再回来的时候,眼前不知为何完全变了幅景象。

板车上的麻袋被双双破开,少女与男孩直勾勾地盯着他瞧,而在不远处,赫然站着几只精怪。

不知是不是错觉,几位精怪大人……面上带了点儿杀气。

他来不及做出反应,便见不远处白光乍现——

属于谢星摇的灵力重重击在他心口,下手极狠,毫不留情,只一霎,鲜血自他喉中喷涌而出。

本应瑟瑟发抖的年轻女孩扬唇冷笑:"我还纳闷你逃去何处,居然主动送上门来了。怎么,想救这小孩?"

什么逃去何处,什么送上门来,这是什么情况?

……他听不懂啊!

谢星摇当然不能留给他反应的时间。

此刻她占据了绝对的主导地位,在那些突然出现的精怪眼里,她是毋庸置疑的同伙角色。

要想不引起怀疑,坐实同伙身份——

她不能让中年男人有机会解释。

以她炼气中阶的修为,对上那群精怪定是远远不及,但要解决一个同为炼气的小修士,可谓易如反掌。

谢星摇默念法诀,掌心灵力聚散,汇作锋利如刀的光影。

她的修为货真价实,对方却是个窃取妖气的草包。白光纷然,男人正欲开口,又一次被击倒在地。

"此人是个炼气修士,我抓他来,费了不少气力。"另一边,被他绑来的红裙少女淡声道,"没想到他竟如此不服管教,让大人们见笑了。"

她表现得忠心耿耿、雷厉风行,犬妖轻扯嘴角,露出一个居高临下的冷笑:"无碍,顺利解决就好。此人留在这儿碍眼,还是尽快送走吧。"

剧痛蔓延全身,中年男人终于摸清了如今的局势。

这件事听起来匪夷所思,但他的的确确,被绑来的人质给绑了。

绑他的人甚至反客为主,凭借将他痛打一番,得到了精怪大人们的一致赞赏。

更过分的是,她还不动声色地拍拍男孩肩头,递去一道视线。

于是龙平捂住脸颊,嗓音沙哑:"别打了,别打了,大哥,你为何不丢下我逃走……"

——畜生。

这是畜生吧！

……不对。

要冷静。

男人竭力深呼吸。

他们这些惯于绑票之人，储物袋里往往会多备几个麻袋，这姑娘定然拿不出来，当几位大人们生出怀疑，他便找准时机出言解释——

男人疼得暂时说不出话，心中暗暗布下计划，咬牙抬眼，却是一愣。

谢星摇乖顺笑笑，神识点开游戏界面，拿出几根麻绳和两个粗糙大袋。

物品：麻绳与麻袋
物品简介：朴实无华的工具，可用来协助群众搬土豆。

……不是。

你一个好好的姑娘家，为什么会随身携带麻袋啊？这正常吗！

他完了。

倘若以食物的身份，被她送入藤妖口中，他定会死无葬身之地！

男人号叫不止。

男人奋力挣扎。

男人的呼救尚未出口，便被她塞入一口布团。

谢星摇声调温和："这人叫得心烦，我把他嘴堵上，以免污了大人们的耳朵。"

"很好。"犬妖淡笑，"看你修为，应当也入了炼气。大人它在洞中修行三年，前几天终于重见天日，你运气不错，今日能亲眼见它一面。"

"正是。"男人被她装入麻袋，陷入一片漆黑之际，听见少女嗤笑的嗓音，"多亏有各位大人的照拂，我近日修为节节攀升，已到炼气中阶了。"

好熟悉的台词。

就连男人闻言，亦是眼角一抽。

这绝对绝对，是他曾亲口说过的话吧。

连一个字都不带改的。

麻袋中昏暗无光，在一片压抑的黑暗里，一滴水珠自他眼角淌下。

畜生。

在计划成形的一刻起,谢星摇就明白她有十成胜率。

先入为主的第一印象,龙平的巧妙配合,以及她将男人一击制服的实力,要想唬住那群精怪,难度不大。

唯一让人苦恼的是,犬妖恰巧也要面见藤妖,狭路相逢,顺理成章地与她同行。

这片林子里杀机四伏,尽快逃出溟山的计划彻底落了空。

不过……也正因如此,或许能试试另一个法子。

——龙平的心魔是那百年老藤,就算她能带着男孩逃离溟山,藤妖不除,心魔恐怕也不会消退。

她若能趁此机会,解决掉藤妖呢?

山路崎岖,穿过泼墨一般的林中,谢星摇望见一个巨大洞穴。

山洞黝黑,连通了一条漫长廊道,廊道燃有盏盏长明灯,火光如水,浸满幽幽长廊。

犬妖漫不经心:"走吧。"

廊道幽深寂静,因是藤妖栖息之地,见不到太多小妖的身影。

前行不知多久,谢星摇望见一扇紧闭的石门。

"您既要面见大人,不妨先行进去,我不做打扰。"麻袋里的中年男人仍在呜呜叫,她看一眼犬妖,"这两份食材脏污不堪,我正好清洗一番。"

这个理由找不出漏洞,更何况在溟山之中,人族确实低妖一等。

眼前的姑娘很识时务,犬妖轻哼一声,敲响石门。

石门应声而开,待他进入其中,很快沉沉关紧。

谢星摇眼疾手快,破开装有龙平的口袋。

小孩被吓得不轻,一张小脸惨惨发白,见到她的脸,露出惊惧又委屈的神色。

"快出来。"谢星摇低声笑笑,"以为我真倒戈啦?"

龙平下意识地点头,又委屈巴巴地摇头,看她用一个布团重新填满麻袋,又打开中年男人的袋子不断捣鼓,不知在做些什么。

怯怯沉默一会儿,男孩试探性开口:"姐姐,我们该怎么办?"

"林中不安全,如今最稳妥的法子,是借藤妖除掉这位绑匪大哥。"谢星摇一切准备妥当,合上麻袋,"等藤妖进食结束,我们顶着他的身份,能毫不费力地离开溟山。"

龙平乖乖点头。

"待会儿你和我一起进去，装作……"

她的思路清晰活络，正有条不紊地阐述计划，忽然感到身后冷风袭过。

杀气。

谢星摇眉心骤跳，指尖凝出尖锐灵力，猝然转身。

长廊光影交叠，那人来者不善，掌心画出阵法。

看清来人的模样，谢星摇一愣。

青衣少年眸色沉沉，挺拔身形锋利如刀，与她对视的一霎，同样一个恍神。

"晏公子？"她不知此人是真是假，下意识想伸手一戳，好在及时止住念头，"对个暗号，绣城？"

"……是我。"晏寒来眉心一跳，"他们不放心你，托我入梦看看。"

"他们？"谢星摇，"他们担心我，为何自己不来？"

少年被她一噎，沉默须臾，蹙眉移开视线："谁知道。"

哦——

谢星摇眯起双眼。

她懂了。

"晏公子，"她唇角扬了一下，露出白亮亮的虎牙，"你当时特意问我，还有没有什么话想说……言外之意该不会是，可以向你求助吧。"

晏寒来冷笑："看来入梦的确会叫人想入非非，自作多情。"

他语气不善，谢星摇却被逗得笑意更深："多谢晏公子关心。"

晏寒来抿唇，不想理她。

谈话间，石门轰然一响。

此地乃是妖魔巢穴，晏寒来对此心知肚明。

谢星摇身侧的孩子应当就是龙平，至于石门之内，无疑是藤妖老巢。

他毫不犹豫，杀意再度凝结，尚未出手，却被身边的谢星摇按住手臂。

犬妖自石门而出，死斗一触即发——

他看见谢星摇弯眼笑笑。

谢星摇："夫君，介绍一下，这位是溟山中的一位大人，是他引我来到此处，面见藤妖大人的。"

晏寒来：藤妖大人？

突然出现的青衣少年面相不善，犬妖蹙眉："夫君？"

"正是。"谢星摇笑道，"多亏有他协助，我才能抓来这两个人族。他之前见到引荐我们进入溟山的猫妖大人，特意送礼去了。"

眉心更重地跳了跳，晏寒来看了一眼角落里的麻袋。

所以……一炷香不见，你成绑匪了是吗？

同样闻言的中年男人无语了。

把他一个人的经历掰给两个人用，畜生。

"原来如此。"的确有只猫妖在做引荐工作，犬妖疑虑消去，微微颔首，"大人在门内等你。"

谢星摇点头道谢，学着他之前的动作如法炮制，轻叩石门。

不过片刻，石门轰隆打开。

门内是间空旷石室，空间比她想象中更大。烛火轻摇，映亮四周冰冷石壁，条条藤蔓攀附其上，几乎占据了全部空隙。

而在火光尽头，立着一簇硕大的藤影。

沉重威压铺天盖地，看其修为，应是半步元婴。

"大人。"察觉到藤妖冰冷的注视，谢星摇淡声补充，"身侧二位，是我夫君与孩子。他们仰慕大人已久，非要随我来拜见一番。"

龙平听得认真，恍然大悟。

难怪姐姐要将他早早救出麻袋。

如此一来，在犬妖眼里，她是把食物清洗干净，随时准备着献给藤妖；而到了藤妖面前，因他不在麻袋，便顺势成了她的同伴。

一里一外一前一后，身份的切换顺理成章。

烛火摇曳，藤影倏忽一动，幻化出俊秀青年人的相貌。

比起寻常百姓，修士的口感更为鲜美。青年人缓步向前，石壁上的巨藤蠢蠢欲动，拆开麻袋将他缚住。

中年男人痛哭流涕，拼命挣扎。

这不是他预想中的事态发展，献礼的分明是他，被藤妖赋予灵力的也应是他——

他仍在哭号不止，而不远处，红衣少女沉静出声："这宗货，乃是细皮嫩肉的炼气修士，肉质鲜嫩，神识清透，作为食材再好不过。"

还是他曾说过的台词，原话照搬。

他心中悲愤，眼泪流得更凶。

畜生。

你不是人！

藤蔓凌空，化作人形的妖物徐徐张口。

在血气蔓延之前，谢星摇捂住龙平的双眼。

他被遮住视线，只能听见囫囵吞咽的响音，血气越来越浓，想到自己终于能离开这里，男孩心里却高兴不起来。

这恶妖残害了无数平民百姓，待它渐渐长成，还会有更多人命丧其手。

没有谁能杀掉它吗？城里的人们，还要继续生活在溟山的阴影之中吗？

他就算以命相搏，也定然比不过藤妖。那用火或下毒呢？可看它身形如此庞大，修为如此之高，寻常的火焰无法生效，至于下毒……所需要的毒药，剂量大得难以想象。

那样多的毒，一眼就会被识破。

昏暗的视野里，突然光影剧颤。

石室冷风大作，吹得烛火摇晃不止，他不知发生何事，紧张得瑟瑟发抖，下一刻，竟听见一声哀号。

沙哑狰狞，不似常人，更像是妖物的哀号。

心跳莫名加快，龙平稍稍用力，探头露出双眼。

石室中血光遍布，角落里的青年面容扭曲，浑身战栗，不知怎么蜷起了身体。

它……在挣扎？

"上天保佑，居然奏效了。"谢星摇拍拍胸口，长出一口气，"我用了毒。"

"可是，"龙平脑子一时间转不过来，"你什么时候下的毒？而且要想让它中毒，定然需要很多……"

他说到一半，戛然而止。

从进门到现在，藤妖只吃下了一样东西。

通常下毒只会用零星的剂量，对付妖物肯定不够，那她就把用量加大再加大……

藤妖刚把中年男人整个吞下。

"我给那人身上抹了药，要想吞食血肉，植物通常会化作人形，如此一来，原本不畏剧毒的藤妖就有了致命弱点。"

谢星摇看向识海界面，游戏字迹清晰，逐一展现在她眼前。

　　　　　　　　　物品：氰〇钾

　　物品简介：无机化合物，易溶于水。通过抑制呼吸酶造成细胞窒息，可导致呼吸中枢麻痹。

　　　　　　　　　物品：马钱〇碱

　　物品简介：一瓶不愿透露姓名的农作物用药。（注：除草用，切勿食用，切勿食用，切勿食用。）

　　她温声笑笑："怎么说呢，它吃下的那东西，大概相当于一个……多种致命物混杂的、巨大的、绝对无法被察觉的人形剧毒？"

　　石室静谧，陡然响起藤妖撕心裂肺的痛呼。

　　空气震颤不休，藤蔓变作枯黄碎屑。

　　死气蔓延间，唯有谢星摇笑意如常，仿佛终于通关一场游戏，眉眼微舒。

　　什么叫反客为主，走反派的路，让所有反派无路可走。

　　先是变人质为绑匪，再彻底榨干中年男人的所有利用价值，利用他反杀恶妖。

　　工具人这个概念，算是被她玩明白了。

　　龙平看着眼前的红衣少女，只觉得今日所见所闻，远远超出他已有的全部认知。

　　"不要害怕，藤妖不会再出现了。"谢星摇摸摸他的脑袋，目色凛然，"战胜恐惧最好的办法，就是面对恐惧。"

　　晏寒来默然不语，看一眼身侧的小孩。

　　不知为何，他似乎猜出了龙平此时此刻的所思所想。

　　很震撼，很让人毛骨悚然。

　　这个奇怪的姐姐，很有可能成为他新一任的心魔。

　　藤妖覆灭，石壁上枝蔓尽落时，这场心魔也就到了尽头。

　　梦里的龙平只是个十岁上下的孩子，心魔已经把他吓得够呛，待进入魔术母体，不知还要受到多少惊吓。

　　在眼前景物消散之前，谢星摇特意叮嘱："等石室消失，我们会看见一座黑漆漆的城。那是一场虚幻梦境，你到时候不要害怕，耐心等我去找你会合，好不好？"

她语气柔和，男孩怯怯点头。

于是身前所见的一切袅袅如烟散，当谢星摇再眨眼，果然来到了绣城。

还是和上回一模一样的深夜，与之不同的是，这次她被传送到了城中。

已经能强制性将人拉入魔术母体，这或许意味着……幕后主使的力量有了极大突破。

此地诡谲阴森，不知潜伏着何种危机，谢星摇手中暗暗凝出法诀，四下张望。

她正置身于外城的一条长街，街中悄怆幽邃，静谧无人，四面八方见不到一盏灯，唯有天边残月盈盈生辉，在棉絮般散乱的云层里，洒落几缕亮芒。

平日的繁华之景地覆天翻，就连街边的花树也令人心生忌惮。婆娑树影被月光缓缓拉长，冷风拂过，好似魑魅魍魉浮动的身姿。

处处都是惹人不快的气息。

谢星摇静静聆听耳畔风声，倏忽之间，听见风声一急。

她飞快转身，在不远处望见熟悉的青衣。

"……晏公子。"谢星摇叹气，"你总是这样悄无声息，有点儿吓人。"

晏寒来："身法使然——听谢姑娘的语气，难不成从未修习过身法。"

他一如既往地说话不好听，但在这座空荡无人的城池里，晏寒来无疑是她唯一信得过的队友。

谢星摇没理会这句阴阳怪气："对了，这里为何只有我们两个？龙平的心魔被破，应该也会来到绣城。"

"或许同神识有关。"晏寒来道，"魔术母体强行将我们拉入绣城，显然是动了不让我们离开的念头。你我二人皆是修士，神识强而稳固，因此来到较为安全的外城；至于龙平，应当在绣城深处。"

谢星摇一愣："深处是指——"

"魔术母体发源之地。"

这就危险了。

倘若他们三人同行，龙平还能得到保护。这座城显而易见地杀机重重，留他一人进入深处，可谓九死一生。

"根据我们已知的所有情报，城中沈府最不对劲。"谢星摇，"我们一起去沈府看看？"

这座"绣城"的气息很让人生厌。

起初他们置身外城，只能感到一股不太舒适的威压。

等顺着长街慢慢往里，月色渐淡，天色渐黑，四下蔓延开浓郁黑气，如同浑浊沼泽，压抑得叫人喘不过气。

耳边只剩下风声和树叶摇晃的声音，像极呜咽。谢星摇明面上保持镇定，实则心里发慌，暗暗唱了好几遍《好运来》。

沈府立在黑雾之中。

晏寒来先她一步迈入大门，确认无事，淡淡投来一道视线。

谢星摇紧随其后，被府中阴冷的寒气冻得一哆嗦。

沈府面积极广，前院、中院皆栽种了团团簇簇的繁花绿树。

花香连绵，勾连起亭台座座。后院里的建筑最大也最高，足足有数十层高度，听说是沈府老爷为将春色一览无余，特意修建的观景阁。

《天途》里，与沈惜霜的最终决战就发生在观景阁中。

想着想着，谢星摇蹙起眉头。

这座府邸偌大，龙平不知被带往了何处。宅子里指不定藏着什么妖魔鬼怪，倘若大声呼喊暴露了位置，他们三人都得遭殃。

但要是一处一处地找，不仅费时，还不一定能找到。

更何况……他们还要尽快找出一切的真相。

"我们继续往里吧。"谢星摇压低嗓音，"这地方……"

她说话时转头看向晏寒来，目光瞥过，发现他正盯着一片角落瞧。

顺势望去，原来是前院里栽种的花。

沈府光线暗淡，谢星摇之前只匆匆一瞥，如今随他看去，才后知后觉地发现一丝不对。

前院里的花丛争奇斗艳，明丽鲜妍，然而细细端详，每棵树上居然长满了不同的花朵。

绝大多数是桃花，周边零零星星镶嵌着杏花、梨花、刺槐花与玉兰花。

桃花开得最盛，艳丽如霞，其余花朵要么只结出了小小花苞，要么生机颓然，在冷风中轻颤。

最为诡异的，是花丛树干。

桃枝妖艳，向墙里墙外各处生长，在无边浅粉里，显露出一片片翠色将滴的竹枝。

竹枝并非由竹干生出，而是嫁接一般长在桃树之上，翠绿与粉白两相交织，尤为格格不入。

"像是……"谢星摇沉声,"桃花汲取了所有养分。"

梦由潜意识产生,梦中所见,皆有寓意。

桃花汲取其他花朵的养分,的确能与原著对得上——

沈惜霜身为桃花妖,剥夺他人的神识促进修为增长,无疑是一种掠夺。

但为何……桃树会连着竹枝?

比起花朵,枝干才是植物的主体。竹子与桃花的羁绊,恐怕比那些梨花杏花更深。

线索太杂,谢星摇毫无头绪,正在思忖间,肩头被人轻轻一拍。

多亏晏寒来的提醒,她从沉思里挣脱而出,敏锐地察觉到一股妖气。

来了。

魔术母体绝不可能风平浪静,谢星摇手中掐诀,望向妖气源头的方向。

她和晏寒来的修为都被大大压制,沈府威压如此沉重,里面的精怪实力定然不低。

希望……不要有事才好。

黑雾弥散,威压沉沉,一道灰影自廊间缓缓踱步,不消多时,显露出魁梧健硕的身形。

以及铺天盖地的杀气。

"何人擅闯此地!"

灰影步步靠近,月光暗淡,逐一映亮他尖利嗜血的犬牙,布满血丝的双眼,以及手中锋利的长刀。

他咧嘴笑开,周身妖气氤氲,嗓音沉如山压:"擅闯者……"

最后一个"死"字没来得及出口。

因为不远处的红裙少女先是一愣,旋即十足欣喜般睁大双眼,打断他的台词吟唱:"大人!是你吗大人?"

犬妖:等等他有点儿蒙。

虽然很不合时宜,但犬妖还是下意识地皱起五官:"啥?"

谢星摇不给他反应的时机:"是我大人!还记得溟山吗?我们见过啊!"

幸运。

大幸运。

人生何处不相逢,本以为即将迎来一场死战,然而当灰影走出雾气,她居然见到一张无比熟悉的面孔。

正是龙平心魔中，被她一路走一路骗的犬妖。

只不过来到绣城，他收起了那对标志性的毛茸茸的耳朵。

想来也是，藤妖被仙门道长剿灭，溟山里的精怪们自然会四处逃窜。没想到阴差阳错，犬妖居然到了沈府中。

送走一个工具人，立马又来一个。

巧了啊这是。

"我曾运送人族献给藤妖，得了大人你的协助。"谢星摇道，"大人仔细想想，溟山，石门，敲开石门就能进去的石室！"

龙平的心魔和如今这场梦境，是两个彼此独立的故事。

谢星摇虽在心魔里见过犬妖，但对这场梦里的犬妖来说，她只是个未曾谋面的陌生人。

——也就顺理成章地，不知道她曾屠灭过老藤。

更何况，她说得太准确了。

藤妖食人、溟山中隐秘的石门，这些全是不为大众所知的秘密，只会告知信赖之人。

溟山已覆灭多年，为藤妖供奉食物的人族有十几个，或许……过去这么久，人员又那般繁杂，真是他忘了？

犬妖有了短短一霎的神志恍惚。

谢星摇乘胜追击："多亏有各位大人的照拂，我才终于到了炼气中阶，没承想天降噩耗，溟山居然出事了。兜兜转转这么多年，我穷困潦倒，没一处落脚的地方，恰好听说大人你在沈府，便想着来投靠试试。"

她说着一顿，语意渐深："大人，我还记得在溟山时，你总会露出两只犬耳……时过境迁，它们也不见了。"

犬妖刹那间抬眸。

是了。

当初居于溟山的他桀骜不驯，时常以半妖半人的模样示人。这是他多年前的小习惯，倘若这姑娘是仙门之人，哪会把这种事记在心上。

唯一的解释，是他们曾经的的确确有过交集。

犬妖恍然大悟，晏寒来冷眼旁观。

的确很有交集，你被稀里糊涂骗了一路，如今被卖还要帮着她数钱。

"正是，正是！"犬妖将他们二人飞快打量，"来投靠我？很有眼光。实不相瞒，我已做到了沈府高级护院的位置……"

他言语间现出几分得意之色，话没说完，被另一道女音骤然打断："护院。"

一只树妖自雾里现身，四肢皆是长藤，面目模糊可怖："发现一个擅闯者。"

擅闯者。

谢星摇心下一动。

进入绣城的只有他们三人，也就是说——

"哦？"犬妖抬眸，声调懒懒，"押过来。"

他话音方落，远处响起几道凌乱脚步声，循声望去，瘦弱的男孩被花枝死死缚住，不时奋力动弹，妄图挣脱。

花藤紧紧缠进皮肤，越是挣扎越是痛苦，衣袖已然渗出血色，龙平暗暗咬牙。

他一眨眼就到了这个鬼地方，放眼望去寻不着人影，这些飘荡的花妖犹如鬼魅，很快发现了他的藏身之地。

听它们说，自己即将被献给这里的小头头。

听它们说……距离溟山覆灭，已过去了十多年。

虽然捋不清楚状况，但落入恶妖手中，毫无疑问唯有死路一条。临近死亡，他心中居然没有太多的恐惧，更多的是不甘心。

等见到那小头头，就算不能杀了对方，打他一拳、踢他一脚也好，至少能证明自己不是个缩头乌龟。

不知道那对哥哥姐姐怎么样了。

在如此艰险的环境里，他们定然也在苦苦求生。

这个念头让他有些低落，心中为他们二人祈祷一番，再抬眼，龙平已能看清前院几道影子的轮廓。

一黑一红一鸦青，都说红衣最是凄厉，那红衣人铁定不容小觑——

等等。

目光渐渐凝聚，男孩的神色里，现出一丝不合时宜的茫然。

鹿眼瓜子脸，这个姐姐，他曾经见过的。

四目相对，谢星摇无比惬意地伸一伸懒腰，朝他露出微笑。

龙平眼角狂抽。

不对吧？不正常吧？不符合逻辑吧？

——怎么又是你啊？

心有所感，他面无表情地挪动视线，看向她身边。

青衣少年神情淡淡，黑衣犬妖春风得意，正昂首轻笑。

犬妖笑得居高临下，趾高气扬，分明是一副上位者姿态，不知为何，龙平却从心底里生出浓郁的同情。

从一场心魔到另一场梦境，从溟山到绣城，从十年前到十年后。

——你又成受害者了，是吗？

与此同时，梦境之外。

白天的绣城华美光鲜，无边春色如水轻漾。

月梵坐在一家食肆中，徐徐饮下一口热茶，向着身侧的姑娘扬唇轻笑。

沈惜霜听闻他们穷得只能喝西北风，出于对侠义之士的敬仰，特意宴请几人来此用餐。

谢星摇和晏寒来纷纷入梦，昙光是板上钉钉的反派角色，此刻受邀坐在这里的，只有她和温泊雪。

"别担心各位，有的人离开了，但他其实还在。"昙光独自坐在食肆角落，悄然传音，"我们的计划已经成功了第一步。沈惜霜已经觉得温道长是个可靠之人，但因为种种原因，她现存最多的情绪，是同情。"

月梵默默分析："沈惜霜在寻找仙骨的祭品。仙骨珍贵，祭品也定要经过精挑细选，我们需要把同情转化为欣赏，让她觉得温师兄配得上献祭仙骨。"

昙光点头："就是这样！放心，我已经整理了恋爱游戏里的一百种攻略方法，准能噌噌提升好感度，温道友照做便是。"

温泊雪有些紧张，应了声"好"。

他今天做了充足的准备，为配合贫穷人设，甚至穿上了一身堪比丐帮弟子服的外袍。

……虽然他觉得这件衣服有些花里胡哨，但月梵和昙光拍着胸脯保证，它最能彰显散漫不羁的浪子风度。

沈惜霜的线索至关重要，为了谢师妹和晏公子，他一定要把这件事办妥当。

"可惜谢姑娘与晏公子不能到场。"沈惜霜颔首轻声，"各位除魔辛劳，今日便放心大胆地品尝佳肴吧。"

"首先，要想营造一个可靠的形象，眼神非常重要。"昙光道，"要凌厉，要冷酷，要放电，要含有三分淡漠四分正气五分漫不经心……"

第七章 寻花香

"停停停！"月梵，"你这扇形统计图超过百分之百了都！"

沈惜霜笑着看他一眼："温道长，你眼睛不舒服吗？为何一直斜斜觑着？"

温泊雪停下挤眉弄眼："……眼睛，我目力向来不大好。"

他说得磕磕巴巴，沈惜霜却是一笑："是吗？我也不大能看清东西。"

"不是什么大毛病，只是分辨不出颜色。"见温泊雪目露困惑，她语意温和，"有时离得远了，就看不见远处的景色。"

温泊雪："这是为何？"

沈惜霜笑笑："也是生来就有的症状，我已习惯了。"

"让眼神见鬼去吧，接下来是嗓音。"昙光扶额，"小说男主角必有一副磁性沙哑的嗓子，试着把音调压低，你就能撩人于无形。"

温泊雪低咳一声："沈小姐，你想吃什么？"

"温道长与月道长随意挑选便是。"沈惜霜一怔，"温道长莫不是着了凉？嗓音为何如此沙哑？"

温泊雪停下压嗓子："……我天生有点儿破锣嗓。"

"又是半瞎又是破锣嗓。"月梵瞳仁剧颤，喝茶压惊，"这是破布娃娃吗？我们怎么又成卖惨的了？"

昙光咬牙："没问题，还有机会。接下来是点单时间，你请客，专挑名字好听的点，告诉她自己前段时间降妖除魔，今日终于得了报酬，不想委屈她和自家师妹。"

月梵好奇："为什么是名字好听？难道价格不重要吗？"

昙光："专点贵的，会被当作暴发户，很没情调。比起大鱼大肉，做工精致的小菜才是千金小姐的最爱——更何况是沈惜霜这种性子。"

这番话如醍醐灌顶，温泊雪乖巧点头，翻开菜单第一页。

字好多，好复杂。

身为二十一世纪土生土长的青年，对于修真界古文，他大部分不认识。

"这位公子，"身侧的女侍笑得礼貌，"有什么中意的吗？"

"要一份这个。"温泊雪整理好思绪，食指纤长，轻点纸面，"这是……玉池醉醉虾。"

一片寂静里，他似乎听见女侍强忍笑意的轻咳。

"从右，往左。"月梵又一次喝茶，指尖微微颤抖，"不是从上往下念。"

温泊雪耳根一阵发热，静默垂头。

他方才从上向下念出了最右一竖行的所有字，此刻横着往左，赫然见到另一片崭新天地。

"玉带虾仁""池塘莲花""醉鱼""醉虾""虾炖蛤蜊"。

合在一起，成了他的玉池醉醉虾。

好家伙。

这回成文盲了。

"……算了，你还是找个贵点儿的吧。"昙光以手掩面，"装不成知书达礼，土豪就土豪吧，至少还能为她花钱。"

"师兄，你又在开玩笑。"月梵适时开口，礼貌笑笑，"沈小姐见笑了，师兄他总爱玩文字游戏。"

"是是是，我认真看看。"

白衣青年弯眼轻笑，再开口时慢语轻言，风度翩翩："姑娘，劳烦来一份最贵的琳琅满堂。"

他这回看得清清楚楚，这道菜后面跟着四位数。

字也简单，不可能认错。

不知为何，四下再一次陷入静默。

"公子，"女侍深呼吸，再深呼吸，"琳琅满堂是我们店名，后面跟着的数字，是门牌号地址。"

沈惜霜试探性开口："不如，我来点单？"

角落里的昙光拿光秃秃的脑门"哐哐"撞墙。

温泊雪试图解释，挽回几分形象："其实我学过认字，只不过家乡那边的文字和这里不一样——小时候，奶奶还夸过我字迹很漂亮。"

沈惜霜从他手里接过菜单，露出一个安慰的微笑。

月梵又又又一次喝茶。

修真界早就统一了文字语言，若说仍然保留着小众文字的地方，唯有那些人迹罕至的贫苦部落。

温泊雪出言解释之时，她已在脑中勾勒出了故事背景。

男孩深居于大山之间，他的笑容朴实无华，他的丐帮弟子服洗得发白，他用生来就有的破锣嗓，一遍遍念出古旧的部落文字。

而白发苍苍的老妪坐在他身侧，用布满皱纹的手掌轻抚他脑袋——

……大山的孩子，更惨了啊！

"怎么会这样？"昙光抓狂，"这都能毫无火花，到底哪里出了问题？"

"其实打从一开始，我就觉得某些地方不大对劲。"月梵说着蹙眉，好一会儿欲言又止，最终迟疑道，"你觉不觉得，温泊雪今日的穿着打扮，非常似曾相识。"

"有吗？"温泊雪低头，匆匆扫视自己的外衫，"这不是你们俩精心为我挑选的，还说很文艺范、很日系风吗？"

昙光抿唇，不动声色地挪动目光，将他打量一番。

灰扑扑的深色布料，身前身后隐约可见三块补丁，色泽不一，完美契合不太有钱的江湖浪子人设。

陡然之间，他悟了。

不远处的月梵同样豁然开朗，与他默默对视一瞬。

二人心照不宣，鹌鹑般愧疚低头，没再传音。

但见沈惜霜身姿袅袅，眉如远山，举手投足尽是画意，好似灼灼芙蓉。

而她正对面，是一瓶端坐着的人形椰树椰汁。

椰树椰汁，不配拥有好感度。

出师未捷身先死，长使英雄泪满襟。

攻略计划胎死腹中，昙光沉思许久，终于妥协："要不，我们还是卖惨装穷吧。"

"我同意。"月梵轻揉太阳穴，"说不定走一走傻白甜路线，能让沈惜霜觉得温师兄性子单纯，是个神魂澄净的好祭品。"

"对不起。"温泊雪默默喝下一口粥，"我又搞砸了。"

"没事没事！这哪能怪你呀。"月梵正色，"衣服是我挑的，我全责。"

昙光："我也有问题，支过不少损招——而且我算是明白了，我这张嘴妥妥就是一翻车神器，越说越倒霉，不如闭嘴。"

温泊雪被他俩这样一安慰，反倒有些不好意思，摸摸发热的耳根："对了，沈小姐方才说过，她目力很差，分不出色彩，桃花妖的视网膜也会出现问题吗？"

"我听说刚刚成形的精怪，五感是缺失的。"昙光道，"听不清声音，没有味觉，甚至看不见眼前的景象，等修为慢慢提升，才会变得和常人无异——但沈惜霜，她总不可能只是个刚化形的小妖怪吧？"

在《天途》里，她的实力更甚于温泊雪。

"要么就是献祭。"月梵回忆神宫所学的知识,"血肉是提升修为的至宝,在某些古老邪术里,能通过献祭自己的一部分身体来获得力量。"

"这是疯子才会做的事吧。"昙光咂了一声,"更何况,这世上谁会献祭自己啊。我听说过的那些邪修,全是把老百姓当作祭品的,杀人连眼睛都不眨一下。"

这两种解释各有不合理之处,他们探讨不出头绪,只能暂时作罢。

这餐饭吃得提心吊胆,当温泊雪吃饱喝足放下筷子,听见沈惜霜温和的笑音:"二位道长可还喜欢?"

"当然喜欢。"月梵毫不犹豫,"多谢沈小姐款待。"

温泊雪:"多谢。"

他重回穷苦人设,之前预想中的请客吃饭也就成了泡影。

平白无故受人恩惠,温泊雪总觉得不好意思,认真补充一句:"沈小姐,等我们有钱了,也请你饱餐一顿。"

"傻崽,别假戏真做。千万别忘了,沈惜霜接近我们是别有用心。"月梵叹气,"你当演员的时候,也这么容易入戏吗?"

"没有啊,好几个导演都说我入戏很难。"温泊雪老实回答,"可能因为演戏是假的,但现在是真的吧。"

昙光扬眉:"沈惜霜不也在装好人吗?"

温泊雪挠头:"可能,她演得太像了?"

"吃完了饭,"他们还在暗地里传音,另一边的沈惜霜已缓缓起身,"二位想去绣城逛逛吗?"

——居然发出了邀请!

月梵飞快地抬头。

经过点餐时的那场乌龙,她本以为沈惜霜对温泊雪没了兴趣,没想到峰回路转,竟还有戏。

邀请来得太突然,温泊雪亦是喜出望外:"好啊!"

食肆位于闹市之中,踏出大门,立马能嗅到满街花香。

"沈小姐,其实我有一事想不明白。"跟在沈惜霜身侧,温泊雪迟疑地开口,"我们只不过萍水相逢,你为何要一直出手相助?我们宗门穷困潦倒,根本没办法报答你。"

这是一个小小的试探,沈惜霜听罢果然一怔。

她很快轻声笑笑:"我曾说过,是因仰慕诸位行侠仗义。温道长不相信那段说辞,觉得我存了私心吗?"

老实人温泊雪被噎得不知如何回应。

"温师兄只是不习惯别人对他这么好。"月梵适时打圆场,"宗门贫瘠弱小,我们都是吃着苦头长大的。"

此话一出,沈惜霜显出了然之色,月梵与温泊雪却是双双神色稍顿。

她方才说得急,直到匆匆出口,才意识到这句话里的谎言似曾相识。

破开心魔的那个晚上,等晏寒来离开后,他们曾聚在一起聊过自己的心魔。

谢星摇说过去的她压力很大,心魔里的爸妈唠唠叨叨,而她则藏在房间的角落。

温泊雪身为流量小生,最害怕被人指指点点,据他所言,心魔里的嘲笑声经久不散,他被吵得心烦,只想让身边的一切消失。

当时月梵语气轻松,也说起她的心魔。

梦里她仿佛一个透明人,没人搭理,孤孤单单,无论笑还是哭,全都得不到回应。

他们每个人都用了轻快的语意,如同在阐述一场有趣的冒险。

月梵却心知肚明,在她讲述时,刻意省略了很多东西——谢星摇与温泊雪应该也是一样。

能让人嘻嘻哈哈的故事,怎么可能成为心魔。

不习惯别人对自己好,吃着苦头长大……

这种描述,倒像在说她。

"沈小姐,你在看什么?"一旁的温泊雪先行打破沉默,看一眼沈惜霜,"那是——"

月梵收回心思,循声看去。

他们正走在一条居民街,褪去主街里的热闹喧嚣,留下几分烟火气。

沈惜霜行于最右,此刻微微侧了头,望着一处小院。

院门敞开,露出院子里白墙黑瓦的房屋。

这地方似是荒废已久,院墙上青苔遍布,生有连绵蛛网,几个壮硕的青年正搬着大大小小的家具,逐一往屋子里送。

"是有新主人搬家进去吧。"月梵仰头张望,"看沈小姐的神色,是很熟悉这幢房子吗?"

沈惜霜："从前有个朋友住在这里。"

"朋友？"温泊雪道，"那位朋友搬走了吗？"

他话音方落，骤然听见一道苍老嗓音："这地方的上一任主人，可不是搬走的。"

院落闲置已久，今日终于有新人搬来，不少街坊邻居前来围观。

站在墙角的老人淡瞥他们，压低声音："是一年前外出遭劫，一家三口无人幸免。可怜一家人行善积德……这位姑娘，节哀。"

温泊雪与月梵皆是一愣。

"一年前外出遭劫……"温泊雪只觉这个故事似曾相识，细细回想，看向沈惜霜，"是种了一棵祈愿竹树的那家人？"

当时他们前往沈府参加考核，文试之前，曾在偏僻别院见过一棵竹子。

竹上挂了许愿用的红色丝线，据沈府两个小厮所言，它本是生在城中另一户人家，那家人意外出了事故，这才被沈老爷移入沈府。

只可惜在那之后，竹子就蔫蔫的了。

"嗯。"沈惜霜极轻地笑笑，目光凝在他脸上，瞳仁幽深，看不出所思所想，"道长知道那棵竹子？"

"路过沈府的时候，我们曾见过它。"温泊雪老实应答，"我和月梵师妹当时参加考核，还在上面挂了心愿。"

"那便祝二位心想事成。"

"老伯，"月梵若有所思，"残害那家人的凶手，如今被抓到了吗？"

老人面色微沉。

"官府断案，讲究一个证据。一家三口死得不明不白，虽然揪出了几个颇有嫌疑的恶霸，但找不到确凿证据，根本定不了罪。"他说着身形佝下，往前稍稍探身，"不过啊，报应很快就来了。"

月梵挑眉："报应？"

老人点头："就在惨案发生的一个月后，其中俩恶霸莫名其妙死了，死相凄惨，那叫一个血肉模糊。"

温泊雪胆子不大，听得后背发凉："这又是谁干的？"

老人瞭他："既然是'莫名其妙'，那自然没抓到凶手。那两人平日里无恶不作，仇家结了不少，说老实话，官府也不大想管。"

"两个恶霸死了，竹子被沈老爷移进府里。"月梵眼皮一跳，传音入密，"话说回来……你还记不记得,这个副本的决战是在沈府观景阁,而观景阁,也是沈老爷所建。"

……沈老爷?

温泊雪呆了呆:"这个角色不仅我们从没见过,就连在原文里,好像也从未露过脸。"

"没在原文露脸,不等于他真的不存在。"月梵无声撩起长睫,"摇摇不是说过吗?这里是真实的修真界,不能被原著牵着走。戏份越多的角色越有可能是凶手,又不是在拍《名侦探柯南》。"

但这也仅仅是个猜想而已。

他们没有线索,没有依据,全靠一点儿蛛丝马迹胡乱猜测,莫说找出真凶,连捋清这一系列的前因后果都难。

譬如沈老爷为何要移栽祈愿竹,他和沈惜霜分别扮演着怎样的角色,全是未解之谜。

"目前看来,只能寄希望于摇摇和晏公子了。"月梵叹气,"不知道他们怎么样了……心魔危机四伏,他们一定在艰难求生,千万不要出事啊。"

"嗯。"想起自己心魔中的景象,温泊雪心下发紧,"一定能平安回来的。"

与此同时,魇术中。

"艰难求生"的谢星摇饮下一杯金银花露,回味着舌尖清凉甘甜的花香,露出幸福微笑。

龙平不是很懂。

他原本做好了赴死的打算,没想到居然与这对哥哥姐姐再相逢。

只不过这次他仍是人质,这两人却摇身一变,成了妖魔精怪的同伙。

谢星摇声称这是自己同母异父的弟弟,随二人一并来到沈府,小孩子活泼好动,一不留神,就和她走散了。

犬妖听罢恍然大悟:"哈哈,原来如此!我方才还在纳闷,沈府戒备如此森严,怎会有人不自量力闯进来。有我在,定让那些不知死活的家伙死无葬身之地!"

然后龙平面无表情,看着他亲手递给"不知死活的家伙"一块令牌。

犬妖:"沈府处处有禁制,携上这块牌子,能证明你们是自己人。"

……也不知道当他得知真相,会露出怎样的表情。

魇术里的沈府看似井然有序,然而毕竟只是幻梦一场,里面的妖魔精怪都不太聪明，漫无目的地游荡于其中。

犬妖交给他们一人一块令牌，没交代具体去做什么事，只说守好院子，莫让外人进来。

谢星摇："放心，我决不让旁人有机可乘！"

有机可乘的她自己，的确不算"旁人"。

"万幸万幸，如果这儿是真正的沈府，我们肯定会被丢出去。"犬妖走后，谢星摇拍拍胸口，"晏公子，这地方处处不对劲，你能感知到何处的气息最为震荡吗？"

梦境由心而生，梦里的一切都无法掩藏。魔术母体心中最在意的地方，散发的灵力也就越浓。

晏寒来抬眼，面上无甚表情，遥遥看向远处。

在他视线停驻之地，一座高阁巍巍耸立，直入云霄，如欲摘星揽月，将满城风光尽收眼底。

正是观景阁。

自前院通往观景阁，几乎要横穿大半个沈府。

一路上的魑魅魍魉多到令人眼花缭乱，个个杀气森森，犹如伺机而动的豺狼虎豹。想来梦境的主人对此地十分重视，特意设下重重险阻。

又一只邪祟迎面而来，谢星摇面带和煦微笑，向它点头致意。

一触即发的死斗秒变同事之间的相互问好，龙平震撼到麻木，看了一眼手中的令牌。

淡淡幽光自令牌散出，为他浑身笼罩上一股压抑的气息，完美融入沈府之中。

令牌，好用。

犬妖，更好用。

一路畅通无阻来到观景阁，谢星摇有些意外地轻扬眉梢。

看来这座楼的确非常重要，四面八方皆被设下了阵法，即便他们手持令牌，仍无法踏入其中。

她心下一动，瞧一瞧晏寒来。

"此为锁幽阵，外人擅闯，烟消云散。"青衣少年上前几步，指尖于虚空凝出白光几点，继而连点成线，"稍候。"

若是硬碰硬对上这里的邪祟，他们两人皆被削去修为，胜算肯定不大。

但破解阵法就不同了。

阵法讲究奇门诡术、布阵排阵，一旦勘破其中关键，哪怕修为不是很高，照样能够破开。

可巧，晏寒来是原文里认证过的咒术天才。

后院幽寂，莫说巡逻的妖邪，连风声都不复存在。

时间在这里仿佛凝固，黑暗浓郁，唯有几点白光凝结，与观景阁中的锁幽阵两相交映。

晏寒来动作熟稔，十指修长，皆被灵力映出白玉般的色泽。

谢星摇暗叹连连，倏忽耳边一声低低嗡响——

锁幽阵破了。

晏公子，也超有用。

"阵法破开，沈府里的妖魔定会很快察觉。"晏寒来收回灵力，淡淡看她一眼，"莫要耽误。"

观景阁里很黑。

楼中毫无灯光，唯有月色透过纱窗冷冷而下。晏寒来走在最前，掌心灵力凝结，照亮道路。

一楼很平静。

大厅空旷，角落里盘旋着巨大的螺旋式长梯。抬头向上探去，阶梯好似漫无尽头，一直延伸到穹顶之上。

晏寒来："随我上楼。"

一步步顺着长梯往上，伴随着时间的流逝，空气里的压迫感也逐渐加强。

谢星摇勉强稳下心神，握住身边男孩的手心："别怕。"

时间紧迫，她下意识地用了最快的速度。眼看头顶盘旋的黑影越来越少，终于来到顶层的一刻，谢星摇不由得屏住呼吸。

和其他楼层不同，观景阁顶端有光。

光源……是一棵生在楼中的桃花树。

桃树竟未植根于土壤，粗壮的树根屈曲盘旋，攀附墙壁之上，好似虬龙匍匐，盘根错节。

鲜妍桃花开了满树，茂密枝干旁逸斜出，竟如藤蔓一般扭曲盘旋，绑缚着一个个光团。

"光团之中蕴含灵气。"晏寒来沉声，"是神识。"

"也就是说，桃树在汲取这些神识的力量。"

谢星摇目光往下，瞥见数个瓷坛。

坛子被树根绑住，个头不大，坛身用白纸贴着一个个名字。

顾文东、张醒，还有……

谢星摇心口一跳。

月梵、温泊雪。

"坛子里应是每个人的心魔。"晏寒来继续解释，"观景阁乃是魇术母体所在，心魔被供养于此，以魇术为依托。"

谢星摇若有所思："如果把坛子打破，会怎么样？"

"心魔外露，将我们卷入其中。"

他垂眸细探，低声补充："瓷坛皆被下了封印，我们无法打开。"

"等……等等。"茫然的龙平怯怯举起右手，"哥哥姐姐，你们说的我全听不懂……什么魇术什么心魔什么母体，还有我刚来这儿的时候，听它们说溟山覆灭了十多年，这是怎么回事？"

"等一切结束，你自会明白事情的前因后果。"谢星摇拍拍他的脑袋，"现在你只需要知道，站在自己眼前的大哥哥博学多才、悟性过人，是个天才就够了。"

又开始了。

晏寒来抿唇，一言不发侧开脸。

"不过，"谢星摇前行几步，"既然百姓们的神识都在坛子里，那些被绑在树上的光团又是什么？"

她音量极小，开口时细细端详身前诡异的树枝，猝不及防间，枝头倏尔一颤。

晏寒来蹙眉，手中已有法诀掐出。

但预想中的突袭并未到来。

枝头轻颤，离她最近的光团竟战栗般抖了抖，不过片刻，发出一道低低哀鸣："呜——"

紧随其后，更多光团开始了呜咽。

谢星摇一愣。

晏寒来说过，这些光团尽是神识。

声声呜咽稚嫩青涩，像是小孩无助的哭号，她有些摸不着头脑，尝试与之沟通："我并非沈府中人，而是来此调查绣城魇术的仙门弟子——别哭别哭，你们是谁，是什么人把你们困在这儿的？"

大多数光团瑟瑟发抖，一时间光影乱颤，离她最近的圆团咕噜一动，怯生生应答："是……是桃花妖。"

"沈惜霜？"

"不是姐姐！"光团下意识加重语气，"是……是更大的那个，这里的主人。"

……主人。

谢星摇迟疑地开口："沈府老爷？"

好几个光团上下晃动，像是点头。

心中疑团更多，她敛眉沉声："你们是谁？沈惜霜和你们是什么关系？"

光团："我们是……我们是小花。"

另外几个圆团叽叽喳喳："小草！"

它们嗓音清脆，大多相当于人族的幼童，谢星摇心知吓唬不得，耐心点头："嗯嗯，小花小草小树苗，你们为什么会在这儿？"

"被大桃花树抓来的。"

离她最近的光团年纪大些，说话最有条理，当它开口，其他神识纷纷噤声："听说屋子里的这棵小桃树蕴藏有仙道圣物，他为了得到圣物的力量，利用我们供养它。"

所以在这场梦里，沈府的桃花才会开得最盛。

因为它本就是靠着其他精怪的血肉而生。

"小桃树？"它们将沈老爷称作"大桃树"，晏寒来敏锐地察觉到异样，"这棵树并非他的本体？"

"仙道圣物力量太强，寻常精怪很难驾驭，不但会被它夺去五感，稍有不慎，甚至要被吸干灵力。"不知想到什么，光团一抖，"所以他用了另一棵桃树作为母体，对外宣称是他女儿——起初的时候，圣物需要的灵力不算太多，他便四处抓来我们这些刚成形的小妖怪。但不知怎么，自几个月前起，灵力的需求越来越多。"

因为仙骨的力量在一天天苏醒，仙骨力量越强，所需要的代价也就越大。

谢星摇颔首："所以他开始使用魔术，对绣城的百姓下手。如此说来，沈惜霜就是这棵被他利用的桃树？"

光团一默，半晌，左右晃了晃身子。

一个摇头的动作。

"这棵桃树真正的主人……"它说着颤了颤，"几个月前，仙道圣物需要的灵力突然增多，桃花妖遭到反噬，已经……"

龙平听懂了八成，闻言好奇地道："它主人已死，为何这棵树还活得好好的？"

晏寒来冷声："有别的魂魄进了桃树的躯壳，为它延续生命，继续做仙骨的载体。"

光团点头："后来，我们就见到了姐姐。"

它身侧的另一个光团开口："姐姐的主人被坏人杀害，她想报仇。"

"大桃树和她签订契约，他帮她杀掉坏人，她的魂魄住进这棵桃树里面。本来只有三个月的。"又一道声音响起，"但大桃树想把我们献祭，被她拦下了。"

接着是抽抽咽咽的小男孩嗓音："姐姐是为了保护我们，才一直留在这里……"

简单来说，沈老爷找了棵桃树供养仙骨，没想到桃树遭到反噬，被仙骨吞噬了魂魄。

没有魂魄，桃树一旦死亡，仙骨也就没了载体。为延续桃树生命，他找来了如今的"沈惜霜"，让她的魂魄进入桃树之中。

沈惜霜原本答应他留在沈府三个月，但为了保护这些花花草草，一直没离开。

它们很喜欢沈惜霜。

说起她时，原本暗淡的光团一个个散开莹润光亮，叽叽喳喳的低语充斥在整间阁楼。

"姐姐说，等一切结束，要带我们一起离开。"

"姐姐总会从城里买给我好多好多糖。"

"姐姐说桃花是粉色的，她本体的竹子是绿色的……我们年纪太小，分不清颜色，等长大一些，就能和她一起去赏花。"

沈惜霜的魂魄进入桃花妖的躯壳，所以当她在原文死去，桃树也就随之枯萎，显露出仙骨。

至于真正的幕后黑手……全然没留下一点儿线索。

《天途》里的故事，被完完全全推翻了。

谢星摇只觉耳边"嗡嗡"作响，陡然之间，耳边叽叽喳喳的童音不约而同地停下。

"……来了。"一个光团碰碰她的指尖，"他们来了。"

谢星摇蓦地转身。

刹那间月满窗楹，寒光如雪，铺天盖地的杀气席卷而来，尚未到她身前，便被青衣少年掐诀拦下。

杀气散开，月色冰冷，映出密密麻麻的漆黑影子。

"你们三个，"为首的犬妖笑意狰狞，手中长刀锋利无匹，"找死吧。"

在他身后，数十只妖魔邪祟目露凶光。

树枝上的光团颤抖不止，渐渐回归暗淡。

"久闻观景阁大名，这座楼既然修了，不就是让人上来观景的吗？"谢星摇礼貌地笑笑，"话说回来，还要感谢大人相赠的令牌。"

她把"大人"二字咬得极其微妙，饶是龙平，也能听出其中讽刺的意思。

不出所料，犬妖果然大怒："你这混账，不仅骗我还——杀了他们！"

话音方落，妖邪群出。

龙平这辈子没见过如此恐怖的场面，与之相比，独居的藤妖活像个空巢老人。

阁楼面积不大，眨眼便是暗影连天。浓郁妖气好似汹汹浪潮，他被裹挟其中，连呼吸都做不到。

那个高高瘦瘦的青衣哥哥动作凌厉又迅捷，在无数黑影的包围下，竟能和它们勉强打成平手。

至于红衣服的漂亮姐姐——

"给你。"谢星摇不由分说地塞给他三个瓷坛，"这是我们的心魔，你务必拿好，要是被夺走打开，我们定会被心魔吞噬。"

她声音不大，奈何犬妖耳力灵敏，还是幽幽投来一道目光。

不留给龙平反应的机会，谢星摇手心凝诀，击退迎面而来的一只妖魔。

于是只有龙平一人留在原地。

犬妖轻扬嘴角，目露不屑。

这两个少年人修为不低，解决起来恐怕要颇费一番工夫，三人之中，唯有孩子是突破口。

把心魔交给他保管，是红衣姑娘最大的失误。

谢星摇与晏寒来一左一右，灵力浑然如屏障，击退所有妄图靠近的妖魔。

然而灵力毕竟有限，更何况此地是魔术的主场，妖魔鬼怪一个接着一个来，根本看不到尽头。

短暂一瞬，谢星摇的灵力倏忽一晃，露出一道小小缝隙。

是个机会。

犬妖咧嘴扬唇，舌尖舔舐尖利犬牙，向前挥刀。

瓷坛设有禁制，外人无法打开，而他作为魔术的一部分，理所应当拥有这份权力。

刀光凛然，裹挟刺骨寒光。

谢星摇下意识去挡，奈何太迟，虽然挡下大半，却还是有刀光击在瓷坛之上，发出清脆一响。

"咔嚓"。

瓷坛破，心魔出。

而心魔的主人，将会被卷入无边无际的痛苦之中。

阁楼暗影流动，自坛中腾起的黑烟徐徐遮掩月色。

犬妖收刀入鞘。

成功了。

全因他的随机应变，不费吹灰之力就解决了这三个麻烦，如今他们被心魔侵袭，八成已丧失意识——

犬妖的笑容凝固在嘴角。

青衣少年神色冷淡，掌心不断有猩红血液缓缓淌出，无数妖魔的尸身躺在他身侧，衬得凶戾如魔。

男孩面露茫然，像是不知发生何事，呆呆站在角落。

他们都没受到影响。

那红衣少女甚至面露微笑，带了点儿欣慰地仰起头，兴致勃勃地端详空中的心魔。

怎么回事？

犬妖怔然抬头，望见心魔里的画面。

两女一男。其中一男一女，他从未见过。

"抱歉，这不是我们三个的心魔坛。"谢星摇笑笑，"准确来说，是我和另外两个朋友的。至于我，早就从心魔里挣脱了——谢谢你帮我打开。"

犬妖原地跳起："你又骗我！"

笨蛋狗狗，真的很好用。

从进入魇术之前，她就在不断思索，应该如何离开。

就算杀光这里的妖魔，烧掉眼前这棵桃树，只要幕后主使还活着，他的梦就会一直做下去。

更何况她和晏寒来的修为皆被大大削减，要是硬拼，还真打不过源源不断的邪魔。

唯一可行的办法，是破坏这场梦境本身。

在看见心魔坛的一瞬，有个念头在她脑中慢慢产生。

大家破开各自心魔的那个晚上，他们曾彼此交流过自己的梦境。

温泊雪从小到大没有自信，害怕旁人的嘲笑。梦里笑声不止，而他蜷缩在角落，许愿让身边的一切全部消失。

月梵不被重男轻女的父母重视，拼命努力也得不到一个眼神。梦里的她想方设法博得关注，在一次次无视下，只能佯装大大咧咧地独自讪笑，让自己显得不那么尴尬。

至于谢星摇她自己，无非是处在黑暗孤寂的房间里，不想听任何人的闲言碎语。

这是三段风马牛不相及的梦境，然而一旦试着把它们交换顺序——

虚空中魔气滚滚，首先浮现出两道影子。

交错的心魔之中，"谢星摇"坐在黑暗角落，身边的"月梵"不停搭话，声声入耳，却只让她心生烦躁，背过身去缩成一团。

被无视的"月梵"轻扯嘴角，尴尬轻笑，而另一边，"温泊雪"在笑声中如坐针毡，身边的一切景物逐渐消融，归于黑暗。

于是"谢星摇"身边更黑更冷，身处恐惧之中，少女越发不愿做出回应，将自己藏得更深。

然后是"月梵"的讪笑。

以及"温泊雪"所引发的，已经吞噬了大半个观景阁的黑暗，越来越汹涌。

——嗯。

一场成功的循环，完美的心魔永动机。

心魔之间的循环不止，由温泊雪引发的黑暗虚空就会无限膨胀，哪怕席卷整个梦境空间，仍会不停扩大。

如此一来，心魔越来越大，直到远远超出魔术的负荷限度，这场梦境被撑爆，自然也就随之崩溃。

在游戏用语里，这种操作名为"卡 Bug"。

心魔被她彻底玩坏了。

眼见空间被吞噬不休，犬妖抓狂："这……这是什么？你们三个……"

谢星摇温和笑笑。

从她把心魔坛交给龙平的那一刻起，就已经布下了局。

先是借由她口，把犬妖的注意力转移到瓷坛上，再选定一个最容易接近的对象。

在顺理成章的心理暗示下，犬妖定会打起心魔坛的主意，紧接着，只需要故意露出一个破绽。

犬妖目眦欲裂，龙平亦是目瞪口呆。

视线所及之处，双目无神的青年缩在黑暗里不停发抖，面色惨白的女人皮笑肉不笑。

而在最深的角落，少女默默坐在虚空之中，许是觉察到他的视线，幽幽投来一瞥。

冰冷的、毫无感情的一瞥。

这一瞥没有温度，漆黑瞳仁里歪歪斜斜写着"柔弱无助"几个字。他横竖放心不下，仔细看了半晌，才终于从眼里看出字来，满目都写着两个字，是"心魔"！

身旁的谢星摇碰碰他胳膊："龙平，你还好吧？"

他默默抬头，望见那张与角落少女如出一辙的脸。

他不理解。

他觉得好恐怖，他瑟瑟发抖。

这个姐姐，她不正常的。

她分明是散发所有黑暗气息的源头。

谢星摇站在漫天血光与杀气里，朝他展颜一笑："还记得我说过什么吗？战胜恐惧最好的办法，是面对恐惧。"

话音落下。

"咔嚓"。

梦醒了。

时值傍晚，斜阳被远山吞噬大半。

武馆后院的卧房中，男人猛然睁开双眼。

梦里的一切无比清晰地浮现于脑海，最后与他四目相对的黑瞳仍历历在目，龙平竭力深呼吸，捂住心口。

都过去了。

那只是一场梦。

"夫君!"候在床边的紫裙女子面露喜色,递来一杯凉茶,"你终于醒了!你被魔术缠身,坠入心魔之中,万幸有两位仙门小道长出面相助,才让你脱离梦魇。"

"是……是吗?"龙平饮下凉茶,只觉心有余悸,"夫人,既然我已醒来,你放心,为夫定会将魔术一事调查清楚。"

他回想起梦中所见,握紧双拳:"我已破除心魔,世上便不会再有恐惧之事。"

恰是此刻,房外响起"咚咚"敲门声。

"定是两位道长来了。"紫裙女子上前打开房门,"二位仙风道骨,你可得多谢谢人家。"

龙平笑道:"那是自然,我……"

他一句话没来得及说完。

房门敞开的间隙,夜色昏黑,烛火微摇,血一般的红色闪过,继而是张突然挂在门边的苍白面孔。

熟悉的神色,熟悉的相貌,熟悉的黑眼珠。

谢星摇朝房中探进半个脑袋:"嗨!"

一刹那的寂静。

他已破除心魔,世上不会再有恐惧之事。

战胜恐惧最好的办法,是面对恐惧。

思来想去,他脑子里只剩下两个字:恐惧。

噩梦还没醒。

只一瞬。

五大三粗的男人双目圆瞪,抱紧手中棉被,如窜天猴般腾空跃起:"啊!"

傍晚,武馆后院卧房。

"所以,"听完谢星摇简要概述的来龙去脉,龙平正色蹙眉,"绣城魔术的真凶,是沈府老爷。"

谢星摇:"嗯。"

至于沈惜霜,不过是他用来炼化仙骨的傀儡。

准确来说……因为仙骨剧烈的反噬,真正的"沈惜霜"早已死去,如今在她壳子里的,是另一个妖怪。

那些小光团叽叽喳喳的时候,曾说她的本体是竹子,曾经的主人遭了难。

细细想来，他们前往沈府参加文试时，就曾在那里见过一棵祈愿竹，祈愿竹原本不在沈府，直到上一任主人全家突逢意外，才被沈老爷移栽至府中。

那应该就是沈惜霜的真身了。

她魂魄离体，住进另一副躯壳，祈愿竹得不到魂魄滋养，自然会一日日枯萎衰败，变成他们见到的那副颓靡模样。

仙骨至纯，蕴含的灵力远非常人所能驾驭，要想成为它的容器，条件就更为苛刻——

如今看来，那棵桃树是一个，祈愿竹是一个。

温泊雪应该也是一个。

所以在原文里，沈惜霜才会千方百计接近他，妄图让他成为仙骨新一任的祭品。

只有这样，她才能从桃花妖的躯壳中离开，带着那些叫她"姐姐"的花花草草逃出沈府。

想得再深再细一些，沈惜霜年纪轻轻，实力低微，定然不懂如何勘透修士根骨，判断对方是否适合作为仙骨的容器，原文里盯上温泊雪……应是受了沈老爷的教唆。

这样一来……在原定的故事线里，真凶岂不是轻而易举撇清嫌疑，自此逍遥法外了吗？

念及此处，她心中莫名发堵，出神之际，忽听身侧的壮汉长叹一声。

"心魔中多有得罪，还望两位道长见谅。今日多谢二位救我于生死之间，往后若有任何需要，尽管找我便是。"

龙平抱拳："晏公子天赋惊人，谢姑娘的思绪更是活络，审时度势，随机应变，远非常人能及。在下佩服、佩服！"

他的态度诚恳真挚，谢星摇被夸得不好意思，连连摆手："别别别，我们担不起的——不过话说回来，龙平馆长没被那场梦吓到吧？"

她可记得清清楚楚，自己只是往门里探了探脑袋，这位身强体壮的八尺大汉就面色发白，整个人往半空一蹿。

"没有没有！"龙平打个哈哈，"那会儿刚从噩梦中醒来，格外心神不定，总觉得自己还在梦里，让谢姑娘见笑了。"

——所以绝对不是被你结结实实吓了一跳，真的！

晏寒来欲言又止，淡淡看她一眼，终究没揭穿。

"既然馆主没事,那我和晏公子便回客栈了。"谢星摇笑道,"如今真相水落石出,我们得和师兄师姐商量一番接下来的对策。"

梦中与现实世界的时间流速大相径庭,据馆主夫人所言,她和晏寒来已经睡了整整三天。

也不知道这三天里,其他人有哪些进展。

"师兄师姐……是说温道长和月道长?他们恐怕不在客栈。"馆主夫人温声,"今早我听月梵道长说,沈小姐邀了他们二位去府中做客。"

谢星摇呆住:"沈府?"

"沈府?"

今日正午,医馆。

昙光面露惊恐:"沈惜霜这么快就邀请你们去沈府?她不会已经打算动手了吧!"

"动手迟早会有,但应该不是今天。"月梵轻揉额头,"她这次还邀请了我,如果想把温泊雪变成祭品,让他一人赴宴,显然比较容易对付。"

昙光:"说不定是想吃鸳鸯锅。"

"我觉得,沈小姐好像和原著里不太一样。"温泊雪躺在病床上,噌地坐起身子,"在原著里,她的态度暧昧很多,摆明了想刷'温泊雪'的好感度,但现在……她人还挺好的。"

月梵老母亲叹气:"你觉得她是个好人,这好感度不就已经刷起来了?"

老实人温泊雪露出惊讶的神色。

"更何况,你们和她从无交集,她却又是治病疗伤又是请客吃饭,对你们这么好,根本就是无缘无故。"昙光亦是冷静分析,"总不可能当真因为所谓的侠义之心吧,沈惜霜在原文里,也不是这种傻白甜人设啊。"

"那,"温泊雪弱弱应声,"咱们应该赴约吗?"

"……应该没问题。"月梵道,"原文里说过,温泊雪的根骨万中无一,最适合作为献祭仙骨的容器。对沈惜霜来说,你是独一无二的宝贝,在你自愿成为祭品前,她不会伤你分毫。"

她的这段分析有理有据,一锤定音。

也因如此,温泊雪与月梵最终还是入了沈府,昙光留在府外的茶楼静候消息,通过传音符随时保持联系。

沈惜霜是个合格的主人,早早便和侍女阿椿站在门边等候。

月梵见状颔首一笑:"劳烦二位。"

"两位道长皆是贵客,有何劳烦可言。"沈惜霜微微侧身,让出一条入府的小道,"请进。"

他们并非头一回进入沈府,加之来前做了准备,对府中道路了然于心。

甫一进门,便听沈惜霜轻笑道:"听说两位道长曾来沈府参加文试,我看了看文试考卷,道长们果然……"

她说着一顿:"很有趣。"

行吧。

回想自己一塌糊涂的文试,温泊雪更蔫几分。

文盲人设被坐实了。

"奇怪。"月梵一边随她往前,一边环顾身边景象,"沈小姐,这条路……好像并非通往正厅。"

她敏锐地发觉不对,茶楼之中,守在传音符旁的昙光骤然凝神。

"正厅人杂,小姐特意挑了处风景最好的院子。"阿椿道,"那里寂静无人,最适合……"

她话没说完,便被沈惜霜轻拍一下肩头。

这是个显而易见的制止动作,小姑娘吐吐舌头,不再言语。

欲言又止,遮遮掩掩,不知在盘算什么阴谋诡计。

昙光听着传音符,眉目渐沉。

"就是这里了。"

穿过林间小道,终于抵达目的地。

沈惜霜轻声笑笑:"二位请进。"

温泊雪仰首打量:"真的好安静,一路上没见到什么人。"

特意选在僻静偏远的角落,居心不良。

昙光咬牙,一颗心慢慢往上提。

此地是个环境幽静的小院,四面藤萝丛生,两旁参天大树遮天蔽日。清风吹散春日艳阳,好似天开图画,荡漾出缕缕青意。

小院紧邻观景阁,抬头向上,能见到巍巍高阁直入云天。

巨大建筑笼下厚重的影子,想起原文剧情,温泊雪扬眉:"那是观景阁吧。"

"嗯。"沈惜霜点头,"爹爹尤爱赏景,登上楼阁,便可一览绣城全貌。"

在观景阁旁边。

昙光静静聆听,心中不祥的预感更浓。

而传音符另一头,伴随杂沓脚步,月梵轻轻开口:"这里……好黑。"

一刹那的沉默。

紧随其后,一声惊呼刺破他的耳膜——

月梵:"呜哇!"

传音到此戛然而止。

不明缘由地,传音符被迫中断了。

昙光独自坐于茶楼之中,窗外虽是阳光普照,他后背却已生出阵阵冷汗。

诡异的观景阁,突然中断的传音,月梵最后的那声惊呼,所有的线索,都表明她与温泊雪出事了。

此时此刻的沈府,必然已露出锋利的獠牙。

倘若不顾死活闯进去……他也很有可能会惨遭毒手。

——但谢星摇和晏寒来尚未醒来,要是丢下他们两个不管,他还是个人吗?

独坐茶楼的光头和尚暗暗咬牙,自储物袋掏出法器,轰然起身。

翻车就翻车吧,他拼了!

"这是……"

与此同时,沈府中。

院落幽静,树影婆娑,月梵怔怔看着厢房中央的木桌,不自觉睁圆双眼:"好大的鱼!"

但见木桌之上琳琅满目,皆是色香味俱全的中州菜式,其中一条香辣水煮鱼个头极大,通体显出火焰般的金红。

"上回在食肆用餐,我看二位吃得不大尽兴。"沈惜霜唇角微勾,"后来问了问温道长,才知二位都来自中州,吃不惯绣城的食物。"

温泊雪心虚抿唇。

他在食肆念错菜单,闹了个大乌龙,导致从头到尾吃得心不在焉。

沈惜霜察觉到这一点,特意询问他缘由,他只能用"不合口味"搪塞过去。

没想到,她居然真找来了中州的厨子。

"今日的菜肴皆是中州特色。"沈惜霜道,"我问过做菜师傅,原来中州喜食香辣,绣城口味清淡甜腻,之前是我考虑不周。"

"……可恶。"月梵握拳,"她好温柔好细心,如果不是知道她接近我们别有用心,我已经沦陷了。"

"没有没有!"温泊雪赶忙接话,"沈小姐已尽了地主之谊,反倒是我们,不知应当如何报答。"

"不过——"感应到传音符的灵力陡然消散,月梵心生警惕,凝神轻咳,"沈小姐,此地莫非用了屏蔽灵力的咒法?从进入厢房的那时起,四周灵力便像是凝固了一般。"

"应是观景阁中的法阵所致。"沈惜霜柔声笑笑,"爹爹不喜被人打扰,在阁楼里设了大阵。这里离观景阁不远,时常受其影响。"

原来是这样。

观景阁里藏了仙骨,为避免旁人觊觎,的确应该做一些手脚。

月梵松下一口气,听沈惜霜继续道:"时候不早了,二位不妨进屋落座。"

温泊雪点头,在木椅上坐好:"多谢沈小……"

最后一个字尚未出口,窗外骤然响起一声咆哮:"都不许动!"

这声音,好耳熟。

只一霎,厢房房门被人用力踹开,好几双眼睛无言相对。

厢房里的他们围坐于桌旁,俨然一副和和美美的欢欣景象。

厢房门口的光头目眦欲裂,双眼圆睁,仿佛怀了必死的决心,挥舞着手中法器,脖颈上冒起条条青筋:"没想到吧,还有我!"

随之而来的,是家丁小厮们撕心裂肺的呼喊:"抓住他,抓住他!光天化日擅闯民宅,那强盗往小姐在的方向去了!"

房中景象与想象中的画面截然不同,凶神恶煞的和尚呆愣须臾,目光流转,依次掠过桌上热腾腾的中州菜,沈惜霜震悚的眼神,以及温泊雪已经探出半个头的筷子。

昙光:哈哈。

这确实没想到。

此时此刻,他不再是一个具体的人,而是翻车的代名词。

倘若此情此景是部电影,他眼底应有一滴眼泪滑过。

"传音符失灵,是受了观景阁的阵法影响。"温泊雪弱弱地解释,"沈小姐在请我们吃中州菜。"

月梵以手掩面:"你辛苦了,好兄弟。"

下一刻，阿椿的尖叫响彻厢房："这……这不是曾欺负过小姐的恶霸和尚吗？救命啊！"

家丁鱼贯而入。

家丁们一拥而上，扑向昙光。

在被蜂拥而至的家丁架走之前，为了让一切显得顺理成章，昙光双目湿润，喊出那句台词：

"不要动，打劫。"

自昙光出现又离开，温泊雪这顿饭吃得也不大踏实。

阿椿不愿他浪费自家小姐的心意，好心出言安慰："道长莫怕，那劫匪定被送去了官府。"

……心里更不踏实了！

一顿晚餐吃完，月梵悄悄写下一张传讯符，寄与官府里的捕快锦绣姑娘，让她去捞一捞人。

"时值春日，沈府是绣城有名的赏春之地。"沈惜霜似是心有余悸，面色微微发白，"二位可想在府中逛逛？"

月梵略作思忖："听闻观景阁视野开阔——"

倘若能进观景阁，定会发现更多线索，然而以沈惜霜的立场，恐怕不会答应。

她说得试探，没什么底气，尾音堪堪悬了一半。再看沈惜霜，果然面露难色："要进观景阁，须得经过我爹同意。"

果然。

月梵心下暗叹，却听她话锋一转："不过……二位若是想去，我或许能悄悄破个例。"

月梵：这么好说话吗？

观景阁宛如一座通天楼，以螺旋式长梯连通始终。

月梵与温泊雪跟在沈惜霜身后，不知走了多久，在倒数第二层停下。

螺旋长梯仍在往上蔓延，但顶楼全被木板隔住，无法窥见一丝一毫。

"顶楼被爹爹设了术法，旁人闯入，会被他发现。"沈惜霜低声笑笑，"爹爹很喜欢这座楼阁，每月十五，都会登上顶楼赏景。"

术法，每月十五。

在原著里……根据主角团后来得到的情报，幕后主使以桃树为载体，吸取仙骨灵力时，就是一月一次。

这也太巧了。

温泊雪在心里牢牢记下线索，听身边的月梵暗暗传音："这沈小姐……还真是知无不谈，跟游戏里发线索的NPC似的。你觉不觉得，她在有意给我们透露消息？"

她传音结束，口中适时应声："每月十五，那不就是今天吗？"

沈惜霜抬眸，眼中破天荒闪过一丝稚气的狡黠："所以我们得快些啦。"

顺着她的意思，月梵踱步靠近窗边，不由得发出一声惊叹。

此时已入傍晚，西山一寸寸吞没斜阳。日光熹微，好似浓墨铺展，晕染整座城池。远处的千家万户繁灯亮起，光波流转，漆黑屋脊宛如匍匐的兽，勾勒出道道起伏弧度。

长街两旁花团锦簇，处处可见粉白鹅黄，柔软色彩与夜幕融为一体，一线西风中，鸟雀鸣啼不绝于耳。

而他们立于全城之巅，仿佛伸手就能触到天边。

她看得入神，心下忽地一动："沈小姐……看不清城中的颜色吗？"

没料到月梵竟会想起自己，沈惜霜一怔："嗯。"

她向前一步，不动声色地掩下眸底情绪："我修为不高，不知什么时候才能见到……也许还要再多修炼一些时日吧。"

这自然是谎话。

属于她的眼睛，或许永远也没办法看清身边的事物。

沈惜霜暗暗一笑。

精怪初初生出灵识时，由于修为浅薄，并无五感。

她还是一棵祈愿竹的时候，曾潜心修习多日，眼见即将能看清颜色，主人家却出了那样的事。

一家三口无人幸免，凶手逃之夭夭。于是她和那个男人做了交易，由她充当仙门圣物几个月的容器，而他助她复仇。

仙门圣物实力强悍，于她而言无疑是沉重的负担。

每到十五夜里，那个男人汲取灵力时，她的神识都会大大受损，久而久之，目力愈来愈差。

可她心有牵挂，还不能离开。

"沈小姐！"她心下怅然，一旁的温泊雪突然出声，"那个……你可以试着想象一下，桃花的颜色，就是冬天很冷很冷，你走在雪地里，忽然看见一堆火。"

他言语笨拙，不擅长措辞造句，也不懂得如何安慰人，说着摸摸鼻尖，似是不好意思："你自然而然地觉得很舒服很暖和，周围热腾腾的，那就是粉色。"

沈惜霜没说话，扭头对上他的目光。

温泊雪觉得紧张，呆呆挺直后背。

沈小姐……不会觉得他很幼稚吧？

半晌，窗边的姑娘轻声笑笑："白色呢？"

"白色就是——"好不容易得了回应，温泊雪底气更足，"还是冬天，你早上起来打开窗户，吹到第一阵风，冰冰凉凉的，不过感觉很清透。你看那边的梨花、玉兰花，都是白色。"

月梵站在窗边，拿手托着腮帮："也可以是很热很热的夏天，你忽然喝下一碗冷冻糖水，清凌凌的。"

"然后是黑色，你仰头看一看，现在的天空就是黑色。"温泊雪说，"嗯……黑色就是，你见过泥潭吗？黏糊糊沉甸甸的，颜色很深很重，让人觉得有点儿压抑。"

沈惜霜顺着他的指引，抬头望一眼夜空。

眼前仍是死水一样的视野，她却极轻极轻地笑了笑："绿色呢？"

温泊雪："啊？"

她的语气漫不经心："我听说很多草木都是绿色，比如竹子。"

"绿色。"青年思忖片刻，"绿色很漂亮，我不大能说得上来……大概就是夏天的正午，天上突然下了场雨。"

他想着一顿："雨很大，噼里啪啦，你本来觉得很热，暑气忽然之间就全部消失了。树叶、青草和房檐都被雨滴打得啪啪响，远处的山上蒙着一层雾，绿油油的，像画一样——总而言之，是一种很能让人高兴的颜色。"

沈惜霜笑："让人高兴的颜色？"

"应该是吧。"温泊雪挠头，"你看过我的文试考卷，知道我不大会讲话。"

沈惜霜静静地看着他。

"温道长，"半晌，她不知想到什么，尾音噙出淡淡的笑，"果然是个好人。"

温泊雪又蒙："啊？"

他不习惯如此直白的夸奖，后知后觉地摆摆手："我就随便说说。"

身旁那人没再言语，转头望向窗外。

晚霞绯红，倒映在她温和静谧的眼底，恍如冰湖消融。

惠风和畅，夜色微凉，她看不清远处景象，从来都觉得眼前所见如同墨团。

然而不知为何，当清凉晚风拂过耳边，沈惜霜忽然生出几分从未有过的感受。

鲜活而流畅，夜风好似拥有实体，无比温柔地同她相撞。远处的墨团片片融化，变成雨、雪，或是一阵冰凉的风，悄无声息，将她包裹其中。

"温道长曾经问过我，为何会对你们出手相助——道长似乎总是觉得自己不够好。"

立在窗边的人影倏忽一动，沈惜霜在残阳的余晕里同他四目相对。

沈惜霜道："或许……你比你想象中，更值得让旁人上心。"

温泊雪被夸得满脸通红。

直到离开沈府，仍然是呆呆的，一脸蒙。

月梵伸出右手，在他眼前挥一挥："你还好吧？不会被攻略了吧？挺住啊！"

"我……我……我很好。"温泊雪抬手轻拍侧脸，"我很少被人夸奖嘛。"

月梵不解："你不是逐梦演艺圈的奶油小生吗？怎么说也得有几个粉丝吧。"

"但是讨厌我的人更多。"温泊雪稍稍泄气，"而且现实里真正和我接触过的人，都觉得我没什么能力，只能靠脸混饭吃……虽然这是实话。"

之后来到修真界，《人们一败涂地》也像个休闲娱乐的谐星道具。

他又想起自己那个心魔，后脑勺阵阵发疼，眼看快到客栈，忽然听见身边月梵的笑音："摇摇！"

一抬眼，果然见到谢星摇与晏寒来。

温泊雪收回心思，好奇地开口："发生什么事了，你们怎么行色匆匆的？找到凶手了吗？"

"来不及细说了。"谢星摇深呼吸，一口气把话说完，"这一切的幕后黑手是沈府老爷，我们在梦里破了魔术，他身为魔术母体，定会察觉。于他而言，自己身份败露，绣城不宜久留，现在很可能……已经在销毁证据，欲图逃窜。"

而毫无疑问，他将要销毁的主要"证据"，是观景阁里那些花花草草的神识。

还有沈惜霜。

每月十五，是沈府老爷登上高阁观景的时日。

沈惜霜心中暗噱，在浑身上下的剧痛里，视野更加模糊。

沈老爷名为"沈修文"，是一只金丹实力的桃花妖。每月十五的"观景"，其实是为汲取灵力,增长修为。

而作为仙门圣物容器的她会受到极大反噬,非但神识受损,五感亦将暂时丧失大半,形如废人。

这种感觉很是难熬,沈惜霜无数次想过求助官府,沈修文却握着一团树灵的神识告诉她:"官府若是知道了,你觉得是我被抓走更快,还是它们死得更快?"

顶楼里,关押着许多被他困在这里的幼小精怪。

草木无父无母,起初仙门圣物并不需要太多灵力供奉,沈修文为图省事,抓来这些弱小的稚童。

当沈惜霜进入沈府,在第一次被汲取灵力的夜里,撕心裂肺的痛楚几乎让她失去意识,恍惚地躺在地上时,有片小草戳戳她的指尖,递来一捧水。

从那以后,她便与它们渐渐熟识。

也因为它们,她选择了继续留下。

今日不知为何,沈修文行色匆匆,汲取的灵力也格外多。

当他汲灵结束,沈惜霜眼前一片漆黑,颓然瘫倒在地,吐出大口鲜血。

若是往常,他会春风得意地离开观景阁。

但今时今日,在视野完全丧失以前,沈惜霜模模糊糊捕捉到男人的影子。

并非是离去的方向……沈修文去了暗室。

暗室之中藏匿的,是他用来威胁她留下的花花草草。

压抑沉闷的气息将她死死攥住,沈惜霜心觉不妙:"你去暗室做什么?"

"有人破了魔术,我们得离开绣城。"沈修文心情烦躁,并不瞒她,"它们已是无用之物,累赘而已。"

她声调沙哑,陡然拔高:"你分明说过,只要我还留在这里,就不会伤它们分毫!"

回应她的,是男人的一声冷笑。

"当真了?不过哄哄你。"沈修文轻嗤,"我就算杀了它们,你能奈我何?如今我修为大成,你觉得自己能从我手里逃开?听说你带外人进了观景阁,让我猜猜……不会是想悄悄透露一些情报吧。"

……混账。

恶种。

视野昏黑,沈惜霜咬牙起身,因通体无力,重重摔倒在地。

她根本斗不过他。

曾经的她没办法保护主人一家，现在面对那么多生灵的死亡，同样无能为力——

如今无路可走，她必须尽快找到温道长。

目力在剧痛下完全消失，沈惜霜再一次支撑起身体，双腿剧颤不休。

看不见周围景象，小小阁楼也就成了令人恐惧的迷宫。耳边冷风簌簌，她摸索着步步向前。

对面是坚硬冰冷的墙壁，不远处立着一个花瓶，还有她身侧……

指尖冰凉，蓦地停住。

在一片森冷空气里，隐隐约约地，她触碰到一块软布。

衣服上的软布。

四下落针可闻，恐惧感化作缕缕寒气，自脊背一直蹿上脖颈。沈惜霜屏住呼吸，缓缓转过头去。

身侧的空气冷寂凝沉，她止不住因恐惧而生的颤抖，在满目混沌里，瞥见一抹黑黝黝的影子。

有人。

有人……一直跟在她身边，默默旁观她的动作与表情。

沈修文，他从未离开。

这个念头划过识海的瞬息，耳边响起低低一声笑音。

冷淡，恶劣，阴冷，如同污浊的泥浆，裹挟无尽杀意。

男人低笑道："你想去哪里？"

沈惜霜是她后来的名字。

在一切尚未开始的时候，她作为一棵普普通通的竹子，其实并没有名姓。

主人一家是自北州来的人族散修，平日里做点小生意，许是为求平安，买了棵竹子栽种在院子里。

在树上挂红绳是北州的风俗，传说能让人美梦成真。

男主人祈求阖家安康，女主人许愿幸福美满，家里七岁的小孩最爱往竹枝上挂红绳，写下的愿望千奇百怪，譬如"明日不要被学堂的夫子训斥"，或是"想吃桂花糖"。

和他们生活在一起，竹子觉得很开心。

可惜她很没用。

那些阖家美满的心愿，她一个都没能为他们实现。

噩耗传来的那天夜里，她耗尽为数不多的修为化作人形，本欲报仇，却意识到自己无能为力。

何其可悲。

绣城中尽是成形多年的老妖，而她太脆弱、太渺小，就算知道了谁是凶手，也绝不可能胜过他们。

也正是在那个夜里，她遇见了沈修文。

仙门圣物突发异状，作为容器的桃花女妖惨遭反噬。

倘若找不到合适的魂魄进入躯壳之中，容器破灭，仙门圣物储藏的灵力亦将散开。

男人告诉她，她的魂魄与那棵桃树极为契合。

这是一场你情我愿的交易，她得到"沈惜霜"这个名字，随他进入沈府的观景阁，也因而在阁楼之中，遇见更多陌生的精怪。

仙门圣物的力量日益磅礴，这些小小精怪的灵力于它而言，远远不够。

翻遍邪术典籍，沈修文决定利用魔术汲取更多神识。花花草草们失去利用价值，随时可能被他灭口。

于是沈惜霜告诉他，只要不伤它们，她愿意一直充当容器。

这是她能想到的唯一办法——

一个脆弱渺小、无能为力的小妖怪，拼尽全力所能做到的全部。

结果到头来，还是失败了。

喉间的血腥气越来越浓，沈惜霜眼眶发热，脊背发抖。

楼阁幽谧，沈修文森冷的笑音盘旋耳边："出去做什么，想找那几个仙家弟子求助？"

煞气扑面而来，她目不能视，通体乏力，被煞气击得狼狈倒下，又一次吐出鲜血。

四肢百骸皆是剧痛，沈惜霜咬牙抬头："别碰它们。"

直到一句话说完，她才发觉自己的嗓音沙哑得可怕。

"你有什么资格和我谈条件？"沈修文冷笑，行至她身前，"修为低微，见识浅薄，一辈子甚至没出过绣城，如今又成了这副模样……"

他说着扬眉，语调讥讽："你曾经最珍视那一家三口，不也没能把他们保住？无论人还是妖，有时候总得认命，别太倔。"

混账。

眼眶被热意灼得发烫,沈惜霜战栗着咬牙。

她看不见眼前的景象,只能听到一声清脆响指。

这是沈修文开启暗室的信号,响音落毕,角落里一块白墙自行挪开,露出被藏匿的秘密空间。

好几道童音同时响起,满带惊惶忧虑的哭腔:"姐姐!"

沈惜霜想开口安慰,却因喉中疼痛如撕裂,说不出哪怕一个字。

由植物化成的精怪无父无母,她自拥有灵识的那天起,一直孤孤单单,没有能够交流的同类。

直至来到这里,在某个十五的晚上,被几片小草小花轻轻碰了碰指尖。

她不能让沈修文动手。

视野昏黑,沈惜霜竭力分辨不远处的脚步方向,倏然抬起右手,挣扎着攥紧男人衣摆:"放过它们,我心甘情愿跟着你走。"

"放手。"沈修文狠声嗤笑,"现在知道服软了?你刻意接近那几个小修士的时候,恐怕安的不是这个心思吧?"

时间紧迫,他已渐渐丧失耐心,将脚下的姑娘狠狠踹开:"接近他们,暗示他们,向他们透露这座楼的秘密……费尽心思有什么用?他们修为不到金丹,莫非还能出现在这儿救你?"

"做梦!他们跑还来不及。"

掌心凝出滔滔煞气,沈修文对准暗室,眼中无甚怜悯。

暗室中的花花草草尚未修成人形,但都拥有灵识,具备清晰思考的能力,见他杀气腾腾,已能猜出几分局势。

门边的含羞草低声呜咽:"你不要……不要欺负姐姐。"

它身边的月季花被吓得瑟瑟发抖:"你不高兴,可以……可以来找我们出气。"

沈修文最后回望她一眼:"该说再见了。"

煞气凝集,只需弹指一挥,便能汹汹上前。

男人咧嘴,笑得冷淡:"至于那几个乳臭未干的臭小子,对上我,他们跑还来不……"

最后一个字没能出口。

在他将要弹指的瞬息,本是寂静的窗外,陡然响起一声轰鸣。

诡异陌生,如同某种野兽咆哮般的巨响——

不过转眼之际，势如破竹的钢铁巨兽冲破墙壁，好似疾风利箭，自穹顶凌空而来！

坍塌的白墙发出轰隆声响，一时间烟尘漫天。

紧随其后，数道咒法接踵而至，杀气之盛势头之狠，让沈修文不得已收回右手，后退几步做出防御姿态。

"我的车窗，我的凯迪拉克！"眼睁睁看着车窗被咒法破开，月梵倒吸一口凉气，"晏公子，你掐诀念咒一向这么豪放不羁吗？"

晏寒来淡淡瞟她一眼："会赔。"

下一刻，月梵的注意力丝毫没留在车窗上："沈小姐！"

她坐在驾驶座，视野尤为清晰开阔。

观景阁顶层空旷，中央竟生着一棵桃花树。桃树枝繁叶茂，居然没用土壤栽培，根须粗壮繁茂，爬满大半个墙壁，远远望去，像极盘旋的蛇。

而在楼阁的一角，面容俊秀的青年男子面露不豫，冷冰冰地盯着他们瞧；角落里的沈惜霜脸色惨白如纸，身前有大摊血迹。

月梵没忍住眼角一跳，瞬间凝神掐诀。

法诀凶残，直接轰破整个前挡风玻璃，沈修文再度后退几步，抬手将其挡下。

另一边，温泊雪亦是匆匆探身，向沈惜霜奔去。

"碍事。"

沈修文右掌挥出，妖气如丝如烟，瞬息凝成繁复阵法，同样袭向沈惜霜。

这几个仙门弟子来路不明，他早早暗中观察过，修为约莫筑基。

在他们这个年纪，筑基已是天纵英才，奈何修真界，唯独以实力为尊。

筑基撞上他这个金丹高阶，战斗尚未开始，便胜负已分。

更何况……

男人瞳仁微动，遥望阁楼中央的桃树。

因他催动灵力，寄生于树里的仙骨得了感应，溢散出莹然白辉。与之遥遥相应的，是他身边越发浓郁的妖气。

更何况，如今的他有仙骨傍身，仙骨灵力不绝，他的妖气亦是不休。

今日一战，这群小辈毫无胜算。

不过转瞬，自沈修文掌心溢出的妖气直直掠起，沁入树根。

阁楼如同得了指令，于地面现出一道法阵，好似囚笼，将沈惜霜与桃树禁锢其中。

昙光一怔："这是——"

晏寒来："锁灵阵和雷火阵。锁灵阵是为困住沈惜霜，让她与仙骨相连，提供源源不绝的灵力。"

他话音方落，幽紫雷光顺势腾起，轰雷掣电陡然炸开，漫天火光如龙，径直向众人袭来。

"至于雷火阵，距离阵心越近，雷火越强。"

晏寒来挡下第一道突袭，雷火带来的杀气势如破竹，在少年掌心划破长长一道血口："看来沈修文早已做好准备，在观景阁设下阵法。我们无法靠近桃树终止仙骨供应的灵力，他便立于不败之地。"

要想终止锁灵阵，必须穿过重重雷光电火，他们只有筑基，若要强行穿过，定会被伤得体无完肤。

除却雷火阵，沈修文本身同样不好对付。

妖气如潮，狂涌而至，温泊雪堪堪挡下一击，狼狈后退数步，喉间蹿出腥甜血气。

修为压制下，他们无疑是弱势的一方。

"本来想直接离开，不理你们便是。"条条藤枝自男人面上逐一浮现，沈修文轻咧薄唇，"现在……诸位的修为，我就笑纳了。"

黑暗。

永无止境的黑暗侵蚀思绪，沈惜霜尝试动一动指尖，深吸一口气。

她的眼前虽是一片漆黑，却能感受到身边的动静。

阵法中央被加设了保护，雷火对她的伤害并不算强。嗞嗞电流席卷四肢百骸，阵痛蔓延，让她几乎窒住呼吸。

有人来了，她听见熟悉的声音。

她清楚这群道长的修为，对上沈修文定是远远不及。

越来越浓的血气里，温泊雪的闷哼遥遥传来耳畔，在更近一些的地方，则是小精怪们的啜泣。

雷火阵遍布大半个阁楼，它们受到雷火侵蚀，支撑不了太久。

……赢不了。

修为的差距、仙门圣物的庇护、无处不在的雷火阵法……

自喉间咳出一口鲜血，沈惜霜攥紧衣袖。

不对。

或许……他们仍有机会。

沈修文的力量源于仙骨，仙骨以桃树为支撑，而她……

是桃树的生命源头。

只要切断源头，一切都将结束。

疼痛裹挟全身，锁灵阵更是将她牢牢禁锢。她无法挪动身体，却能颤抖着伸出右手，探向储物袋。

不远处，暗室中的惊呼此起彼伏：

"姐姐！"

沈惜霜竭力向它们笑笑，继而背过身去，不让它们看清自己的动作。

从出生到现在，她似乎从未真正做好过哪一件事，想要保护的人，也总是离她远去。

这是唯一的机会。

刀锋刺破皮肤，自胸口直直刺入，她感受到濡湿滚烫的鲜血。

生命缓缓流逝，与仙骨的连接亦是骤减。

灵力自她体内渐渐消出，恍惚间，曾见过的一幕幕画面也在离她远去。

一个清秀纤细的女人双手合十站在竹旁，轻轻垂下眼睫："祈愿竹，请保佑我家人平平安安。"

后来她再没有回来。

小厮模样的少年踮起脚尖，往竹枝小心翼翼挂上红绳："祈愿竹，请让她多看我几眼。"

后来他和伙伴一同取下红绳，窃窃私语："反正也没法子实现，挂在这里太丢人，还是拿走吧。"

最后是她自己的梦。

孤孤单单的竹子被抽离大半魂魄，浑浑噩噩地立在别院一角。

因无魂魄滋养，残存的几缕灵识无法支撑她生长，竹叶一日日变得枯黄不堪。

一棵将死的、无力的、没办法为人们实现愿望的竹子，在某天遇见几个年轻修士。

他们进入沈府参加文试，听小厮说了祈愿竹的故事。

其中一个姑娘兴致勃勃地开口："咱们来都来了，不如在树上挂个纸条，祈祷能顺利通过文试吧。"

于是她和另一名青年拿出红线和白纸，写下心愿挂上竹枝。

毫无疑问，他们会祈求自己一帆风顺。

竹子对此心知肚明，然而见到由他们写下的字迹，却不由得一愣。

那姑娘的字迹龙飞凤舞，在白纸上张牙舞爪地写着：

"希望大家永远顺顺利利平平安安！"

人族总是这样琢磨不透，即便自己到了千钧一发的重要关头，仍要记挂着身边的其他人。

竹子这样想着，把目光挪向另一头，凝视白衣青年写下的字句。

那一瞬间，仿佛风声止住。

他的字迹略显青涩，一笔一画、认认真真地写：

"希望竹子里的精怪不要太难过，早日好起来。"

不过简简单单一行字，她看了很久很久。

这是头一回，她体会到被人重视与记挂的感觉。

"……啊。"竹子想，"如果能再见到他们就好了。"

如果能再见到他们就好了。

观景阁内，杀气不休，沈惜霜加大手中力道。

不久前，她曾说温泊雪毫无自信，不习惯旁人对自己上心。

其实她也是一样。

自出生起就不被什么人重视，磕磕绊绊走到现在，一件事也没做成。倘若有谁愿意对她好，心中首先涌起的念头，是自己不配。

胸口的剧痛深入骨髓，她看不清周身景象，在逐渐模糊的意识里，轻轻动一动眼睫。

只要最后一次。

只要最后一次，她能成功救下这里的所有人，哪怕是她这种无用的小妖——

血气蔓延，倏忽之间，指尖却隐有清风掠过。

沈惜霜怔然抬眸。

冰冷腥风里，有片清凉的触感，缓缓触上她的手背。

小心翼翼，柔软至极，就像是……

那夜她初初来到观景阁，沈修文初次汲灵，当她因剧痛蜷缩在角落，混沌夜色中，怯怯探向她掌心的那片小叶子。

"姐姐，"稚嫩的童音轻轻响在耳边，"别害怕。"

另一道触感落在她的指尖，是朵柔软的小花。

"姐姐，我们带你离开。"

距离汲灵已过去一段时间，她的目力渐渐回转，隐隐约约地，见到一片慢慢枯萎的小叶。

属于小花小草的微弱气息凝聚成团，在靠近锁灵阵时骤然消散。

沈惜霜陡然明白了它们的用意。

——这是它们耗尽全部的生命，用以抵消阵法的灵力。

一旦锁灵阵被破，沈修文也就无法通过她，汲取仙骨中的力量。

无数花草生出柔嫩枝芽，在雷光火光中簌簌震颤，枝叶顶端被烫作焦黑颜色，那些小小的影子却毫无停下的意思。

它们拥向沈惜霜，靠近少女纤细的身体，正如之前的无数个深夜，彼此依偎着贴近她。

轻颤着的小草揉揉她指尖："姐姐，喜欢你。"

——寂静的深夜里，少女曾轻触它们的枝芽："最喜欢你们。"

怯怯发抖的野花碰碰她的脚踝："姐姐最好最好，比所有人都好。"

——柔和的夕阳里，少女单手撑起下巴，对着它们轻轻低语："那些道长都好厉害，比我厉害得多，如果我也能像他们那样，就能保护你们了。"

"姐姐，"枯败的树叶环住她的拇指，"去看有颜色的春天。"

——艳艳春色里，少女指着窗外告诉它们："等我们一起离开，慢慢修行，就能看清万物的颜色了。听说桃花是红色的，竹子是绿色的，天空是蓝色的，春天的绣城是青色和粉色的……到那天，一起去看吧。"

她那样软弱无能，却在不知不觉间，成了它们想要守护的全部。

但是……不可以。

沈惜霜咬牙，手中力气更大。

只她一人的性命，不足以让这么多生灵为之牺牲。

刺痛袭入心口，喉间腥甜更浓。

只一霎，猝不及防地，自她身前拂过一丝清风。

在意识即将流散殆尽的一刻，有什么东西，陡然握住了她的手腕。

并非花草树木纤薄的触感，那股力道坚定而决绝，正溢出暖热温度——

一只属于人族的手。

四面八方皆是雷光电火,不可能有人靠近此处。

她战栗着抬头,通红眼眶中,终于蓄满滚烫的水珠。

"沈小姐,"温泊雪轻扬嘴角,哑声笑笑,"是我。"

眼前所见皆是混沌,直到当他现身,白衣划破重重幽暗,好似天光乍现,割裂虚空。

和沈惜霜一样,无论过去还是现在,他似乎也从来起不了太大作用。

学习不好,脑子不聪明,为人处世亦是迟钝,不讨人喜欢。

还有他带来修真界的游戏,当其他伙伴掌握着令人惊艳的技能,只有他变成一个晃来晃去的小人,好似谐星道具。

幼稚又好笑,身体仿佛化作一堆烂泥——

而完全干燥的、无杂质的泥土,是不畏惧电火的。

这是温泊雪的《人们一败涂地》。

被沈修文击中五脏六腑,温泊雪拭去唇边一抹血迹,身形用力一晃。

纯净灵力温柔却有力,悄然护住她的心脉,也罩住身边挣扎着的花草幼灵:"我……我其实一直很糟糕。"

"胆子不大,能力不强,总觉得自己一塌糊涂,就像你说的那样,很没有自信心。但是——"

他的面上沾满烟尘,狼狈不堪,他的双目却璀璨如星,熠熠生光。

温泊雪轻扬嘴角,目光澄澈,看着她的眼睛:"你愿意,相信我一次吗?"

阁楼墙壁破开一道巨大裂口,夜风倾泻而入,携来滚滚寒流,以及几缕残月淌动的流光。

身边喧嚣不止,却又好似寂静非常,安静得过了头,连心跳与呼吸都格外清晰。

于沈惜霜而言,这一切来得毫无征兆,近乎一个濒死时刻的梦。

但徐徐散开的灵力作不了假,心口被一股温热暖流悄然包裹,难以忍受的撕裂感消散,只剩下钝钝的疼。

她看不见颜色,却能分辨出交叠的光与影,在令人窒息的暗影中,青年温润的双眼明亮如星——

这是此时此刻,在她世界里唯一能见到的景象。

对视的刹那,心中早已枯败的某些东西,仿佛重新变得鲜活而真切。

那是遥不可及的希望。

被温泊雪握住的右手，终于轻轻松开刀柄。

雷火阵处处杀机，沈惜霜置身其中，早已被耗尽灵力与体力。

被烈火灼烧过的后背与胳膊疼得麻木，双腿亦是没了力气，无法自行移动。身形一晃的间隙，她下意识想抓住身边那人的手臂，却终究迟疑顿住。

——她的手掌满是自胸口溢出的鲜血，虽然辨不出颜色，但那定然是狰狞可怖的红。

猩红的色彩，不应在白衣之上平添污浊。

恍神的一瞬，沈惜霜屏住呼吸。

在她犹豫的刹那，温泊雪已然伸手，将她鲜血淋漓的右手小心翼翼地握住。

"这是愿意的意思吧。"

他音量极轻，带了些许笨拙与紧张，尾音落地，却是笃定得不容置疑，裹挟出若有似无的温和笑意。

"那……跟我走吧。"

沈惜霜将刀锋刺入心口时，除却温泊雪一行人，沈修文同样急不可待。

他凭借仙骨，几年之内修为突飞猛进，从一个默默无闻的小小炼气到了金丹高阶。

倘若有锁灵阵加持，待他源源不断汲取仙骨中的力量，甚至能逼近元婴级别的实力。

经过一番交手，这群仙门弟子比他想象中难对付许多，唯有确保锁灵阵完好无损，他才能拥有十成胜算。

眼见桃树中的光芒逐渐暗淡，清隽儒雅的桃花妖终于丧失风度，横眉怒目放声大吼："蠢货，给我住手！"

失策了。

在他心中，那棵竹子一向是个软弱无能的小妖怪，自始至终只能成为由他操控的傀儡。身处雷火阵的威压之下，沈惜霜本应动弹不得，可她竟能拿刀刺穿心口……

锁灵阵绝不能停下，他想上前制止，前路却被死死拦住，紧随其后的，是一个仙家弟子杀气腾腾的剑符。

更令他意想不到的是，那个名为"温泊雪"的后生，居然只身一人入了雷火阵。

阵法诡谲莫测，杀机四伏，哪怕是沈修文这个金丹修为的布阵者，都不敢踏足其中。

可温泊雪不但进去了，还一步步抵达阵中，将沈惜霜背在身后。

他不明白。

错愕之际，沈修文没忘记此刻最重要的事情。

必须将那棵竹子困在锁灵阵中。

温泊雪虽然对雷光电火免疫，但阵法之中的威压沉重如山，妖气凛冽似刀割。

他置身其中，早已被伤得血痕处处，加之还要费尽心思保护沈惜霜……

妖气凝结，沈修文在接连不断的围攻中微微侧身，对准温泊雪所在方向，蓦地掐去一道杀诀。

此诀迅捷如风，杀伐只在一瞬之间，寻常人难以做出反应。

以温泊雪的状态，唯有死路一条。

笑意自唇边蔓延，眼见幽紫妖气势不可当，直击白衣青年心口。

须臾，沈修文的浅笑僵在嘴角。

怎么回事？

为什么……在他身前忽然现出一双翅膀和白光，将杀诀挡了个彻彻底底？

"死斗之中，还是不要耍这种小心思为妙。"月梵冷声哼笑，手中长剑凛然上挑，扬起汹涌剑风，"若是分了心，会留给真正的对手可乘之机。"

谢星摇飞快地看一眼月梵头顶，手中不忘掐出法诀："月梵师姐反应好快！"

她视线所及之处，在其他人都无法望见的上空，正徐徐飘浮着一行清晰字迹。

技能：天使的守护

月梵的《卡卡跑丁车》道具之一，能为同伴挡下一道敌人强力的袭击。

沈修文分心的瞬息，月梵剑气汹汹，谢星摇火诀如龙，另一边的昙光同样凝神，无边金光好似缥缈华美的绸带，自小和尚指尖凝聚，蜿蜒掠起，直击不远处的桃花妖。

巨大冲击之下，一截圆柱轰然坍塌，扬起烟尘漫天。

男人无处可躲，猛然吐出大口鲜血。

温泊雪已带着沈惜霜和花花草草离开了雷火阵，谢星摇遥遥望去一眼，心中不敢松懈。

沈修文已至金丹高阶，方才因心系锁灵阵，一时失神才被他们抓住了纰漏。

一旦正面对上……他们胜算不大。

他们在来沈府之前，本打算先将幕后黑手的身份告知官府，没想到甫一动身，脑子里就传来撕心裂肺的剧痛。

在原著里，全靠主角团解决了城里的魔术之谜，直至最后，官府才象征性地登场，做了些善后工作。

系统摆明了要他们按照原文剧情走，任务栏白底黑字写着：

不借由外力，查明绣城魔术真相。

不过……沈府观景阁被他们的跑车撞出了一个大窟窿，这会儿整个顶楼被杀气吞没，官府匆匆赶来调查，应该只是时间问题。

她暗暗思忖接下来的计划，不远处的沈修文踉跄稳住身形。

锁灵阵被破，唇角被鲜血浸透，他面上无甚惶恐，反而浮出近乎癫狂的笑。

笑声破碎低哑，伴有妖气腾涌如潮，引得空气震颤连连。

不过一个眨眼，沉重威压好似天河倒流，将整座阁楼围堵得水泄不通。

谢星摇从未感受过如此强烈的杀气，只觉心口用力一晃，身体则被千钧之力死死擒住，骨骼生痛。

沈修文发怒了。

他从未把这群小辈放在眼中，直到被他们围攻于阁楼正中，属于金丹高阶的力量终于浑然铺开。

暴虐，冷戾，势如破竹。

远处男人右臂一挥，妖气似流云般俯冲而至，谢星摇正欲抵挡，身前一道人影轻晃。

晏寒来侧步挡在她跟前，掌心淌出的血液凝出猩红屏障，与妖气重重相撞。

这是沈修文竭尽全力的一击，饶是他也微微蹙了眉，喉头轻动，蔓延开血腥之气。

"看树上。"

青衣少年不动声色地咽下血气，低低出声。

树上？

谢星摇顺势抬头，但见阁楼里的桃树盘根错节，枝繁叶茂，如烟如霞的浅粉花间，藏有一个深褐色瓷坛。

与她在魔术母体里见到的，一模一样的瓷坛。

"由梦可知，瓷坛便是心魔载体。"晏寒来左手微抬，食指修长，于虚空画出血色阵法，"如今魔术已被你破开，所有人的心魔装在那个坛子里，若能将其打破……"

谢星摇双眼一亮："心魔没了载体，定会反噬主人！"

对方轻声哼笑："还不算太傻。"

沈修文的全部注意力都在他们身上，显然把魔术一事忘在了脑后。

谢星摇匆匆向月梵与昙光传音，将计划简略告知，得来两道"没问题"的回应。

"你尽管放心去打破瓷坛。"月梵咧嘴笑笑，"放心，我们绝对帮你镇住场子。"

昙光深呼吸："这其实是我第一次战斗……我会加油的！"

晏寒来："我也来。"

平日里大大咧咧的伙伴，关键时刻总是可靠。

谢星摇同他们交换一个眼神，识海点开游戏界面，手中现出一把漆黑步枪。

远距离、破坏力强、准头好，要想快速击穿目标，没什么比它更合适。

一瞬冷风过，月梵与昙光已齐齐上前。

他们皆是筑基高阶的修为，撞上沈修文远远不及。出乎男人意料，两个小辈面上虽有惧意，动作却毫不迟疑。

与此同时，谢星摇举起手里的漆黑器具。

沈修文何其敏锐，一眼便发觉她的动作，正要抬手攻击，晏寒来的血咒倏然逼近，让他连连后退几步。

绝不能让她破坏瓷坛。

妖气浩渺，紫光万顷，月梵与昙光双双结阵，不去理会周身撕裂的痛楚，为不远处的红衣少女护出一路通途。

堪堪一霎。

伴随尖锐声起，一簇火光穿过铺天盖地的雷火阵法，刺破桃树之上的深褐瓷坛。

金丹修士的威压汹涌爆开，月梵与昙光皆被气浪掀翻，跌坐墙角。

谢星摇手心尽是冷汗，心口怦怦跳个不停，暗暗咬了牙，望向沈修文。

瓷坛化作片片碎屑，缕缕黑烟幽然浮现，长蛇一般蜿蜒盘踞于半空，继而徐徐下落，萦绕在男人身旁。

这是绣城之中，几十上百个无辜百姓心中最深的梦魇。

而今反噬旧主，恶因犯下的恶果，尽数报应在沈修文身上。

眼前一道幽影闪过，男人浑身颤抖，狼狈后退一步。

他身侧分明无人，却响起一声又一声的低呼，有的在求救，有的在哭泣，有的则厉声痛骂，让他脊背发凉。

无数段恐惧的记忆在同一时间涌入识海，沈修文仓皇捂住后脑勺，竭力保持理智。

不可能。

他今日绝不可能在这里倒下，他有金丹高阶的修为，更有仙门圣物的庇佑……

他害了那么多人，犯下那样多恶事，提心吊胆过去这么多年，全是为了以强者之姿凌驾于他人之上，怎么可能败在这群小辈手中？

越来越多的梦魇占据识海，理智摇摇欲坠，他知道，自己支撑不了太久。

到时候就算没有战死，他也会终生被噩梦所困，成为一个疯子。

他怎能成为一个疯子？

恨意惧意充斥胸腔，周身妖气聚了又散，心魔则凝成道道魔气，让他不得安宁。

在那之前——

心中掠过一个念头，男人骤然抬眸。

"不好。"昙光妖气入体，倒在角落无法动弹，顺着沈修文的目光探去，右眼皮重重一跳，"他要伤害沈小姐！"

混账。

昙光和月梵体力不支，晏寒来同样受了伤。沈修文已入疯魔之态，就算他们一拥而上，也很难将其制住。

谢星摇咬牙，看一眼远处的温泊雪，飞速传音："听我说……我有一个计划。"

沈修文已然成了强弩之末。

他愤懑，他不甘，他更恼怒于那棵不知好歹的竹子，若非她的背叛，一切不会走到今时今日这个下场。

刀锋刺破她的心口，只需再补上轻而易举的一击，便能拉她一同下地狱。

魔气、妖气与杀气将他死死萦绕，血污遍布的面颊上，是一双被血丝占据的通红双眼。

沈修文状若疯魔，凄声冷笑，右臂上扬——

忽然，身后袭来一阵疾风。

那风来势汹汹，带了几分藏匿掩饰的意思，显然是一出生涩的偷袭。

那群小辈终究小瞧了他。

唇边笑意更浓，沈修文陡然反手，杀气凶悍无匹，直击那人胸口！

角落里，沈惜霜下意识哑声开口："温道长！"

打中了。

沈修文得意回眸，果然见到温泊雪惊愕的眼神。

这个年轻人没料到自己会被他察觉，双目中满是困惑与恐惧，因毫无防备，被杀气推出数丈之远——

通过那处巨大的豁口，径直跌下观景阁！

"可怜。"他笑得沙哑，"蝼蚁与强者的距离……你们莫非还没弄懂？"

"温师兄！"谢星摇面露惊惶之色，手中漆黑法器高举，直对沈修文，"你这浑蛋！"

到底还是年纪不大，心性幼稚，只因为这点儿小事，就急得失了理智。

背后已再无威胁，他的时间所剩无几，必须速战速决。

巨大的痛楚席卷识海，沈修文露出狰狞冷笑，杀气再度凝集，对准身前的少女。

她背后就是沈惜霜，只要解决了她，沈惜霜便也无处可躲。

浑浊杀气宛如泥沼，于男人身前幻化出道道阵法，角落里的沈惜霜咬破舌尖保持清醒，竭力出声："谢姑娘，快……"

她本想说"快跑"。

但之后的事情发生得太快太急，最后一个字尚未出口，电光石火间，她怔然愣住。

沈修文身后本是空无一人，毫无征兆地，忽然掠过一道影子。

一道似曾相识，本应该坠落高阁的影子。

怎么会——

觉察到突如其来的气息，沈修文亦是一僵，不敢置信般匆忙回头。

这不可能。

他想不通其中逻辑，温泊雪分明已坠下了高阁，在如此短暂的时间里，绝不可能使用瞬移咒术。

更何况，对方还在毫无防备的情况下，被他的全力一击击中心口。

男人目露惊愕，他身侧的谢星摇却是笑笑。

这才是她的计划。

打从一开始，温泊雪从身后接近沈修文的目的就不是"背后突袭"，而是让沈修文发现他的气息，将他打落观景阁。

如此一来，沈修文对身后的防备定会大大减小。

然而，他不会想到，当温泊雪被击中时，月梵与昙光早早做了准备，以余下的所有灵力将他护住。

温泊雪自高楼下坠的刹那，一切才刚刚开始。

在温泊雪的游戏里，他的确能变成一个行动自如的小泥人，擅长攀爬奔跑，不畏惧火与电。

这些都是明面上摆出来的信息，与之对应，游戏里同样藏匿着不少有趣的机制。

他们在北州观雪滑雪时，温泊雪控制着橡皮小人自雪山跃下，因游戏机制，不断重复着下落、回到山顶、再下落的动作。

——在这个游戏里，为了防止玩家从高处跌落身亡，一旦被判定为"高空下坠"，几个瞬息后，会回到跌落的初始位置。

放在平常，这无疑是个令温泊雪头疼的Bug，然而此时此刻……

没有什么别的法子，能比它更适合用于偷袭。

白衣翩然如鹤，划破一线苍茫西风。

温泊雪手中凝出浩然灵力，白芒更胜月色三分，吞噬沉沉夜色，倏忽之际，青年目光一动，同角落里的姑娘四目相对。

他极青涩地笑了笑。

沈惜霜心跳愈重，眼眶发热。

并非初次见面时，那场在巷道高楼狼狈不堪的落地。

似影似风，亦似皎月横流。

猝不及防，扭转乾坤——

这才是真正意义上的从天而降。

符纸成阵，灵力如锋，温泊雪凝神抬眸，于识海中轻轻一点。

《人们一败涂地》，退出。

——这不可能。

眼前所见全然超出认知，沈修文目眦欲裂，想要转身回守，奈何为时已晚。

因一时慌乱，原本坚不可摧的防御屏障顷刻碎裂，他欲图两头兼顾，却没能顾及任何一处。

死亡从未与他如此贴近，男人因恐惧战栗不止，泪水夺眶而出。心防大乱间，他望见两侧的白芒与火光。

除却温泊雪，谢星摇的攻势同样锐不可当，甚至比他更狠更凶。

砰然声响刺穿耳膜，沈修文骇然侧目，望见红衣少女被火光照亮的双眸。

"靠汲取别人的性命得来力量，根本不配称之为'强者'。"

谢星摇轻声笑笑，随之而来是第二道巨响，以及席卷他整具身体的剧痛。

"永别了，蛀虫。"

第八章 修罗场

在所有小说影视剧的经典套路里，"官府"二字，永远等同于马后炮。

修真界也不例外。

直到沈修文失去意识瘫倒在地，捕快们才姗姗来迟，将观景阁团团围住，做出严阵以待的围剿之势。

死斗终于落下帷幕，谢星摇久违地长舒一口气，这才发觉自己手心里尽是冷汗。

今日并非她第一回与金丹修士交手，但江承宇那次的主力是白妙言，北州则是须弥教的主场，像这般以命相搏，毫无疑问是头一遭。

现实中真真切切的赌命，可要比单纯的游戏刺激紧张许多。

跋扈张狂的妖气虽已散去，却仍历历在目，她收回手中步枪，稳住微微颤抖的身形，瞟一眼地上的沈修文。

胸膛鲜血淋漓，腹部与四肢亦被温泊雪的灵力穿透，这会儿正双目紧闭仰躺在地，因不久前被吓得掉了眼泪，眼眶红且肿。

她的两发子弹全都命中了男人胸口，只不过在开第二枪时，谢星摇留了个心眼。

她没往心脏的方向打。

此时此刻，沈修文还活着。

"他……"锦绣姑娘也在捕快之中，见状匆匆上前，"死了？"

"尚未。"谢星摇拭去掌心冷汗，"不过也差不多了。"

准确来说，他这样活着，比死更难受。

心魔坛破，几十上百人的噩梦寻不着归宿，兜兜转转，全涌进了他这个魔术母体的识海。

无数的梦魇，无数的心魔，无数的恐惧，当它们汇聚在一起，终将形成无尽的苦痛与折磨。

沈修文依靠魇术榨取神识，落得这样的下场，也算自食恶果。

"不久前龙馆主忽然来了官府，声称沈老爷是近日怪事的幕后主谋。"锦绣仔仔细细端详四周，"我们还没靠近沈府，就远远望见观景阁被撞开一个巨大的豁口——这儿究竟发生过什么？"

她刚登上顶楼时，着实被吓了一跳。

一棵无比诡异的桃树生在阁楼之中，虽无土壤供养，却活得枝繁叶茂。

幽紫妖气尚未褪尽，杀意氤氲，让她情不自禁遍体生寒。

更何况屋子里的人皆是狼狈不堪，沈修文模样最惨，不知是死是活，几乎成了个血人。

谢星摇将事情的来龙去脉大致讲述一遍，听得她不敢置信地睁大双眼，再看向地上的沈修文时，眼中多出厌恶之色。

总而言之，绣城里的案子终于告破。沈修文被押入官府大牢，谢星摇等人个个受了伤，被热心肠的捕快们忙不迭送进医馆里。

"唉。"月梵躺在床上仰望房梁，被雪白绷带死死裹住双臂，好似误入修真界的木乃伊，"医馆，逃不开的宿命。"

"唉。"昙光刚刚喝下一碗其苦无比的汤药，面如死灰，"中药，一辈子的阴影。"

"唉。"谢星摇吃下一口芳香浓郁的鲜花饼，"甜食，最好吃的点心。"

"唉。"温泊雪叹气，"也不知道沈小姐怎么样了。"

沈惜霜用刀尖刺入心口，极大损伤了心脉，万幸被温泊雪及时止住，没有性命之忧。

她皮肉伤受了不少，识海被当作仙骨的载体，同样处处残损，被送入医馆后，已昏迷了一天一夜。

话音方落，身边立马传来三道异口同声的惊呼："不要破坏押韵的队形！"

"摇摇你也没资格和我俩同流合污，啊不，齐头并进！"月梵晃一晃木乃伊胳膊，义正词严，"开开心心吃鲜花饼的人，不配加入受害者联盟！"

谢星摇笑个没停，往她口中喂去一块小点心。

在所有人之中，谢星摇与温泊雪受伤最轻。

当时为了掩护谢星摇打破心魔坛，月梵、昙光几乎扛下所有金丹巅峰的沉重威压，在肃杀暴戾的妖气里，为她开辟了一条通达道路。

至于晏寒来，从连喜镇起，他就习惯了隐藏实力，一直"划水"——

谢星摇撩起眼皮，无声地看向房中角落。

这一次，他居然受了不轻的伤。

想来也是，沈修文暴怒之际，曾用尽全身修为向他们发起过一次突袭，电光石火，是晏寒来挡下了那一击。

据大夫说，他五脏六腑皆受了损伤，须得好生歇息。

和往常一样，晏寒来靠坐在最里侧的床铺。

他肤色本就极白，如今受了伤，更是趋近于毫无血色，薄唇微抿，正默不作声地听他们几人侃大山。

谢星摇的目光毫无掩饰，他很快觉察出这道注视，回以淡淡一瞥。

恰在此刻，病房外响起"咚咚"敲门声响。

"各位道长，你们好些了吗？"

是锦绣姑娘。

谢星摇飞快应声："好多了，请进。"

少顷，自门外探入一张绮丽明艳的脸。

"实不相瞒，我此番前来，是为好好感谢诸位。"锦绣缓步入房，掩不住面上的欣喜之色，"魔术祸害绣城这么多日，总算逮住了幕后真凶——官府会在今日傍晚，将事情的来龙去脉告知全城百姓，到那时候，诸位便是我们绣城的英雄。"

"别别别，英雄不敢当。"想起连喜镇里热情的百姓，温泊雪的社交恐惧症发作，吸一口冷气，"锦绣姑娘，沈修文怎么样了？"

"这是我来这儿的第二个目的。"锦绣展颜一笑，"我们盘问了他一天一夜，沈修文被心魔缠身，什么都招了。只不过他如今的模样，着实……"

谢星摇闻声望去，果然见到她眼底的一团乌黑，想必是不眠不休熬夜所致。

锦绣说着一顿，自口袋里掏出一块浮影石："你们自己看吧。"

浮影石中白光闪过，灵气氤氲间，渐渐凝出一幅昏暗画面。

画面里是处不见天日的牢狱，四下幽然寂静，唯一光源是长廊中摇曳的烛火，并不明晰，好似缕缕昏黄薄纱。

牢房里，蜷缩着一道瑟瑟发抖的人影。

"别……别追我！"

堪堪过去一日，沈修文已不复最初的儒雅清隽，眼眶深深凹陷，双颊惨白如纸，两只眼睛遍布血丝，仿佛蒙了层雾。

男人状若疯癫，双手抱紧后脑勺，口中不停喃喃念叨："别过来，别过来！你为什么缠着我……还有你，滚开！"

他身边空无一物，沈修文却做出伸手驱赶的姿态，许是被吓得心神俱裂，凄声号哭："对不起，对不起！我不应该把你们困入魇术，都是我的错，求求你们放过我吧！"

挺惨。

然而谢星摇仰头看着浮影石里的画面，心中不但想笑，还倏地浮起两个字：活该。

"活该。"月梵冷哼，"他作恶在先，被受害者们的心魔报复，实属因果报应。"

锦绣点头："不错。虽然不知道沈修文究竟见到了什么，不过那么多人的心魔，足够折磨他一辈子了。官府中做了商议，决定将他永远留于地牢，在心魔里还债。"

温泊雪想象了一下那种感受，不由得打了个哆嗦："这种日子，还不如死了。"

"为感谢各位，城主于明日设了筵席，诚邀诸位前去做客。"锦绣领首，"凌霄山的小道长们，昙光小师父，还有沈小姐——咦，沈小姐和那些花草幼灵呢？"

谢星摇："她受了太重的伤，至今尚未醒来，在另一间单人厢房里。"

医馆本为他们每人安排了一处厢房，然而这群人喜欢热闹，要来这间集体大宿舍。

沈惜霜尚在昏迷，需要好生静养，于是被安排在单人居住的小室。

"至于那些被沈修文捕获的花花草草，大多数被雷火阵灼伤识海。"月梵接话道，"好在温师兄及时用灵力护住它们，听大夫所言，也都保住了性命。"

她说罢稍顿，目光一转，双眼骤亮："沈小姐！"

谢星摇闻声扭头。

锦绣进来时没关房门，向外望去，是医馆幽深的廊道。

而在廊道尽头，他们厢房的门边，是个坐在轮椅上的纤瘦姑娘。

房中所有人都向她移来视线，沈惜霜有些腼腆地笑了笑。

谢星摇动作轻盈，飞快探身下床，扶好她的轮椅："沈小姐还好吗？"

"好多了。"她轻轻点头，不大习惯这样的热情，耳根悄然泛红，"多谢道长们相赠的灵药，我已无大碍，只不过没什么力气，很难站起来。"

"哪里的话，多亏沈小姐，我们才能抓住那老妖怪。"月梵话锋一转，"不过话说回来，你的本名应该不是'沈惜霜'吧？"

沈惜霜是那个已逝桃花妖的名姓，而他们眼前的姑娘，是另一棵竹子。

"嗯。"她轻声笑笑，眼底微暗，"不过……其实我并没有名姓。"

在她尚未化出人形时，主人一家便不幸遭了难，后来紧跟着遇见的，就是沈修文。

话音方落，房中忽然响起一道男音："沈小姐！不对，竹小……惜霜小姐！"

沈修文是她心中的阴影，再叫"沈小姐"显然不恰当。

一连换了三个称呼，温泊雪只想猛敲自己脑门。

眼见沈惜霜朝着自己投来视线，他立马正色："其实今日一早，我们给远在凌霄山的师父传了讯，向他禀明绣城历练的前因后果。听到你时，他说——"

温泊雪对上她的眼睛："惜霜小姐既然能成为仙骨载体，根骨必定异于常人，是个可塑之才。"

门边的姑娘一怔。

"也就是说，你的天赋很可能不比温师兄差。"月梵咧嘴一笑，"师父想让我们把你带回凌霄山。"

修真界偌大，沈修文苦苦寻求仙骨宿主，这么多年过去，只遇见三个。

一个桃花妖，一个竹子，一个温泊雪。

而温泊雪，是凌霄山中不可多得的少年天才。

"倘若能入凌霄山，师尊如师亦如父，会赠予你一个全新的名姓。"谢星摇将轮椅推入房中，"惜霜小姐大可顶着这个名头先用几日，几日之后，待你更名换姓，脱离桃花妖的躯壳，便与过去彻底划清了界限。"

不再是沈修文的女儿，亦非桃花妖的傀儡，她将拥有全新的人生与际遇，不为别人而活，是去是留，全凭自己心意。

谢星摇抿唇笑笑。

她明白沈惜霜心中的所思所想，说罢淡声补充："至于那些小花小草的幼灵，它们都已脱离危险——你知道的，精怪生性自由，你不可能永远留在它们身边。"

"而且，"温泊雪小心翼翼，眼中现出几分希冀，"凌霄山里的长老们个个修为高超，许能修补识海，一段时日之后，便能让你看清万物的颜色。"

"我……"他们的热情真挚而浓烈，轮椅上的姑娘受宠若惊，耳边仍是一片绯红。

"或许用不了太久。"昙光轻抚下巴，若有所思，"我听说有种符可用作'通感'，将两个人的五感联系在一起。这种符制作极难，市面上不易出现，但对凌霄山的前辈们来说……必然小菜一碟。"

温泊雪用力点头。

谢星摇对这种符咒有些印象，正欲接话，识海里陡然响起一道低哑少年音。

晏寒来："喂。"

他极少主动搭话，谢星摇下意识地以为出现了幻听，等茫然回头，撞见对方琥珀色的幽暗双眸。

晏寒来欲言又止，稍稍别开视线不再看她，骨节分明的修长食指无声一动。

旋即灵力浮起，一张符纸悠悠凌空，飘向她手中。

他的声调一如既往地散漫冷淡，听不出情绪起伏："通感符。"

谢星摇飞快地抬头，双目晶晶亮亮，一眨不眨地盯着他瞧。

晏寒来干脆侧过脸去，避开她的眼神。

一旁的昙光发现这个小动作，语有好奇："这是什么？不会是……"

"没错。"谢星摇正色，"我们天纵英才、文武双全、才高八斗的晏公子，为惜霜小姐送上了一份小礼物。"

一语落毕，房中所有人的目光齐聚角落。

温泊雪目露艳羡之色："哇。"

昙光真情实感："哇哦。"

月梵竖起大拇指："真牛！"

晏寒来：他们烦死了。

青衣少年面无表情，一言不发地躺下，面向角落里冰冷的墙壁，死死裹紧被子。

与沈惜霜绑定通感符的任务，最终落在温泊雪身上。

他性子认真，出发前一本正经地挺直脊背："保证完成任务！"

结果当真和沈惜霜单独来到城外的花林，却又紧张得不知如何开口。

同他相比，沈惜霜反而更像是出言安慰的那一方："温道长很少同女子交谈吗？"

温泊雪老实地回答："嗯。"

他年纪轻轻就去了影城拍戏，时刻警惕着不能传出绯闻，平时别说谈恋爱，连女性朋友都没几个。

之后来到修真界，一路升级打怪升级打怪，虽然也有闲暇时光，却无一不是和朋友们谈天说地。

温泊雪挠头："很明显吗？"

话刚说完，便听见沈惜霜的一声轻笑："温道长觉得不明显？"

她说罢抬眸，在倾泻的日光下撞上他的视线，嗓音清透："不过……温道长大可不必紧张，正因你心性如此，才会拥有一颗赤子之心。"

糟糕，她好会夸。

温泊雪这人一被夸奖就脸红，匆忙摆摆手："花林已到，我把通感符打开。"

笨拙的话题转移。

沈惜霜轻扬嘴角，缓缓闭上双目。

灵力溢散于符纸之上，血红朱砂荡开莹白亮芒。

她坐在轮椅上，身后的青年似是舒了口气，嗓音极轻："好了。"

一瞬春风过，沈惜霜睁开双眼。

仿佛瞳孔被狠狠一撞，自四面八方涌来势如破竹的狂潮，巨浪刺破眼球，直至将识海掀翻。

她感受着温泊雪所见的一切，静静屏住呼吸。

心口处传来剧烈的怦怦声响，在交叠的五感下，她分不清那究竟源于二人中的哪一方——

又或许是心跳重叠在一起，沉甸甸的冲撞经久不息。

他们置身于花林，正面相对着的，是片青嫩翠竹。

"这是竹子。"温泊雪说，"惜霜小姐是那棵祈愿竹对吧？"

竹枝青翠，绿油油的青意如同化作了水滴，即将从叶尖滴落。

展现在她眼前的，是铺天盖地的盎然生机。

以及如同夏日骤雨一般，清凉而剔透的愉悦之意。

她理应欢喜，长睫颤动之际，却掀起眼眶上的一股热气，引得喉间一哽：

"……真的，像是一场雨。"

"嗯。"温泊雪温声笑笑，推动轮椅，步步往前，"那是桃树。花瓣是浅粉色，叶子是淡淡的青。"

比起翠绿，淡青仿佛沁了水的墨，色泽轻盈柔软，惹人心生怜惜。

粉色则是团团簇簇的暖色调，与淡青带来的冷意彼此相衬，遥遥望去，让她想起寒冬温热的火。

沈惜霜不由得笑起来："当真与温道长的描述一模一样。"

温泊雪摸摸鼻尖，指向西边的一片雪白："那是梨花，全白的——冬天若是下雪，雪花也是这种颜色。"

纯白是种很特别的颜色。

清清冷冷，澄澈而干净，透出若有似无的冷。这样的感觉很是奇妙，目光就像坠入了澄净的湖泊，四周清波涤荡，似玉似冰。

温泊雪还想向她解释更多，猝不及防，忽然见到身前那人转过头来。

日光和煦，与花枝的影子缠绕交织，映在沈惜霜白净的侧脸，荡出清浅流波。

她细细盯着他瞧，倏尔扬起唇角，露出一个孩子气的笑："温道长，也是白色的。"

被她这样一笑，温泊雪不知为何有些紧张，匆匆低头，望见自己身上的一袭白衣。

他摸了下耳垂。

"说起来，既然惜霜小姐是祈愿竹，"温泊雪轻咳一声，"我们写在纸上的愿望，你全都看见了？"

沈惜霜重新转身坐好，尾音噙笑："嗯。"

"那——"想起自己写在纸上的心愿，温泊雪脊背微僵，"我写的那张，你也见到了？"

"嗯。"

打从一开始，这就是个与原文截然不同的故事。

没有沈修文的教唆，也没有任何为了仙骨容器而刻意接近的阴谋诡计，他们遇见的，自始至终都是听凭本心的竹子。

接济他们，接近他们，小心翼翼对他们好，皆是出于她的本意。

也正因如此，沈惜霜才会认真地告诉他，他比自己想象中更值得让人上心。

天空一片晴朗，沈惜霜静静抬头。

穹顶是一望无际的蔚蓝，几枝竹叶横斜其间，桃花绽开温和浅粉，连风也变得清晰鲜活，万物静谧而温柔。

"在那条巷子见到温道长的时候，我很开心。"真实的世界将她团团围住，沈惜霜无声地笑笑，"因为在你们挂上祈愿红绳的那天，我也悄悄许下过一个心愿。"

那时的竹子想，如果能再见到他们就好了。

她没把话说完，堪堪一半便戛然而止，温泊雪却已猜出背后的答案。

他耳后莫名发热，正要抬手摸一摸耳根，忽然愣住。

通感符能连通五感，视觉、听觉、味觉、触觉、感觉。

不止所见的景象，他微妙的情绪变化……或许也会传递给她。

心下慌乱，于是耳朵更烫。

毫无征兆地，身前的沈惜霜陡然回头，似是觉得好奇，茫然与他四目相对。

"对不起。"温泊雪单手掩面，"我和旁人单独待在一起的时候，很容易紧张。"

沈惜霜默默转身，摸摸耳朵："我也……有点儿。"

与此同时，医馆。

"可惜，温师兄从天而降的时候，没能说出什么震撼人心的台词。"谢星摇吃下一块果糖，"比如'代表月亮消灭你'。"

月梵张嘴，从她手中咬一口酥糖："还有'燃烧吧，小宇宙'！"

"你们也算是玩出了花，佩服佩服。"昙光还记得当初的心惊胆战，轻抚心口，"温道友摔下观景阁的时候，我险些吓到心肌梗死。"

"具体问题具体分析嘛。"谢星摇笑，"昙光小师父是个可靠的队友，这次辛苦了。"

"我顶多就是一肉盾，没发挥太大作用——其实面对那么多妖气，我本来有些怵的，没想到月梵居然毫不犹豫就往前冲，说来还挺惭愧。"

昙光一拍脑门："对了，还有晏公子！晏公子为我们挡下致命一击，若不是他，我们连第一波突袭都撑不过去。"

他有些纳闷，传音入密："奇怪，我记得在原著里，晏寒来不是次次'划水'，从没认真过吗？"

谢星摇："可能良心发现。"

她语气漫不经心，轻轻挪动视线。

说来也巧，正当目光凝在晏寒来的床铺，床上那人骤然起身。

谢星摇被结结实实吓了一跳，很快意识到不对劲。

晏寒来妖气入体，受了内伤，面上一如既往毫无血色，然而细细看去，他的神色似乎比之前糟糕许多。

阴戾，烦躁，薄唇紧抿——

似曾相识的模样。

他体内被种下了恶咒，之所以能将恶咒暂时压下，全因神识的抑制。

如今识海受创，神识零散而薄弱，恶咒也就顺理成章挣脱而出。

不出她所料，少年一言不发翻身下床，径直走向厢房之外。

"晏公子，"昙光眨眼，"你去哪儿？"

晏寒来："透风。"

他语气淡淡，与平日里的孤僻作风并无二致，昙光与月梵都没生出怀疑。

只不过……这只狐狸佯装得若无其事，身体定已处在恶咒与病痛的双重折磨之中，放任他独自在外，不知会生出什么事端。

谢星摇猝然起身："他受了伤，一个人不安全，我去看看。"

她行色匆匆，没过多久便追上了晏寒来的脚步。

少年猜出来人身份，未等谢星摇近身，便冷声开口："何事？"

谢星摇："……你用不用帮忙？"

她一顿："你识海受损，倘若只靠自己硬生生撑过去，恶咒不知还要多久褪下。医馆人多眼杂，很容易被旁人发现……"

她话没说完，便见远处的廊道走来几个捕快，旋即右臂被人牢牢握住，顺势一拉。

晏寒来推开身侧一间小室的房门，将她带入其中，迅速关紧木门。

他修为高，早在门外的时候，就能通过神识确认房间里没人。

小室昏暗，摆满各式各样的草药与杂货。窗户小而窄，被堆积成山的杂物遮掩大半，阳光只淌进可怜兮兮的几缕，映出飞舞着的白色烟尘。

谢星摇能清晰地感受到，握住自己胳膊的手掌在不断颤抖。

晏寒来倚靠门边，因比她高出不少，垂眸遮下一片荫翳。

他没有反抗，甚至别别扭扭道了声"多谢"。

谢星摇试探性出声："那个……狐狸？"

"没有狐狸。"少年冷嗤，"仙门弟子之间互传灵力，莫非还要其中一方变成猫猫狗狗的模样？"

懂了。

前几次她总忍不住伸手去摸，晏寒来定是不胜其烦，再加上梦里那场古怪的小狐狸跳舞，让他心生隔阂——

小气鬼。

谢星摇手中灵力聚集:"伸手。"

她见过正常状态下的灵力传输,主要以手腕为原点,通过灵脉流遍全身。

出乎意料的,晏寒来并未有所动作。

她困惑地仰头,恰好见到少年人修长白皙的脖颈上,喉结上下滚落。

晏寒来沉默半晌,刻意别开视线不再看她,倏尔低头:"这里。"

他无甚耐心,沉声补充:"识海。"

恶咒在他识海,而识海位于脑中。

谢星摇下意识点头,直到手掌覆上他头顶,才终于觉得不太对。

之前面对狐狸,她能心安理得地将晏寒来看作一只小毛团,然而此时此刻,眼前赫然是个俊秀挺拔的少年人。

这样一来……反而更奇怪了。

灵力温热,触上他混沌的识海,引出一片神识激荡。

也正因如此,于晏寒来漆黑的发间,蓦地窜出两抹雪白。

两只狐狸耳朵。

像是不太习惯,耳朵尖尖轻轻一抖,绒毛轻颤。

谢星摇动作止住,看向他的双眼。

晏寒来还是没看她:"……继续。"

他后知后觉,似乎也觉察出了几分不自在。

狐耳硕大,恰恰横在头顶两侧,她右手覆于黑发之间,稍有不慎就会轻轻触上。

隔着皮肉,谢星摇能感受到他识海中的咒气。

那气息时而阴冷刺骨,时而却又滚烫如火,无休止地上下窜动。她须得凝神屏息,让自己的灵力将它压住。

如此一来,掌心便也不得不随着咒气四处游走——

譬如经过狐狸的耳朵。

房中昏幽,谢星摇耳边本是一片寂静,忽然听见廊道里的脚步声。

有人在低声说话,居然是温泊雪:"对了!在凌霄山山脚下,还有一家灵兽铺子,你若是喜欢小动物,大可去那里看看。"

他在向沈惜霜讲述凌霄山。

沈惜霜笑笑:"绣城也有一家,但我很不讨灵兽喜欢,每每想要摸一摸它们,都会被迅速躲开。"

"灵兽不比普通的小猫小狗，有很强的自我意识。"温泊雪道，"对它们来说，无论抚摸身体、头顶还是耳朵，都是十分亲密的动作。"

指尖跟着那团咒气，眼看即将碰到狐狸耳朵，谢星摇心虚地停下动作。

晏寒来猜出她的心思，言语间尽是漫不经心的挑衅："怎么？"

谢星摇压低声音："没怎么。"

话虽这样说，她还是感到一丝异样。

如今的动作本就显得亲近，被温泊雪这样一说，更是平添几分暧昧的意味。但停下吧……

总觉得像是做贼心虚。

"我曾见过灵兽化出人形，"长廊中的沈惜霜轻声道，"很漂亮，也很高傲，除了它的主人，没谁能碰它。"

方才还漫不经心挑衅的晏寒来，身形浑然僵住。

谢星摇轻轻一咳。

"还有伴侣。"温泊雪思忖片刻，"无论是灵兽还是妖族，倘若能露出耳朵尾巴让一个人随意抚摸，要么认主，要么求偶——所以铺子里的灵兽不愿与你亲近，纯属正常现象，用不着难过。"

狐耳旁的右手，微微颤抖。

什么主人什么求偶什么乱七八糟，求求你们，闭嘴吧。

一墙之隔，一里一外，两人随心所欲地说，两人默默无言地听，每句话都是一道精准打击。

不知道是不是错觉，狐狸毛茸茸的耳朵上，自顶端浮起一抹微红。

如同冬日积雪，和煦日光悄然漫开，融散片片雪白。

晏寒来神色不变，瞳仁透出浅淡杀意："歪理邪说。"

谢星摇佯装镇定："那……我继续了。"

对方没有回应，她权当默认，轻轻挪动掌心。

于是刚好握住其中一只耳朵。

谢星摇莫名紧张，放缓呼吸。

被她碰到的一霎，白毛簌簌动了动。

人形下的狐耳比白毛小狐狸的更大，沁着柔柔浅粉，摸起来温温热热，又软又薄。

又冷又凶巴巴的晏寒来，居然拥有这么柔软的耳朵。

当灵力压下恶咒，狐耳甚至会讨好般悠悠一晃，蹭过她的手心。

廊道里的交谈声渐行渐远，方才那些话言犹在耳，谢星摇暗暗松下口气，回想起来有些出神。

也正是这出神的一霎，掌心轰然涌起一股热度。

谢星摇动作停住。

——如同一个无声的抗议，晏寒来稍稍仰头，狐狸耳朵顺势上扬，整个蹭在她的手心。

旋即耳朵左右一晃，激起连绵的痒。

她忽地回神，顺势抬眼，撞上少年人琥珀色的凤眸。

小室幽暗，日光漫流如水，浸湿他半边棱角分明的面颊。因正低着头让她抚摸，近在咫尺的五官格外清晰，被光与影勾勒出锋利轮廓。

晏寒来神情淡淡，眉眼却是凛冽鲜焕，面上不知何时晕出绯红颜色，周身除开桀骜的冷，亦有几分说不清道不明的昳丽诱意。

谢星摇被他看得一蒙。

他因恶咒带来的剧痛狼狈不堪，身形轻颤，嘴角却有嗤笑浮起："谢姑娘莫非玩腻了？"

毛茸茸乃她一生所爱，谢星摇毫不犹豫地摇头。

于是少年眉宇舒展，雪白狐耳主动压上她的手心。

柔软单薄的触感缕缕蔓延，谢星摇瞥见他喉结倏动，别扭又冷淡地懒散出声。

"那就别分心。"

别分心。

晏寒来受了伤，嗓音不似平日清澈悦耳，带有一丝粗糙的哑。

他声调低，无比简单的几个字从喉间逸出，莫名叫人耳根发酥。

谢星摇很没出息，心口重重一跳。

她性子要强，自尊心不比晏寒来少，手中微微用力，面上不显慌乱："我才没分心。"

不过——

再开口，她语气里多出几分挑衅："晏公子曾经不是很讨厌让我碰你吗？"

如今这样的动作，倒像是自发地想让她摸一摸。

话虽如此，但谢星摇很有自知之明。

晏寒来当然不可能如猫猫狗狗一样同她亲近，之所以让她专心，全因毒咒难熬，每时每刻都是折磨，唯有尽快抚平咒术，他才能得以解脱。

她随意开了句玩笑，不过是想呛一呛他。

不出所料，晏寒来果然轻声笑笑："谢姑娘大可去掉那'曾经'二字。"

一如既往地说话不好听。

躁动的毒咒被灵力渐渐压下，晏寒来涣散的神志随之聚拢，周身气息趋于平缓。

与之相应的，雪白狐耳也倏然收回，消失不见。

毒咒还没完全平复，少年便直起腰身："不必继续。"

他停顿一霎："……多谢。"

若是以往，晏寒来定不会向她道谢。

谢星摇习惯了他面色沉沉黑着脸的模样，乍一听见这两个字，不由得觉得好笑："晏公子打算怎样谢我？"

晏寒来蹙眉看她一眼，瞳仁幽深，有困惑，也有茫然。

他极少和旁人打交道，待人接物的经验少之又少。

在他的认知里，道谢是种礼貌，"不用谢"则是唯一的回答，此刻面对谢星摇的调侃，他无论如何不会想到，居然有人会这般应答。

就，还挺单纯。

谢星摇瞥见他的眼神，恶作剧成功，笑意更深："随便说说而已，我不需要报酬，晏公子不要当真。"

"谢姑娘多次助我平复咒术，晏某理应答谢。"晏寒来淡声，"我可答应你一个力所能及的请求。"

力所能及的请求。

这无疑是个从天而降的大礼，便宜不占白不占，谢星摇心下一动。

她这辈子吃穿不愁，思来想去没什么特别求而不得的东西。

要说灵石，凌霄山弟子大可赚个够；至于法宝，她也没遇上十分中意的法器。在修真界过了这么多天，唯一让她牵肠挂肚的只有……

某个夜里，跃起又落下后不停转圈圈的一团雪白。

谢星摇抬眼："力所能及？"

晏寒来："竭尽所能。"

他话音方落,便见跟前那人双目晶亮地咧嘴一笑,微微动了动嘴唇,似乎在酝酿接下来的措辞。

只一个瞬息,他就明白了谢星摇的所思所想。

想起梦境中那个跳来跳去的雪白毛团,他耳后莫名有些燥。

晏寒来冷声嗤笑:"谢姑娘,应当不是执着于眼前蝇头小利之人。"

可恶,晏寒来一定猜出她对狐狸跳舞的执念了。

谢星摇正色:"不,我就是。"

论厚脸皮程度,他的确比不过她。

"不过……晏公子所言不无道理,这个请求十足珍贵,我还得好好想一想。"

谢星摇后退两步,展眉笑笑:"既然晏公子已然无碍,那便同我一起回房吧。"

修真界的灵丹妙药堪称医学奇迹。

在来到这儿的这么多天里,谢星摇亲眼见到了不少让人啧啧称奇的景象。

譬如今时今日,她在沈府受了许多皮外伤,涂上凌霄山的高阶灵药后,不到一天时间,血口竟好了大半。

高阶灵药已是罕见,听说更有甚者,以千年难得一遇的天灵地宝炼化而成,有起死回生、转魂续命之效。

为答谢他们一行人成功除去恶妖,绣城城主特意举办了一场筵席。

第二日正午,城主府早早地就派人来相迎。

"不愧是绣城。"前去城主府的路上,月梵与谢星摇窃窃私语,"丫鬟国色天香,小厮俊美无俦,厉害。"

谢星摇点头:"听说城主就是因为太美,才坐上了如今的位子。精怪的价值观,和人族不大相同。"

她生有一副人畜无害的乖巧相貌,加之嘴甜性子外向,已经和好几个随行的小妖怪搭上了话,被漂亮姐姐们围在中央。

"一辈子活在这世上,不就图一个悠哉享乐吗?"一只海棠花妖莞尔,朝谢星摇口中递去一颗葡萄,"逍遥快活夜夜笙歌,不比人族累死累活有趣得多?"

谢星摇点头:"谢谢姐姐!"

城主府建于绣城中央,称不上恢宏奢华,却独有一份别致的风韵。

入目便是满园的春意蓬勃,柳绿花红,杏雨梨云,藤枝盘旋大半个院墙,漫开大片大片泼墨般的青绿。

木质楼阁上爬满小草小花，与雕梁画栋相映成趣，细细望去，飞阁流丹间，还能见到镶嵌其中的价值连城的夜明珠。

城主静候在府门之后。

与牡丹花妖对视的须臾，谢星摇心中暗暗惊叹。

她见过不少相貌精致的姑娘，然而艳丽至此的，还是头一遭。

美人如花隔云端，秋水为神玉为骨。眼前的女人身着一袭薄粉云纱，瓜子脸狐狸眼，肤如凝脂青丝如瀑，华美之余，隐约透出几分慵懒韵调。

仿佛把艳色浑然铺开，沉甸甸撞击在眼眶，震颤不休，自眼底直直渗入心口上。

"诸位便是降伏恶妖的仙长吧。"女人颔首微笑，嗓音清冷，好似银铃击撞，"我是绣城城主，霓笙。"

好漂亮。

爱美之心人皆有之，更何况是这种温温柔柔的大姐姐。谢星摇点头应声："城主好。"

女人轻瞥她一眼，半晌，逸出一声轻笑——

未等谢星摇有所反应，漫天花香扑面而至。

不过一个眨眼，霓笙身侧陡然花枝缠绕，女人修长的双腿化作纤瘦枝丫，顺势向前迅速生长，直至来到她眼前。

"这位……想必是谢星摇小仙长。"霓笙含笑同她对视，指尖化为牡丹藤条，轻轻拂起红衣少女下巴，"我听说过你，很有趣的小姑娘，和想象中一样，味道果然很好闻。"

温泊雪险些惊恐吃手，迅速传音："这这这……这是干什么？味道很好闻，城主要吃唐僧肉？"

月梵瞳孔地震："不，这……这更像是某些不可描述的……"

昙光大受震撼："难道这就是传说中的天生海王 Buff？"

晏寒来默然不语，微抿薄唇。

"这是草木的习性。"

作为同样被邀请而来的宾客之一，沈惜霜跟在他们身侧，虽然听不大懂某些用词，但总归理解了大概。

"草木没有血肉之躯，比起后天形成的相貌，更注重先天拥有的气息。"沈惜霜道，"绣城的精怪大多随性而为，倘若遇上喜欢的气息，便情不自禁地想要贴近——谢姑娘的灵力澄澈柔和，的确很受喜爱。"

她说罢停顿一刻，继而低低补充："至于城主……是城中出了名的热情大胆。"

花枝轻盈，悄无声息地蹭过下巴，动作温柔，却也藏了点儿缱绻之意。

谢星摇觉得有些痒，被温热和煦的花香团团裹住，面上不由得发热。

女人毫无瑕疵的美艳面庞与她只有毫厘之距，霓笙悠悠注视她的神色变化，倏地"扑哧"一笑。

"也罢，来日方长。"

花枝退去，藤条重新化作修长双腿，绣城城主长袖掩唇："筵席已经开始，就在不远处的中庭，侍女们会带诸位前往。我先行告退，回房梳妆打扮。"

旋即长袖轻挥，女人的身形消失不见，徒留阵阵花香。

"城主性子就是这样，还望仙长们莫要见怪。"领路的海棠花妖缓声道，"城主很是看重今日的筵席，早早做了准备。待她梳妆打扮结束，会将仙长们引见给全城百姓。"

另一只花妖笑道："诸位，请随我来。"

据海棠花妖所言，今日的筵席格外盛大，几乎有小半个绣城的精怪前来参加。

行至中庭入口，谢星摇新奇地眨眨双眼。

中庭极宽极广，四面八方皆是绿荫花草，中央则是八珍玉食，曲水流觞。

庭中人影纷乱，个个面露喜色，有些精怪索性化作了原形，绿意流淌，花枝乱颤，一派盎然生机。

侍女将他们平安护送至此，很快逐一退下。

"其实我想说，"温泊雪看着满庭人影，悄然压低嗓音，"既然这是为我们准备的筵席，待会儿我们进去，不会被他们围起来吧？"

就像在连喜镇的医馆里那样。

他不擅长和人打交道，面对旁人一拥而上的夸赞更是紧张，上回在连喜镇，就和月梵双双手忙脚乱。

"这种时候，就要问一问神奇的易容术了。"

昙光神秘地笑笑，面上白光倏过，变成另一副模样。

他绑定着《合欢宗养鱼手册》，奈何身份特殊，不可能通过真实面目完成任务，因而绝大多数时候，都披着这个名为"谭光现"的易容马甲。

筵席里宾客繁杂，保不准会出现一个需要他刷好感度的攻略对象，此时此刻尽快易容,是未雨绸缪的最佳选择。

昙光竖起大拇指,在外来者范围内悄然传音:"副本快结束了,在结局之前,我得努力提升攻略对象的好感度,争取拿到更多的游戏奖励。我想好了,就用《一起去看流星雨》的剧本———起去看桃花雨,够浪漫。"

"应该不会被认出来。"谢星摇安慰道,"城主尚未将我们引见给城中百姓,认识我们的精怪,只有寥寥几个。对绝大多数精怪来说,我们不过是比较面生的普通人族罢了。"

温泊雪松下紧绷的脊背,轻轻点头。

筵席中摆放有不少美食美酒,谢星摇四下张望,本欲上前品尝,忽然撞见晏寒来的目光。

这说明,至少此时此刻,晏寒来正在看她。

她习惯性扬眉:"怎么了?"

青衣少年目光淡淡,微微蹙了眉头,望向她的视线里隐有几分不悦:"花香。"

谢星摇不解:"什么?"

"花香太浓,难闻。"

谢星摇闻言一愣,低头嗅嗅自己的袖口。

她一路上和花妖姐姐们走得很近,后来又被城主的花枝撩过下巴,不可避免地,身上沾有浓浓花香。

这种气味并不惹人厌烦,反而幽郁深远,像香水一样。

然而晏寒来的语气过于笃定,让她生出几分不自信:"真的?这要怎么去掉?"

她方才用了除尘诀,并不管用。

晏寒来轻嗤:"妖族的嗅觉,可比谢姑娘敏锐许多。"

见对方露出苦恼之色,少年话锋一转:"我不介意帮你。"

谢星摇自然点头。

于是青衣少年来到她身前,以指画符,动作是一贯的漫不经心。

等晏寒来停下,她周身的花香也消散殆尽。

谢星摇:"多谢。"

她还想再说些什么,忽听不远处传来一道陌生女音:"谭……谭光现小师父?"

听语气,很可能又是鱼塘里的某一条鱼。

"停停停,停止你们的想象!"昙光屏蔽晏寒来与沈惜霜,正色传音,"这位姑娘不是鱼,我也从不养鱼!我曾无意中救过她一次,她对我颇有好感。"

他说着握拳:"不如这样,为了斩断她的念想,谢师妹,你陪我演一出戏。"

谢星摇凝神听他传音,抬眼一瞧。

中庭里站着个身穿淡紫长裙的姑娘,杏眼鹅蛋脸,模样很是可爱。

"是我。"昙光颔首,"多日不见,没想到在这儿遇上了——介绍一下,这是摇摇,我的未婚妻。"

晏寒来淡淡瞟他。

与其让这姑娘淹死在昙光的鱼塘里,不如早早帮她脱离苦海。

谢星摇很是配合,礼貌地微笑:"你好。"

紫裙姑娘先是一愣,很快目光渐暗,后退两步,现出不敢置信的神色:"是……是吗?二位……看起来很是相配。"

谢星摇于心不忍,默默垂头。

紫裙姑娘很快告辞离开,月梵怜悯摇头:"《合欢宗养鱼手册》,这游戏不如不要。还记得我和昙光小师父在城里搜查线索时,也曾遇上个小花妖——他谎称我是他的道侣,才让人家死了心。"

游戏设定如此,偏生昙光是个老实人的性子,不愿瞒骗无辜的姑娘,久而久之,只能夹缝求生。

昙光叹气:"放心,等我修为突破元婴,系统就不会强制养鱼了。"

中庭面积很大,晏寒来不喜嘈杂氛围,独自去了偏僻一些的角落。

沈惜霜带着小花小草的幼灵,幼灵们叽叽喳喳地四处乱窜,她需要时刻监护,同样先行告退。

谢星摇压抑了这么多天,今日好不容易能放纵一把,正值兴头上,猝不及防,又听见一道似曾相识的声线。

"谭光现?"

不大好的预感涌上心头,谢星摇循声抬眸。

视线所及之处,赫然是他们在沈府参加面试时,遇见的采朱姑娘。

也是昙光一个翻了车的攻略对象。

想起那次轰轰烈烈的翻车,谢星摇与昙光皆是后背发凉。

采朱对他的好感度早就降至零点,幽幽投来一道视线:"几日不见,二位关系还是这么好?"

谢星摇还记得自己见她时伪装的身份,飞快接话:"亲兄妹,一家人,关系自然是好的。"

采朱闻言敛眉，正欲开口，却被另一人抢占先机："光现小师父！"

糟糕。

熟悉的嗓音穿透耳膜，昙光眼角一抽。

不久前见过的紫裙姑娘欣喜上前："好巧，又见面了，你怎么还待在这儿？不打算带着未婚妻去逛逛酒宴吗？"

采朱一怔："未婚妻？"

"采朱姐姐！"紫裙姑娘竟同她认识，粲然笑开，"这位红裙子的仙长，就是光现小师父的未婚妻。"

"哦。"月梵停下嘴里咀嚼的动作，"不。"

不出所料，仅是转瞬，采朱眉头紧锁："未婚妻？不是亲妹妹吗？"

因她一句话，原本喧哗不止的四周，陷入一片寂静。

妖影憧憧里，不知是谁窃窃私语："啊？这两人应该不是未婚夫妻吧。我之前见到个少年郎，因这姑娘染了花香心生不悦，为她除尽了其他妖物留下的气味……我还以为他俩才是一对呢。"

"完……完蛋了。"预感到即将到来的悲剧，昙光心如死灰，"我在绣城副本苦苦坚持这么久，居然要在最后一刻翻车……两个人下跌的好感度，等于两道天雷。如果我被劈死，朋友们，为我收尸。"

谢星摇咬牙："别急，我这里还有个办法。"

死寂蔓延，不明真相的妖物们面面相觑。

良久，于凝滞的空气里，骤然响起一声惨笑。

"什么未婚妻，那都是过去的事情了。"昙光笑得凄厉，形貌颓靡，"我在外漂泊多年，许久未曾归家，直到此时此刻见到爹娘……才知道自己竟有个妹妹。"

他们两男两女，刚好能组成一家四口，符合"此时此刻见到爹娘"的说辞。

采朱心有所感，看向谢星摇："莫非那个妹妹——"

"……没错。"谢星摇哀声，"我只知道自己有个哥哥，却从未与他见过。直到兄长此时此刻见到爹娘，我才忽然明白，为何我们二人会那样一见如故。"

作为气氛组的温泊雪十分配合，闻言双目无神，神情崩溃："怎……怎会如此？"

有他开了这个头，群众间立马响起声声惊呼："天哪！"

"这……这也太残忍了！"紫裙姑娘于心不忍，"方才在中庭入口见到，你们还是欢欢喜喜的一对……命运为何如此薄待有情之人？"

"吓死我了！吓死我了！"昙光长舒一口气，虽然离谱，但她们好像信了——这都能不翻车，绝处逢生啊！"

他一句话堪堪说完，却见采朱面色微沉："方才还是一对？"

采朱："可我记得，好几天前，你们不就是一对兄妹了吗？"

谢星摇动作僵住。

糟糕。

他们之前为了混进沈府，特意找过采朱帮忙，而那件事……显然发生在今日之前。

逻辑全都解释得通，时间顺序却错了。

这个转折意想不到，昙光又一次心如死灰："看来翻车是我无法摆脱的命运，朋友们，保重。"

"不。"月梵咬牙，"稳住，还有我。"

"各位，请听我说。"白衣女修垂眸掩面，语意哀哀，"其实几天之前，他们就已知道了彼此是兄妹的关系，之所以能恢复婚约，那是因为——"

月梵："就在刚刚，我告诉了他们一个秘密。"

一瞬间，整个中庭都安静了。

花香幽幽，冷风簌簌，四面无声，唯有她凄然的低语贯穿始终。

"我是光现的后娘，按理来说，他与我女儿本应同父异母，但……"

不知怎么，温泊雪下意识地感到不妙。

当他顺势低头，果然见到月梵悲切的目光，惨痛而决绝。

"抱歉，阿雪，我骗了你。"月梵凝视他的双眼，"其实摇摇并非你的亲生女儿，而是我和前一任道侣的孩子。"

得，他从置身事外的气氛组，变成一家四口里绿油油的爹了。

温泊雪双目无神，神情崩溃："怎……怎会如此？"

温泊雪传音呐喊："什么剧情啊这！"

月梵："我也不懂啊！"

"这个秘密已经在我心中烂了几十年，今日见两个孩子魂不守舍、以泪洗面，我怎能忍心不告诉他们真相？"月梵拭去眼底不存在的泪滴，"摇摇、光现，不要怕，你们毫无血缘关系，仍然能做一对鸳鸯。"

"稳住。"剧情起起落落，昙光勉强稳下心神，"唯一值得庆祝的是，这场戏，终于要演完了。"

又是一霎。

短暂的沉寂里，猝然响起另一道女音："娘亲？"女子迟疑，"你们二人，不是道侣吗？"

不是吧。

昙光绝望回头。

养鱼，总要付出代价。

有时看似一帆风顺，实则不是不报，只是时候未到。

角落里站着的，正是他与月梵在城中搜集线索时，曾见过的那个姑娘。

这姑娘亲耳听过，昙光声称他与月梵二人乃是道侣。

绝了。

月梵她不懂，也不明白："救命啊！为什么她也在这里？"

温泊雪竭力保持面上的平静，狂下定身咒："怎……怎……怎么办？"

昙光："这什么丧心病狂的修罗场，我也不知道啊！"

"……呵。"

又是瞬息的寂静，吃瓜群众尚未理清人物关系，忽听白衣女修冷声笑笑。

"都是过去的事了。"月梵笑得怅然，"几十年前，我的确与他情投意合，结为道侣。然而谭光现生性放纵不羁爱自由，他志在走遍整个修真界，至于我，根本无法将他留下。"

温泊雪大脑卡壳："啊？"

谢星摇大受震撼："啊！"

昙光不愧为网文写手，很快跟上她的节奏："可你怎么会……唉。"

"没错，既然做不成你的新娘，"月梵冷笑，"那我就嫁给你爹，做你新的娘！"

谢星摇：变成丧心病狂的小妈文学了是吗？

温泊雪双目无神、神色崩溃："怎……怎会如此！"

谢星摇：你这个角色好可怜，妻离子散啊！

一波未平一波又起，巨大的狗血雷阵雨席卷全场。

绣城精怪们哪曾见过这般景象，纷纷目露悚然，感慨人族险恶。

"等等。"采朱思绪活络，若有所思，"如果谭光现是白衣姑娘的上一任道侣，而这位姑娘方才又说，她同上一任道侣生下了女儿。"

她一顿："这个女儿，恰好是……"

带着悲悯与同情，在令人心悸的死寂里，无数目光缓缓移来。

这都能把剧情连上，真行。

谢星摇："毁灭吧。"

众目睽睽之下，红衣少女身形颤抖，望向她同父异母的兄长，也是她深爱的未婚夫，满目皆是不敢置信："爹？"

相貌俊朗的年轻和尚瞳孔剧震："女……女儿？"

昙光面容扭曲："怎……怎么会这样？"

月梵目光柔和："想不到，我们一家三口，居然以这样的方式团聚了。"

她说着一顿，看向温泊雪："孩子，他不再是你爹了，乖，叫爷爷。"

月梵："有病啊！"

角落里，唯一的老实人温泊雪双目无神，神色崩溃："怎会如此！"

时至此刻，一场合家欢的大戏终于落下帷幕。

窃窃私语之声尚未停歇，不远处，缓缓行来一袭鸦青。

有精怪当即出声："这就是那个给红衣姑娘驱散妖气的少年人！"

忽然被好几道目光直视，晏寒来不自在地皱眉。

他习惯独来独往，无意中见到几款某些人中意的点心，本欲来问上一问，没想到，这地方不太对劲。

"恭喜啊兄弟！"一个树妖青年向前几步，"你喜欢的那个姑娘，她本有了意中人，没想到那意中人先是成了她兄长，之后又和她父女相认，一家人团聚了。总而言之，你有机会啦！"

晏寒来的目光穿过层叠妖影，他遥遥望见几张熟悉的面孔。

昙光面如死灰，呆立一旁。

温泊雪双瞳之中丧失高光，烂泥般瘫坐在墙角，仿佛遭遇了人生中最大的背叛与挫折。

谢星摇尴尬地笑笑，朝他挥一挥手。

月梵沉默好一会儿，指指昙光："来来，这是你叔。"

又指指温泊雪："你爷。"

晏寒来不理解，也不想理解。

你们又开始了是吗？

昙光的绣城副本，终于如愿以偿圆满结束。

他养鱼多日，直至最后，即便触发了惊天动地的史诗级别修罗场，所有攻略对象的好感度仍都保持在六十以上。

包括本已对他厌恶至极的采朱。

分别之际，紫裙姑娘拍拍他的肩头："小师父，坚强。"

采朱叹一口气："光现，坚强。"

最后出现的少女掩饰不住同情之色，看看他，又看看温泊雪："唉，坚强。"

昙光：这不是他心中的一起去看流星雨。

——这分明是一起来看雷阵雨啊！

托这场狗血大剧的福，在城主姗姗来迟之前，几人都往脸上用了一道易容术。

"修真界版《雷雨》。"昙光心有余悸，瞥一眼识海中的好感度系统，"有情人终成一家亲，果真不假。"

谢星摇摸一摸微热的脸颊："现在由我单方面宣布，易容术就是修真界最好的咒术，没有之一。"

他们为了帮昙光圆谎，不得不在中庭上演一出惊世骇俗的合家欢，从此成为筵席焦点。

直到用术法悄悄掩去相貌，才终于摆脱了无数道看热闹的目光。

月梵叹气："待会儿随便给城主编个借口，就说我们不慕名利，不想将真实面容展露在外吧。"

这人还没从不久前的震惊中缓过神来，双目呆滞无神，可能正在尝试捋清人物关系。

"不过话说回来，"谢星摇好奇地侧目，"晏公子不是讨厌过分喧闹的地方吗，为何又突然回来了？"

青衣少年面不改色，音调冷淡："不过是想来看看，究竟何人惹出了闹剧。"

谢星摇早已习惯他的阴阳怪气，一本正经地出言反驳："这叫随机应变！"

她说得理直气壮，忽觉耳边掠过一阵馨香凉风，循着源头望去，见到城主霓笙。

女妖的相貌本就出众，经过一番梳妆打扮，更是现出倾国倾城之姿。

云鬓别凤钗，红衣瑰似火，婷婷袅袅，顾盼流波，眼尾抹开一缕朱砂红，既有倨傲张扬的媚色，亦有慵懒清幽的缥缈之气，倏尔目光微动，扫过谢星摇的脸颊。

不是错觉，与她四目相对的瞬间，城主笑了笑。

"怎的变了相貌？"

她的出场可谓惊艳至极,引来不少精怪纷纷侧目。

霓笙对此毫不在意,步子无甚停留,径直来到几人身前,露出困惑之色:"是谁抹掉了花香?"

对于自己留下的气息,妖族往往格外敏锐。

谢星摇正想解释,便听身后有人应声:"我。"

她速速扭头,看了一眼晏寒来。

即便面对绣城城主,他的神色也绝对称不上"温和有礼",此刻正懒散地环抱着双臂,语气冷淡,挑衅般稍稍扬眉。

惹事精。

"晏公子说妖族嗅觉敏锐,我若沾染了城主的香气,可能会招来许多精怪的关注。"

气氛僵住,谢星摇敏锐地觉出一丝不对劲,礼貌地笑笑。

"我性子内向,不喜受到太多关注,只想安安静静地过完这场筵席,一来二去,就拜托晏公子把花香除去了——您看,我们每人都易过容,也是为了能清净一些。"

这自然是彻头彻尾的谎话。

城主本人在此,她不可能坦言"晏公子觉得花香太浓太难闻",否则定会惹来对方不快。粗略思忖之下,这是最恰当的借口。

这种说辞一出,无异于将原因揽到了她自己身上。

没料到谢星摇竟会为他说话,晏寒来没再开口,长睫轻轻一动。

城主哼笑:"是吗?"

她心思何其细腻,没盯着谢星摇,反而颇有深意地轻挑眉梢,目光悠悠,掠过晏寒来。

似乎,气氛稍稍缓和了点儿。

谢星摇尝试转移话题:"不过城主真是厉害,我不仅周身花香尽褪,还彻彻底底变了容貌,您只用一眼,便将我认出来了。"

牡丹花妖最喜旁人的夸赞,闻言扬唇:"因为你的气味很好闻。"

她似是嗅了嗅空气里的味道,语调慵然,尾音卷绻如钩:"不仅绣城的草木精怪、鬼域幽魂、魔域异种,还有幽都的那群蛮兽,应该都会喜欢你。"

幽都。

谢星摇心下一动。

根据原著推断,这是他们的下一个目的地。

幽都亦被称作"万妖之城",顾名思义,是群妖汇聚的地方。

修真界广袤无垠,每座城池皆有其特色,无论北州还是绣城,都给她留下了十足深刻的印象。

但纵观《天途》原文,剧情里最让谢星摇为之向往的,当数幽都。

万妖之城,意味着城中百姓,将近八成是妖族。

而它们的原形——

谢星摇不动声色,飞快地看了一眼晏寒来。

晃悠悠的耳朵,浅粉色的爪子,软绵绵的尾巴。

倘若真如城主所言,她的气息很讨兽类喜欢,那幽都于她……

岂不是可以随心所欲的毛茸茸的天堂!

很好,已经开始期待了。

霓笙轻笑:"只不过妖兽恶鬼皆是野蛮之辈,一心馋你的血肉,唯有我们这些精怪纯然无害,不会伤你分毫。"

她说罢一顿,周身浅香溢开,直沁心脾:"听说小道长们明日便要离开,人生苦短,不如同我来及时行一行乐。"

绣城的精怪,当真很开放。

谢星摇被她逗得不知所措,奈何越是支支吾吾,眼前的牡丹花妖就笑得越欢。

未等她有所应答,身后响起一道陌生男音。

"城主,这几位便是降伏了沈修文的仙门道长?"

"正是。"霓笙转身,唇角仍是浅淡笑意,不知不觉间,多出几分居高临下的倨傲,"我来为大家介绍介绍。"

万幸,虽然中途险些翻车发生意外,但这场筵席,终究还是平安落幕了。

被封印于桃树的仙骨得以取出,交由温泊雪保管。

桃树枯萎,沈惜霜回到竹子的躯壳,因灵力消耗过大,暂时陷入沉眠之中。

一切回归正轨,也就到了一行人告别绣城、前往师门复命的时候。

霓笙城主财大气粗,特意准备了两艘飞舟。

一艘前往昙光的万佛寺,另一艘则直奔凌霄山。

"朋友们,保重!这是我无聊时写的话本子大纲,灵感来源于和月梵道友平日里的探讨,没什么拿得出手的告别礼物,干脆把它送给你们吧。"临别之际,昙光感慨万千，"虽然与你们认识没多久，但……不多说，大家都懂。期待下次见面。"

他琢磨了好一会儿措辞，不是觉得太矫情，就是觉得太直白，思来想去，干脆含糊带过。

二十一世纪新新人类的词汇匮乏程度，由此可见一斑。

"若有兴趣，欢迎各位再来绣城赏玩。"霓笙掩唇轻笑，"不止谢小仙长……我看诸位皆是龙凤之姿，城主府随时恭候。"

温泊雪怯怯后退一步。

"多谢诸位救我于心魔之中！"武馆馆主龙平早早闻讯赶来，两手抱拳，"尤其是谢星摇道长，大恩大德，没齿难忘！"

总而言之，与众人众妖逐一告别后，飞舟终于上路了。

"啊——"谢星摇躺在地板上，章鱼一般摇胳膊蹬腿，大大伸一个懒腰，"累死我了！"

登上飞舟以后，晏寒来照例单独回房歇息，沈惜霜的魂魄栖息在竹子里头。

他们三个人来到温泊雪的厢房，讨论接下来的计划。

"昨天那场筵席，烧死了我百分之八十的脑细胞。"月梵点头，"还有和沈修文的那场死斗——不过现在回想起来，其实还挺刺激的。"

回想起那日千钧一发的景象，温泊雪浑身一瘫："别别别，当时有好几次，我都觉得自己快要死了。"

月梵笑："当时扮酷耍帅的时候，怎么没见你这样？"

"不过，"谢星摇随她笑笑，语气却是渐缓，"你们觉不觉得，有点儿奇怪？"

二人一怔，不约而同地抬眼看她。

"你是说，"月梵一语中的，"原著和现实之间，存在很大差异的事？"

谢星摇领首："嗯，白妙言中的媚术，须弥教穿越时间的阵法，这些都是《天途》中从未提过的事情。如果以前的林林总总还能解释为细节上的疏漏，这几天在绣城发生的一切，显然把原著剧情彻底推翻了。"

原著曾点明沈惜霜的凶手身份，然而待他们抽丝剥茧，才发现她不过是只替罪羔羊。

"这样一想，我们经历过的每个副本，其实都和原文有所出入。"月梵轻拊掌心，"原著就像是把故事的表面铺开……至于真正发生过什么，作者根本没去深究。"

温泊雪："有敷衍赶工之嫌。"

虽然这样说来有些奇怪，但谢星摇总觉得……

《天途》的作者，似乎并不十分了解这个故事。

"我忽然想到一件事情。"温泊雪下意识地举起右手，很快觉得自己像个回答问题的小学生，讪讪把手放下，"晏公子是其中一个副本的反派 Boss，你们说，他的故事会不会也有隐情啊？"

谢星摇动作顿住。

"对哦。"月梵若有所思，面露纠结，"不过吧……原著虽然隐瞒了很多细节，但它写过的事情，几乎全发生了。晏公子会在后来夺走仙骨，屠杀南海仙门，应该是作不了假的。"

"和他相处这么久，我觉得晏公子不像坏人。"温泊雪抱紧怀里的枕头，"沈修文用尽全力突袭过来的时候，也是他为我们挡下那一道杀招。你们说，他为什么要血洗那个门派啊？"

这种事情损人不利己，除了真正嗜杀如命的疯子，寻常人做不出来。

温泊雪心思单纯，一起经历了这么多天的历练与冒险，他早就下意识地把晏寒来看作伙伴。

这个话题有些沉重，一瞬的沉默里，谢星摇忽然想起晏寒来的心魔。

昏暗的牢狱，遍地的鲜血，还有施加在他身上的鞭痕与恶咒。

这二者之间……或许能形成因与果。

"虽然不清楚他入魔的原因，但小说里不是经常这样写吗？"作为网络文学资深爱好者，月梵打出一个响指，"女主来到反派黑化之前，不停告诫他弃恶从善，心怀善念，久而久之，在真善美的滋润下，反派成功弃暗投明，做了个好人。"

温泊雪恍然大悟："我们也可以试着把他拉回正道！"

谢星摇静静地听，脑子里浮起晏寒来阴鸷讥讽的笑。

她觉得晏寒来或许不是极恶，只是一种不撞南墙不回头的执拗。

但谢星摇还是问："怎么拉？"

她身侧的白衣女修欲言又止，轻轻咳了咳。

"我看过的绝大多数小说里，拯救反派男主角的办法，是让女主和他谈恋爱。"月梵摆手，"不过咱们用不着啊用不着！"

她说着一顿，从衣物里掏出个储物袋，低头捣鼓半响，伴随白光一晃，现出几册话本。

"想引人向善呢，直接灌鸡汤讲大道理是行不通的。"月梵道，"总结下来无非两个办法，一是时时刻刻待他好，让他觉得人间有真情，世间有真爱；第二个法子呢，就是潜移默化——看见这些书了吗？"

温泊雪与谢星摇双双点头。

"我和昙光小师父搜寻绣城时，曾路过一个书铺，我俩都对修真界的小说挺感兴趣，就随手买了几本。"月梵笑笑，"修真界最爱写心怀大义、废柴逆袭的故事。这些都是由我精心挑选过的话本子，带去给晏公子瞧上一瞧，定能让他领会侠情侠义。"

老实人温泊雪很是捧场："这就是潜移默化啊！"

他心有好奇，拿起其中一册，朗声念出书名："霸道魔尊——"

温泊雪瞳孔剧震："《霸道魔尊爱上我：虐爱插翅难飞》？"

"抱歉抱歉拿错了，是这本！"月梵飞快打开储物袋，又拿出几册话本塞进他手中，"你拿的那本，是昙光为了消遣解闷，随手写的大纲流水账文。"

她话音方落，屋外蓦地传来一阵敲门声。

晏寒来的声线清冷干净，听不出情绪起伏："温道长，我来还书。"

温泊雪小声解释："晏公子酷爱咒术秘法，曾在我这儿借了本典籍。"

解释完毕，温泊雪扬声："请进。"

木门打开，少年身如云海青松，在逆光下面容稍显模糊，唯有一双凤眼澄澈明朗，漠然撩起眼皮，视线将他们逐一扫过。

然后落在满地的话本子上。

月梵莫名心虚，手掌罩上其中一本，掌心灵力氤氲，遮住无比醒目的《霸道魔尊爱上我》。

温泊雪讪笑一声，默默将书册挪到自己身后。

谢星摇：你们两个真的好欲盖弥彰啊！

晏寒来懂得分寸，同他们一直留有不咸不淡的距离感，见状并未出言询问，把书交还给温泊雪后道了声谢，很快转身离开。

"……总而言之，"房门关上，月梵长舒一口气，"先试着把这些书送去给他看看吧。我们三个人里，谁和晏公子关系最好？"

毫无疑问，必然是温泊雪。

谢星摇右手已然抬起，正欲指他，抬起双眼的一霎，却见到两道直勾勾望来的眼神。

温泊雪紧握双拳，冲她重重点头。

月梵踌躇满志，朝她伸出一个大拇指。

谢星摇指住自己鼻尖："我？不可能。"

结果还是来了。

谢星摇默默低头，看一眼怀里抱着的三本书，敲响晏寒来卧房的木门。

房门"吱呀"打开，似是没料到门外之人是她，少年微微蹙眉："怎么？"

谢星摇轻抬双臂，向他展示手中之物："我来给晏公子送礼，晏公子却要将我拒之门外吗？"

他琢磨不透眼前这姑娘的心思，抿唇侧过身子，为她让出一条通道。

"方才晏公子去还书，应当见过我们翻弄话本了。"谢星摇把书册放上木桌，拿起其中一册，"月梵在绣城买过不少话本子，心觉有趣，于是给我们一人分了一些——晏公子想看看吗？"

晏寒来有时很难理解他们的想法。

修道之人理应淡去七情六欲，这几人身为仙家弟子，却整日吃喝玩乐，怎么看怎么不正经。

他儿时偶尔会看一些英雄话本，等长大之后，便再没碰过。

见他不做回答，谢星摇瞟一眼话本封面上的文题，轻咳一声："比如这本《行侠记》就很有意思。"

在她来找晏寒来之前，月梵细细概括了三本书里的故事剧情。

她说得顺畅，飞快将《行侠记》递到对方手上。

晏寒来无甚表情，随手翻开其中一页，隐隐有些不耐烦。

"晏公子不喜欢吗？"谢星摇摆正神色，"这个主人公临危不惧，性情刚硬，晏公子不妨多学学他——最起码，他不会时常和一个姑娘呛声。"

晏寒来合起话本，放回木桌："哦。"

看来他对这本没兴趣。

谢星摇贼心不死，拿起第二本《寒刀斩月》。

"这本也很不错，主人公出身卑微，但从不放弃，自始至终奋力拼搏，很值得学习。"

这是她精心准备的措辞，谢星摇一面说，一面把书递给他："正因如此，他最终才能如愿以偿。"

晏寒来仍是兴致缺缺，骨节分明的修长手指悠悠一翻，来到最后一页。

旋即轻嗤一声："是挺如愿以偿。"

好像还是不感兴趣。

三本种子选手，只剩下一棵独苗了。

"还有最后一本《太平记》，内容比较轻松。"谢星摇照例把书给他，"主人公天赋异禀，凭借多日苦修，终成人中龙凤。这本书里的修行方式非常有趣，作者精通各种偏门巧艺，晏公子若能生出兴趣，可以琢磨琢磨。"

不知怎么，翻开这本《太平记》，原本泰然自若的晏寒来竟面色微沉，无言蹙了眉。

耳朵还气红了。

谢星摇敏锐感到不妙："怎么了？"

"《太平记》——"他轻声重复这个书名，眉梢轻挑，尾音勾出清淡的笑意，"谢姑娘来赠书之前，可曾核实过一遍？"

谢星摇：什么意思？

她拿起桌上的《行侠记》，封面上的字迹无比清晰，与文题如出一辙。

再翻开第一页。

谢星摇呼吸骤停。

但见纸页薄黄，一笔一画地写着硕大标题：《霸道魔尊爱上我：虐爱插翅难飞》。

这不对劲。

这根本不科学。

这一切的起源，都是——

当初晏寒来突然敲门，话本全都暴露在外。

月梵出于羞耻心，稍稍动用灵力，篡改了昙光作品的封面书名；而温泊雪……则慌慌张张，把所有书册藏在了自己身后。

不会吧。

不会……弄混了吧。

那她方才给晏寒来看的这三本，究竟是什么？

谢星摇大脑一片空白，随手翻开一页。

张生舌尖掠过后槽牙，右臂上抬，将她抵在墙角："不爱我？"

"你何苦逼我。"她含泪咬牙,"你我二人本是陌路,不应有丝毫瓜葛。"

话语方尽,张生便欺身而上。

红浪翻,水音绵,唇齿交缠间,张生来势汹汹,吻得她情迷意乱。

他总是如此霸道。

"你是我的女人。"张生道,"这辈子,别想从我身边逃开。"

谢星摇:她好迷茫,她不明白。

念头在脑子里乱糟糟炸开,思绪来了又去,最后只剩下硕大无比的几个字。

她是谁,她在哪里,她为什么要拿着这种玩意儿?

趁理智还没散尽,谢星摇尝试着回溯记忆。

就在不到半盏茶的时间前,晏寒来眉头紧锁地盯着这本书看,而她义正词严,一字一顿地告诉他——

"故事里的男主人公性情刚硬,晏公子不妨多学学他。"

学什么?

学他的霸道,学他的壁咚,学他舔一舔后槽牙,然后把人按在墙角亲?

张生的确不会和一个姑娘呛声。

因为在姑娘开口之前,他已经在用舌头狂甩人家的嘴唇。

对了,还有第二本。

如果第二本能正常一些的话——

翻开第一页,白纸黑字,明晃晃几个大字。

《囚爱:病娇蛇皇的独宠》。

还没开始看,谢星摇已经眼前一黑。

她茫然回头,只见张生眼尾泛红,轻拽她袖口。

"姐姐。"张生道,"因为我是卑贱的蛇妖,你就不爱我了?"

她心如刀割,却无法倾吐难言的苦衷,唯有反握他掌心,感受一片寒寂冰凉。

恰是此刻,张生眉眼微舒。

她尚未出言回应,竟见张生身后蛇尾突现,须臾上缠,罩住她腰身。

蛇尾寒凉,可见黑鳞如冰,张生将她死死锢住,动作却是缱绻温柔，好似撒娇："那姐姐一辈子留在这里，永远陪着我，好不好？"

怎么又是你，张生？

谢星摇觉得她需要一个呼吸机。

如果没记错的话，当晏寒来翻阅这篇话本时，她正在说"主人公出身卑微，但从不放弃，自始至终奋力拼搏……最终才能如愿以偿"。

话本子里病娇囚禁的故事，居然和这句话无比诡异地对上了。

还有那条将女主角死死缠住的尾巴。

晏寒来，也有尾巴。

……所以她到底为什么要说那句男主角"很值得学习"啊？

最后是让晏寒来蹙眉的《太平记》。

能让他蹙眉，很明显，《太平记》并不太平。

晏寒来甚至还红了耳朵。

崩溃的心颤抖的手，谢星摇拿起最后一册话本，定睛看向书名。

《早春夜记》。

难得正常的名字，看上去像本老老实实的游记。

不过……昙光会对游记感兴趣吗？

她不明缘由地越发忐忑，缓缓垂头，翻开其中一页。

　　说时迟那时快，张生跨步上前，将她揽入怀中。
　　女子柔若无骨，于他掌心似水化开。
　　适时灯影憧憧，但见冷月横窗弄清影，素手纤纤解香罗。
　　长夜漫流，榻间清光皓色。张生落掌而握，温如玉，软似裳，婷婷袅袅，如月下海棠，映水芙蓉。时而花枝簌簌，水玉勾缠，莺语啼不休。
　　只道是：戏水鸳鸯情醺醺，穿花蝴蝶意浓浓，春意绵绵不尽也。
　　三日后，张生神清气爽，推门而出。

好家伙。

无休无止的汹涌热潮，彻底席卷整个识海。

谢星摇的脸，从未这般烫过。

……哦。

这是她说"主人公天赋异禀,凭借多日苦修,终成人中龙凤"的那本。

整整三天,张生你的确是人中龙凤。

都说人不可貌相,海水不可斗量。这篇看似朴素,实则最狠,居然是本自带颜色的王炸。

她说过什么来着:

非常有趣……偏门巧……可以琢磨琢磨。

救命啊。

感受到青衣少年冷淡的注视,谢星摇皮笑肉不笑:"哈哈。"

晏寒来面无表情,没有应答。

谢星摇肉笑皮不笑:"这张生,玩得挺野哈。"

晏寒来似是好心情地勾了勾唇角,慢悠悠斜倚在一根木柱上,一言不发。

谢星摇编不下去,耳后发热,思来想去,干脆双手掩面,逃避现实:"晏公子,我是无辜的,我毫不知情,真的真的,我可以解释。"

让人毛骨悚然的寂静。

须臾,沉静卧房里,响起少年人的轻笑。

这声笑清净悦耳,不似他平日里的冷嘲热讽,倒像是由心而发,有如飞泉鸣玉,裹挟出满满当当的少年意气,叫人心生欢喜。

谢星摇没听出发怒的意味,张开两根手指,透过缝隙瞧他。

晏寒来也在看她。

这姑娘面上少有地染了绯色,与一身红裙遥遥相衬,鹿眼莹润,悄悄露出一角,正对上他的目光。

莫名其妙,他心情很好。

青衣无声一动,踱步至她跟前,微微俯身。

皂香倾泻而下,谢星摇心跳骤顿,条件反射地挺直脊背。

晏寒来笑意未退,凤眼弯出一道纤细的弧,连带尾音也随之上扬,好似小钩:"那我便听谢姑娘好好解释。"

飞舟,温泊雪厢房。

"所以,"月梵饮下一口凉茶,握杯的手微微颤抖,"你怎么解释的?"

谢星摇手肘撑在木桌上,单手扶额:"就说拿错了,昙光的手稿不小心混入其中之类的。"

当时的气氛异常尴尬,她脑子里像有腾腾烈火在烧,逻辑理智全被烧了个一干二净,只能笨拙地组织语句。

更何况,晏寒来还离她很近。

在那种让人心焦的环境下,他的气息仿佛也带了热度。

温泊雪目露歉疚:"对不起,都是我不好,把书弄混了。"

"我的错。"月梵以手掩面,"如果我没在书名上动手脚,不至于变成这样。"

"我也有失误。"谢星摇心如死灰,"如果在敲门之前,我能翻书确认一下就好了。"

总而言之,一场本应充满正能量的感化计划,阴差阳错成了昙光作品品鉴大会,最致命的是,其中还夹带了份儿童不宜的颜色话本。

外来者一败涂地。

"不过来日方长,咱们不是还剩下个幽都没去吗?"谢星摇的情绪来得快去得也快,稍稍仰头,"继续努力,还有希望。"

温泊雪蹙眉:"幽都……"

他们三人看过剧本,因而心知肚明,等结束幽都这个副本,便到了晏寒来盗取仙骨、黑化入魔的时机。

若想助他迷途知返,必须抓紧时间。

"而且我觉得,晏寒来不似一个凶残嗜杀之辈。"谢星摇稳下心神,继续分析,"他之所以杀进那个南海仙门……很可能有更深一层的原因。"

只可惜他们目前没发现任何前因后果。

月梵点头,轻叹口气:"总之,幽都加油吧。"

他们简短探讨一番,很快告别回了各自的卧房。

谢星摇心神不定,过了好一会儿才沉沉入睡,再睁眼,居然见到一张似曾相识的面庞。

——在北州取回仙骨后,她同样做了个意识清醒的梦,见到已逝的禅华剑尊。

在上次的梦里,他尚且是个身形瘦弱的男孩,此刻谢星摇眺望而去,手持长剑迎风伫立的,赫然已成了个身穿黑衣的俊秀少年。

剑眉星目,鼻梁高挺,薄唇微微抿成一个平直的弧度,与当年的小孩如出一辙。

在他身前,是一只没了气息的狰狞魔兽。

谢星摇四下打量。

这里是片幽深密林，参天古树投下潇湘翠影，将少年人挺拔的身形笼罩其中。

在他身侧还站着好几个年轻修士，清一色穿着仙门弟子服，粗略望去，有万佛寺，也有剑宗。

"多……多谢道友相救。"一个小和尚抹去嘴角血迹，看样子受了不轻的内伤，身形微颤，"若不是道友及时赶到，我们几人都要沦为它腹中之食。"

黑衣少年安静颔首，神色温润却疏离："举手之劳，不必言谢。"

"这可不是举手之劳。"剑宗的姑娘飞快接话，她也受了伤，双臂鲜血淋漓，"这只魔兽已至金丹，我们全是筑基修为……道友着实厉害，越阶除魔，身手如此干净利落。"

"对对对，太厉害了。"另一个剑宗弟子用力点头，"不过看道友的门服，既非剑宗也非凌霄山，不知公子师从何处？"

他们的崇拜与兴奋毫无遮掩，黑衣少年沉默一霎，正欲开口，却听林中响起鼓掌的"啪啪"声响。

紧随其后，一名白衣青年踱步而出。

"不错。小道友天赋异禀，后生可畏。"

这青年应该是个大人物，自他现身，几个叽叽喳喳的仙门小弟子尽是闭嘴，露出憧憬向往的神色。

与他们不同，黑衣少年只是礼貌地笑笑："前辈。"

青年拍拍他肩头："今日的历练十足凶险，还望你戒躁，莫要分神。"

梦境到此戛然而止。

禅华剑尊天生仙骨，天赋远远超出寻常百姓，伴随年纪渐长，在大众面前展露实力，是板上钉钉的事。

最后出现的白衣青年全然是副陌生面孔，谢星摇记得，上回所见，禅华剑尊的师父是个白发老人。

至于这位，应该是其他门派的长老吧。

她在心中把剧情捋顺个大概，骤然感到意识一阵恍惚——

梦醒了。

梦里的剧情一切如常，瞧不出什么猫腻。

谢星摇对这种天才少年的成长故事没太大兴趣，因而并未多加在意。

飞舟速度极快，没到傍晚，便抵达了凌霄山。

意水真人听闻他们归来，早早立在山巅等候。

飞舟大门打开，四散的灵气引出缕缕清风，将小老头的胡须吹得上下翻飞，狂放如野草。

他对此浑不在意，双目澄透明朗，在望见他们的瞬息展颜笑开，毫无仙家风度地挥挥右手："回来啦！"

谢星摇心情大好，小跑向他身旁："师父，您在这儿等多久了？"

她从前的家中处处充斥着窒息的低气压，与父母的关系不咸不淡，好不容易放学见一次面，话题总会被引到学习成绩。

久而久之，谢星摇有些害怕回家。

好在凌霄山不同。

意水真人生性洒脱，比起严师，更像个没什么架子的旧友。

因他爽朗爱笑，令人心安的气息仿佛能弥散到周围每一处角落——

更何况，他平日里事务繁杂，只不过得了他们即将归来的消息，居然就愣生生一直守在山顶上。

"其实也没多久，凌霄山景色这么好，我站在这儿，权当看看风景。"意水真人轻抚一下她的脑袋，"你们大师兄听说绣城事毕，从今早起就在琢磨晚饭。算算时间，这会儿应该准备得差不多了。"

他一顿："对了，你们提到过的那位姑娘呢？"

温泊雪手中抱着棵带土的竹子，轻声解释："她脱离桃树的躯壳，回到青竹本体，这个过程损耗了太多灵力，如今正在沉眠。"

"原来如此。"意水轻抚长须，展颜一笑，"她神识清透，能做仙骨的载体，说明根骨极佳——我已将此事告知了凌霄山里的诸位长老，他们都对这姑娘很感兴趣，待她醒来，定会成为香饽饽。"

月梵好奇："师父觉得她适合哪位长老门下？"

"这得看她自己的兴趣，凌霄山有剑修、法修、医修、乐修，天赋固然重要，倘若学起来毫无兴致，不如回去绣城花天酒地。"意水真人挑眉，"话不多说，不如先去看看你们大师兄？"

比起他们数日前离开凌霄山时的景象，今时今日的小阳峰，可谓焕然一新。

脱落的牌匾被重新写上字迹，破落老旧的房屋得了翻修。

就连曾经张牙舞爪的草木也被修剪得规规矩矩，绿柳垂绦，青松独立，虽然称不上仙气浩渺，但总算摆脱了过去的萧瑟之意。

晚饭的地点，被安排在一座湖畔小楼。

"好看吧？多亏有摇摇的灵石，我和啸行雇人把这儿重新修整了一遍。"意水真人领着他们一路爬楼，得意地吹起胡须，"你们大师兄日日监督，楼下湖边的那些树，就是由他亲手修剪的——用他那把赤霄刀。"

月梵嘴角一抽。

原著里的韩啸行是个不折不扣的修炼狂魔，赤霄则是他的爱刀。

相传此人刀法凌厉，可斩山河，现如今吧……

想象了一下壮汉狂舞大刀，凛然杀气势若游龙，周身枝叶簌簌而落的景象，月梵默默垂头。

就，很接地气。

正值谈话间，一股浓郁鲜香扑面而来。

他们跟着师父来到小楼楼顶，顺理成章地，也就望见了韩啸行。

以及他身前正冒着腾腾热气的美味佳肴。

幸福感：百分之六十。

"这……这是——"月梵难掩双目激动，"麻辣小龙虾！"

谢星摇双手合十，再一次感谢上苍："居然还有烤肉。"

韩啸行没忘记自己的人物设定，眼见一行人推门而入，面上波澜不起，只温和笑笑："回来了。"

韩啸行迫不及待传音入密："终于回来了你们！快快快，我一个人待在这儿，又馋又饿还不能提前吃——家人们动筷子吧！"

美食，绝对是世界上最能抚慰人心的事物之一。

谢星摇满心欢喜地上前落座，等其他人陆续开动，夹起一块距离自己最近的酱汁烤牛肉。

牛肉提前经过腌制，咸香微辣的口味早早渗透在每一条纹理之中。

因为没烤太久，肉质鲜嫩得不可思议，不腻不柴，带着滚滚热气，仿佛要融化整个口腔。

幸福感：百分之八十。

温泊雪挑了块厚切五花。

五花肉经过烤制，表皮变成浅浅焦褐色。他小心翼翼地拿了生菜，把五花蘸上烤肉酱，裹进生菜里头。

温泊雪张开深渊巨口，一口吞下。

酥脆外皮被"咔嚓"咬开，露出内里的软肉。

一时间油香四溢，油脂虽足，却并不显得太腻，加之有了生菜的中和，烤肉酱漫开丝丝辣意，蔬菜香气则是清爽干净，好似甘霖。

幸福感：百分之九十。

谢星摇给师父递去一块小龙虾肉，自己也夹起一只。

不得不说，这种红彤彤的色泽，当真叫人很有食欲。

锅里色艳汤浓，小龙虾被汤汁浸泡许久，尚未入口，便有扑鼻浓香浑然溢开，勾起腹中馋虫。

谢星摇迫不及待，啊呜张口。

龙虾个头极大，被开背去了虾线，肉质鲜嫩饱满。

浓稠汤汁点点滴滴浸在肉里，完全吸附了香辣的味道。当她一口咬下，滚烫浓汤倏然爆开，又麻又辣；龙虾本身极有嚼劲，口感弹嫩而紧实，满满的鲜香。

十足美妙，十足过瘾。

幸福感：百分之百。

谢星摇第无数次感恩上苍。

"晏公子不喜吃辣，我特意准备了少麻少辣。"韩啸行端来另一个瓷盘，指尖灵力氤氲，几个茶杯凌空而来，逐一落在每个人身前，"这是杨枝甘露，解辣用。"

意想不到的惊喜从天而降，温泊雪大受感动："杨枝——"

月梵一口饮下，几欲落泪："甘露！"

他们何德何能，居然能在修真界喝到奶茶。

谢星摇激动传音："呜呜呜大师兄是天使！"

由于经过了游戏系统的专业化配置，杨枝甘露的每种用料都格外讲究。

最上面铺着层细碎的杧果冰沙，往下则是乳白色的椰奶，两相融合，清浅色泽如墨轻荡，只需饮上些许，口中便是满满果肉。

椰奶醇厚，杧果清爽，中间夹杂了酸甜的西柚颗粒，口感浓稠且丰富。

方才因小龙虾而灼灼生热的舌尖，蓦地如沐甘露，只余下冰凉甜香。

烤肉龙虾加奶茶，人间绝配。

谢星摇懒洋洋地靠住椅背，唇边微勾。

幸福感：爆棚。

"真不错。"意水真人摇头晃脑,面露欢喜,"尤其是这甜水,我活了这么多年,从未见过如此奇妙的饮品。啸行,你是从何处学来的?"

韩啸行早早准备好措辞,颔首沉声:"源自一本街边购得的食谱,许是从西域那边传来的——你们觉得味道如何?"

"特别好吃!"谢星摇扬唇一笑,"大师兄的手艺越发精湛,已近无可挑剔。"

温泊雪拭去嘴角一粒西柚:"甜辣搭配,非常棒。"

月梵竖起大拇指。

与此同时,于她头顶之上,纯白灵力缓缓晕开,凝成几个轻飘飘的大字:

"真好,真优秀。"

谢星摇双目一亮,传音入密:"灵力弹幕!"

她向来喜欢新鲜事物,也认真将灵力凝起,聚作一行浮在半空的白字:

"谢谢大师兄!"

温泊雪紧随其后,连撮好几条彩虹屁。

一时春风乍起,吹得满屋灵力左右飘浮,倒真有几分弹幕飘过的神韵。

"唇齿留香,修真界第一大厨。"

"小手一挥,用户'月梵'扔出一个雷。"

"用户'谢星摇'打赏十万灵石!"

他们三人脑洞大开,房中字幕不断起伏,堪比修真界打赏直播。

韩啸行哪曾见过这种阵仗,被夸得挠头低笑:"你们这可就折杀我了。"

意水真人哈哈大笑。

小老头兴致正好,没忘记接下来的任务:"对了,昨日神宫传来消息,已经发现下一块神骨——在幽都。"

——她早就想去了!

谢星摇用力点头:"我听说,幽都有很多妖族和灵兽。"

"那是自然。"意水真人笑笑,"你们若是遇上喜欢的灵兽,大可买下来带回凌霄山。"

谢星摇唇边弧度更深。

她心中满怀憧憬,身边的少年却是长睫一动,不动声色地抿起薄唇。

不明缘由地,晏寒来有些心烦。

这份情绪来得突然,毫无征兆地落在心口。

胸腔里仿佛压了块小小的石头,感觉并不强烈,却让他发闷。

不过是前往幽都而已。

他略感烦躁，侧目望向窗外。

窗外是片浓雾幽深的树林，许是不久前下过雨的缘故，映出一片青山隐隐，绿水迢迢，天边水云如墨，风烟俱寂。

身边的欢声笑语与他格格不入，比起这间屋子，他似乎更应置身于深林之中，化作不甚重要的一角背景。

又或是连背景都不算。

耳边沉寂一瞬，少焉，有道轻如羽毛般的低语掠过耳畔。

"晏公子。"

晏寒来下意识回头。

谢星摇含笑盯着他瞧，眉梢恶作剧似的一抬，眼尾荡开清浅笑弧。

她没再出声，食指纤长白皙，指了指自己头顶。

灵力聚散，汇作一行小字：

"晏公子为什么不说话？"

见他沉默不语，谢星摇又笑了笑："晏公子，你知道自己现在是什么样子吗？"

她说罢眨眨眼，身前的小字融化成一团白雾，旋即散开，居然化作一只雪白的灵气狐狸。

狐狸五官粗糙，豆豆眼圆鼻子，嘴唇直接用了一条直线代替，神色呆板如木，蠢笨至极。

眉毛还微微蹙了点儿，看上去有些不大高兴。

见他如狐狸一般皱起眉头，谢星摇"扑哧"笑出声，极力压低音量，确保只有他们两人能听到："就是这个样子。"

她话音方落，不远处又一道灵气凝集，飘飘摇摇来到晏寒来身前。

温泊雪问他："晏公子觉得味道如何？"

然后是月梵发来的弹幕："那边两个，不要讲悄悄话！有什么是我们不能听的？"

这几个仙家弟子，就真的很不靠谱。

要想制住这一群人，他们的师父师兄每日定是焦头烂额——

转瞬之间，又慢悠悠飘来两行字迹：

"'意水'给晏小道友打赏百万灵石。"

……结果您也学坏了是吗？

"'韩啸行'正在等待您的点评。"

……贵师门还有正经人吗？

他来不及开口，忽见灵力化作的狐狸笨拙地动了动爪子，一步一步，晃晃悠悠爬上他的袖口。

谢星摇右手撑起下巴，咧嘴笑笑，露出晶亮洁白的小虎牙。

狐狸也眨眨豆豆眼，先是抬起爪子捧住脸颊，卖萌一般晃晃脑袋，随即低头抱住他手臂，乖巧地蹭一蹭。

这分明是个简单的动作，却好似一只爪子挠在心口上。

力道极轻，动作悄无声息，缓缓拂过的瞬间，让那颗沉重的石块倏然消散。

"哦。"

温泊雪发来灵力弹幕："晏公子笑了。"

晏寒来身形僵住。

月梵长出一口气，字迹龙飞凤舞："终于！"

韩啸行面露欣慰，微笑点头：

"用户'韩啸行'打赏了十万欢乐豆。"

意水真人踌躇满志，好似得了新玩具的小孩：

"晏小公子想看飞龙在天吗？我用灵力给你们变。"

距离他最近的谢星摇眉眼弯弯，笑容得意又狡黠，指尖一动，白气浮出。

"晏公子还是笑起来更好看。"

"用户'谢星摇'打赏一只呆呆狐。"

就她最会哄人。

薄唇更加用力地抿起，遮掩一丝不合时宜的弧度，晏寒来再一次侧目，遥遥望向窗外。

几重烟水，疏影微香。林中寂寥无声，日光洒落其间，杳霭流玉，将冷色调的绿叶映出一簇暖光。

青衣少年长睫倏动，默念一道清心诀，压下耳后涌起的暗热。

旋即面色淡淡，指尖灵力凌空，飞往谢星摇眼前，聚作两个矫若游龙的小字。

"幼稚。"

第九章

契约结

在凌霄山享受了大师兄两天的《疯狂厨房》，稍做整顿之后，便迎来前往幽都的时机。

出发之前，不只韩啸行与意水真人，沈惜霜也来送行。

她灵力损耗太多，魂魄苏醒后一直栖息在竹子里，借由凌霄山的天地灵气调养生息。

听说他们要走，沈惜霜耗尽气力凝出一个人形，执意前来山巅道别。

月梵无奈浅笑，难得目露温柔，为她渡去一些灵力："我们又不是不回来，哪里用得着你如此费心费力。今日感觉如何，好些了吗？"

"嗯。"沈惜霜点头，"既要远行，多些人相送总是好的。"

温泊雪在一边搭腔："这段时日我们不在凌霄山，你若有什么需要，尽管去找大师兄。大师兄人很好，修为也厉害。"

身旁的意水真人轻哼一声，敲他脑瓜："为师难道人不好，修为不厉害？"

"师兄不想麻烦师父嘛。"谢星摇笑，"等我们再回来，惜霜小姐应当就变成小师妹了。"

"我给她测过天赋和根骨，皆是上佳。"意水真人眉眼微舒，"好几个长老特意来问了她的情况——你们若是不努力修炼，当心被这个师妹反超，到时候就丢人啰。"

话刚说完，便见谢星摇挪到沈惜霜身侧，悄然压低嗓门："惜霜小姐，别急，慢慢来。凌霄山有不少妙趣横生的去处，等我回来，带你逐一去玩儿。"

月梵暗暗传音:"哇,你好像班里那种不求上进还企图带歪优秀人才的坏学生啊!"

温泊雪已经开始感到恐惧:"我们不会真被弯道超车吧,修真界也这么卷吗?"

白胡子老头指尖一抬,用灵力敲了敲自家坏学生的脑袋。

和往常一样,这次出发所用的交通工具仍是飞舟。

幽都与中州的距离不算太远,飞舟迅捷非常,他们中午出发,下午便到了目的地。

飞舟凌空,月梵透过窗户,眺望地上景致。

"这就是幽都啊。"月梵轻"咝"一声,"好像和普普通通的人族城池没什么区别,听它的名字,我还以为会有很浓很浓的黑气和血雾……生人勿近的那种。"

谢星摇失笑,传音入密:"毕竟不是恐怖片。"

"因为它的确就是一座普普通通的城池,只不过由妖族统领,百姓大多是妖魔罢了。"温泊雪道,"不过据我所知,幽都有很多独具特色的民风民俗,若能亲身体验一番的话,应该会很有趣。"

修真界不讲种族歧视,除了极个别丧心病狂的邪修魔修,人魔妖鬼大多能和谐相处。

谢星摇遥遥望一眼地面:"听说这儿十步就有一家灵兽铺子,我……"

念及晏寒来还在身边,不能坏了人设,她咽下更多言语,飞速改口:"我想进去看看。"

谢星摇传音入密,说出没来得及出口的话:"好激动!我还是第一次去灵兽铺子!"

月梵同样激动,立马回应:"我也是!听说因有灵气滋养,修真界的灵兽浑身上下都是清清爽爽,皮毛也比普通动物更加柔软——这不就是让我们放心大胆地摸吗?"

有谁不爱毛茸茸。

两人达成共识,双双比出一个大拇指。

温泊雪站在一旁默然不语,目光飘忽,悄悄掠过晏寒来。

青衣少年自始至终没说一句话,漫不经心地倚在窗边,偶尔鸦睫一动,斜睨窗外景色,让人摸不透情绪起伏。

乍一看懒散又倨傲,对其他人的谈话无动于衷,但是……

温泊雪总觉得有些古怪。

他脑子不太聪明,心思却是温润细腻,此刻看着晏公子,莫名其妙地感到一阵低气压。

是错觉吧。

他们三人的谈话内容,应该并没有冒犯到他。

飞舟徐徐落地,降落在城门外的荒郊。

谢星摇第一个跳出舟舱,抬眼远眺,双目一亮。

在空中俯瞰全城时,他们只能见到黑压压的片片屋脊,瞧不出太多新奇之意。

如今来到幽都旁侧,才终于领略到此地的别具一格。

北州雪满群山,绣城花团锦簇,比起这两地的雅致风光,幽都更添几分诡谲绮丽之色。

高轩临碧水,飞檐迴架空。浩浩荡荡的百尺高墙将城郭缚于其中,城内则是十里楼台,画栋飞甍。

翠树倚朱楼,灯影映幢幢。

虽是白天,却已有不少楼阁亮起灯火。火色透迤而下,满城的琼楼金阙一览无余,处处显出富丽堂皇、纸醉金迷的气派。

"哇。"温泊雪的感慨发自内心,"能住在幽都的人,一定很有钱。"

"不然怎么能成为修真界赫赫有名的享乐之地呢。"月梵哼笑,"而且我听说……不只灵兽,这里的美食美酒和美人也同样声名在外。"

幽都没有烦琐的规矩,他们顺理成章地入了城门。

甫一入城,但见流光氤氲,花楼商铺鳞次栉比,从不知何处传来靡靡笙歌,飘飘然绕梁不休,奢靡享乐之气更深更浓。

"真牛。"月梵被四散的香气呛得一咳,"不愧是大城市。"

她和温泊雪被花里胡哨的景致双双迷了眼,谢星摇的注意力,则是更多落在行人身上。

"快看。"谢星摇压低嗓音,"这里的妖,好多保留着原形的特征。"

方才有个漂亮姐姐和她擦肩而过,在短暂交汇的刹那,谢星摇瞥见她身后挂着铃铛的猫咪尾巴。

不远处的小男孩长了两只狗狗耳朵,说话时犬耳会轻轻颤抖;东边的青年乍一看去与人族无异,其实拥有一双猎豹般的利爪。

更有甚者只保留了五成的人族特征,四肢和躯体化作人形,面上却生出毛茸茸的细密猫毛,比起人族,更像一只直立行走的猫。

此地乃是妖魔的乐园，无须顾及人族想法，他们行得恣意，过得也快活。

几人一路走一路好奇张望，谢星摇惊叹之余，只觉今天的幽都似乎格外热闹，四面八方张灯结彩，仿佛发生了喜事——

不少商铺派人立在门外，要么往门边挂五颜六色的彩灯笼，要么给门框装饰上喜庆的红绸，不少行人窃窃私语，面露期盼之色。

"奇怪。"他们表现得越是开心，月梵就越发感到新奇，"原文里，有描写过这地方发生了什么事吗？"

"没有吧。"

温泊雪细细回想："我记得在《天途》里，幽都副本很短的。"

原文主角"温泊雪"性情寡淡，对猫猫狗狗生不出丝毫兴趣，行于幽都的街头巷尾，只觉太过喧嚣吵闹。

全文以他的主视角展开，自然不可能出现逛灵兽铺子、和当地人一起热热闹闹过节、吸猫吸狗吸灵兽之类的情节。

而且剧情也很简单。

谢星摇表示赞同："这应该是情节最少的一个副本了。"

在原文里，主角团经过几日探察，将藏匿仙骨的嫌疑人锁定在幽都城主身上。

这位城主多年前名不见经传，忽有一日实力大增，随后更是以超乎寻常的速度连升数阶，修为"噌噌"往上涨，令幽都百姓望尘莫及。

锁定凶手，之后便是一场惯例的生死决斗。

主角团当然不会输。

这个副本没什么阴谋诡计，也没生出太大的跌宕起伏，平平无奇，几眼就能扫过——

当时谢星摇是这么想的。

然而有了前几次的经验教训，如今她只能默默祈祷，希望作者不要再埋坑。

"师父在这里有些人脉，昨日就为我们订好了客栈。"温泊雪没忘记自己师兄的身份，温声道，"我们先去客栈歇息一会儿，然后问问客栈里的人，今日……"

他说着停住。

"先去客栈"那句话出口时，月梵与谢星摇不约而同把目光转向了左侧。

神情期待又好奇，倏然亮起晶莹的微光。

温泊雪好像猜到了什么。

当他转头，果不其然，望见一家规格颇大的灵兽铺子。

温泊雪:"……要不,我们进去看看?"

正如月梵所说那般,修真界的灵兽非但没有异味,因灵力澄净,还散发着淡淡草木清香。

谢星摇本是条件反射屏住了呼吸,等小心翼翼吸上一口气,不由得在心底小小惊叹一下。

"欢迎四位客人。"

候在门边的侍女人身蛇尾,尾上鳞片密密麻麻,泛起钢铁一样的漆黑色泽,锋芒毕露。

她的相貌却是清甜温和,身着一袭浅色长裙,被徐徐勾勒出纤瘦的腰肢,单薄却不显柔弱,好似一把锋利弯刀。

侍女微微一笑:"诸位有什么心仪的灵兽吗?"

"我们头一回来幽都,对灵兽种类了解甚少。"谢星摇礼貌应声,"不知可否在贵店逛上一逛?"

"看几位的面相,应是仙家弟子吧。"侍女笑意更深,蛇尾倏然一动,发出"咝咝"轻响,"请。"

谢星摇道了声"多谢",步入其中。

铺子规模极大,装潢亦是上佳。

壁上随处可见画栋雕梁,长明灯火光通明,与香炉里的白烟袅袅相衬,铺开满室的清幽旖旎。

灵兽竟未被关在笼子里,也没戴上铁链项圈,或踱步或躺卧,优哉游哉地出现在每一处角落。

月梵看得惊讶:"像这样,它们不会逃跑吗?"

"灵兽开了智,虽不及妖族,却比普通动物更明事理。"

侍女低眉浅笑,蛇尾轻扬。

"我和店主都是妖,从原形来看,与它们有一定的相似之处。妖族生性放荡不羁,灵兽自然也不会情愿遭到强迫,因而诸位眼前所见,皆是心甘情愿地留在铺子里的小家伙。"

晏寒来少见地开口:"心甘情愿?"

"灵兽大多喜好与人结契,寻找一个生死相随的契主;但也有一些灵兽不服人族魔族妖族,欲图自己闯荡。"侍女扬眉,"倘若它心不甘情不愿地被关进铺子,那便不叫结契,而是折磨。"

她说着一顿，笑意加深："幽都有个规矩，灵兽买卖不能只看买家给出的灵石，还须得灵兽本身同意——祝各位好运。"

幽都看似不正经，在灵兽买卖一事上，居然还挺人性化。

谢星摇恍然颔首，目光一动。

距离她最近的地方，正懒洋洋趴着一只大蜥蜴。

往里探去，几只乌龟，一条生有翅膀的蛇，还有——

心口微漾，谢星摇眨眨眼。

还有几只种类各异的猫，一群立在假山上的鸟，以及兔子、仓鼠、绵羊和一只双目紧闭正蜷缩在角落里打盹的红狐狸。

她来灵兽铺子，只为三件事。

毛茸茸，毛茸茸，还是毛茸茸。

毫无疑问，这里是天堂。

侍女见她颇有兴致，语调轻缓，尾音噙笑："姑娘若是见了喜爱的灵兽，不妨上前试着碰一碰，它若喜欢，便会主动与你亲近。"

谢星摇道一声谢，轻手轻脚缓步上前。

离她最近的是只雪白大猫，双瞳一绿一蓝，皆是澄澈如海，叫人心安。

它体型硕大，如同一个胖乎乎的圆球，小耳朵大尾巴，看上去很像波斯猫。

大猫循声抬眸，微微弓起身子，在地上软绵绵打了一个滚。

可爱程度直击胸腔。

谢星摇屏住呼吸。

她的动作小心翼翼，缓缓伸出右手向前探去，堪堪触碰到猫咪后背，就见它眼珠子骨碌碌一转。

旋即胖乎乎的圆球白毛参开，好似冲天炮仗一跃而起，所过之处白毛纷飞，伴随声声"喵呜"低鸣。

……逃走了。

"这只猫性子顽劣，是我们这儿最难驯服的一位。"侍女掩唇笑笑，"姑娘不必灰心，你心性纯净，气息温和，是最受灵兽妖物喜爱的一类。"

绣城的霓笙城主也这么说。

谢星摇粗略回想，只记起暧昧拂过下巴的花枝，以及她刚穿来修真界时，被自己血肉吸引来的漫天妖魔。

……还真是一种恐怖的甜蜜。

她看着猫咪离去的白影叹一口气,尚未有所动作,耳边响起一声不屑的冷嗤。

熟悉的冷淡气音。

谢星摇回头,与晏寒来四目相撞。

她想不明白对方嗤笑的理由,闻声挑眉:"晏公子,不知有何指教?"

自从踏进这家铺子,晏寒来就一直表现得兴致缺缺,直至此刻,仍是一副事不关己高高挂起的模样。

他面上没什么表情,凤目微垂,尾音里裹挟着几分挑剔的嘲意:"这猫性子如此闹腾……谢姑娘眼光当真不错。"

哇。

这人是真的嘴毒,连猫咪都要讽刺。

谢星摇拍拍袖口,将绒毛拭去、褶皱捋平:"小动物嘛,闹腾一点儿才有活力。"

少年被她怼得噎住。

在二十一世纪的猫咖里,被猫咪拒绝属于家常便饭。谢星摇对此习以为常,很快重整旗鼓,看向更远的地方。

晏寒来沉默着没说话,静静地看她步步向前,长睫微不可察地轻轻一垂。

奇怪的感觉。

他说不清楚究竟出于何种原因,但早在听意水真人提起"幽都"二字时,便隐隐生出了不快。

其实晏寒来很少会觉得不快。

这世上没什么他在意的东西,受伤也好濒死也罢,于他而言早已司空见惯——

但此时此刻,无比清晰地,有块沉甸甸的重量落在他心口上,让胸腔暗暗发闷。

晏寒来想不透缘由,也想不明白,为何方才的自己险些对着谢星摇脱口而出:"我化作原形时,绝不会像这般闹腾。"

更不会掉毛。

理智让他早早住口,没说出一个字。

"奇怪,"一旁的月梵若有所思,向着温泊雪传音入密,"晏公子说的那句'谢姑娘眼光当真不错'……我怎么觉得似曾相识?"

"啊?"温泊雪不明所以,"有谁说过同样的话吗?"

月梵摇头，思忖片刻，储物袋白光一现，手中赫然多出本书。

"是昙光写过的一本狗血文大纲。"

她一面传音，一面将书页翻开，递给温泊雪看。

只见第一页白纸黑字写着：

她，世家传人、千金小姐，自幼宠爱无数，追求者纷至沓来。

他，家族养子，人微言轻，只能在暗处默默注视她的背影，看她换了一个又一个枕边人。

十年后，世家覆灭，她落魄不堪，而他，已成修真界新贵。

再相遇，她欲图狼狈逃离，男人却双目通红，将她抵在衣柜："如今，我还配不配？"

"啊这……"温泊雪挠头，"我看过类似的剧本，为什么女主角一定要从天之骄子堕落成泥，而男主角步步高升后来居上，对女主角而言好惨啊。"

"这不是重点。"月梵正色，翻开下一页，"你看这个。"

温泊雪乖乖垂头，望向中间一行。

她又有了新的心上人。

他心如刀割，面对她的笑颜，却只能强忍悲痛："张生乃蛇皇后裔，你的眼光很不错。"

"啊？"他眼角一抽："这不能吧？"

室内幽静暖和，谢星摇已走到一只兔子身前。

兔子呆头呆脑，雪白耳朵直愣愣竖起来，赤红双目有如两颗玻璃珠，衬得面颊纯然似雪球。

她摸摸兔子后背，白团子软绵绵肉嘟嘟，前腿悠悠一蹬。

谢星摇摸得开心，不忘回头："这只不闹腾了吧。"

晏寒来："尾巴太短。"

他原形的尾巴蓬松许多，一个能抵这只呆兔子的几十个。

谢星摇不甚在意："尾巴短怎么了，身子软性子乖就好。有些动物看起来毛茸茸很好摸，但总是凶巴巴不给碰——"

她说到一半,忽然意识到什么,飞快看一眼不远处的青衣少年,试图正色解释:"我没有内涵晏公子的意思。"

很好。

经过她的认真解释,成功让晏寒来面色更沉,勾出一个冷笑。

谢星摇心虚地背过身去。

不过……本来他也就不让摸。

另一边,温泊雪目瞪口呆地看向话本第二页。

> 但他嫉妒。
> 他好嫉妒,好难熬,好痛!
> 嫉妒将他的理智燃烧殆尽,他心口闷疼,酸涩醋意渐生。
> 他再也无法夸赞那男人只言片语,而是想方设法调查张生的人生轨迹,将证据摆在她眼前,一遍又一遍告诉她:"张生邋遢无能,行为不检,慎重。"
> 她却毫不在意:"那三日,我过得很快乐。""

温泊雪:这……这……这还是不能吧?

谢星摇目光轻挪,掠过兔子的一霎,听见身侧一声清越鸟鸣。

是只生有青绿羽毛的小鸟。

青鸟个头极小,还不到她一个巴掌大,圆圆的脑袋加上圆圆的身子,如同一大一小两个胖球。

黑漆漆的米粒眼直勾勾盯着她瞧,鸟喙则是又尖又细,透出浅浅粉色。

如果她没记错,这应该是修真界特有的一种灵兽。

没想到能在这儿遇见,谢星摇心生欢喜:"这就是传说中能带来好运气的青鸟吗?"

晏寒来立在她不远处,嗓音不咸不淡:"太小。"

他原形的体态不大不小,刚好能被人抱住。

这个想法灼得他心口一晃,少年默然不语,蹙起眉头。

怎么会生出这种念头?

无论如何,他不会让任何人将自己抱进怀中。

谢星摇表示不认同:"个头小才可爱呀。"

她说话时伸了手,掌心轻轻覆上青鸟脑袋。

小小一个,被柔软纤细的羽毛全然裹住,一只手就能将它整个握起来,仿佛稍一用力就会碎掉,脆弱又惹人怜爱。

似是喜欢她的抚摸,小鸟仰起脑袋,咂巴咂巴嘴,双翅纤盈有力,簌簌扑腾两下。

好可爱。

毛茸茸的治愈能力堪称满分,心中积攒的紧张烟消云散,谢星摇情不自禁地扬起嘴角。

小鸟被她摸得欢欢喜喜,本是惬意地眯起双眼,忽地双目睁开,匆匆朝着右侧一望,张开翅膀飞走了。

谢星摇弄不清楚状况,顺势扭过头去,正对上一双金色的双瞳。

淡金如水,双目纤长微扬,无须任何神情动作,便自然生出魅惑人心的蛊。

那只小憩的红色狐狸醒了。

红狐个头居然比她更大,想来修为高深,不知活了多少年。

晏寒来的毛色白净如雪,正如他本人一样,总带有几分冷淡疏离的意味,叫人不敢接近。眼前的红狐狸如霞如火,同她对视的一瞬,伸出一只前爪。

被狐狸主动摸了摸脸颊。

谢星摇一颗心快要化掉。

红狐的爪子拥有粉白色肉垫,比起晏寒来柔软的浅粉,更偏向于淡白。它温顺地收起了利爪,肉垫搭上她侧脸,涌来一股浓郁熏香。

这回没等她开口,晏寒来便已蹙眉低声道:"这只太大。"

这人怎么这么挑剔?

谢星摇义正词严:"你之前明明还嫌弃青鸟个头太小!"

红狐好整以暇,似笑非笑地看她一眼,半晌直起身来,慢悠悠地张开两只前爪。

很像一个拥抱的姿势。

谢星摇迟疑:"……抱一抱?"

狐狸弯弯眼,点头。

感谢上苍。

幸福来得太突然,谢星摇脑子里噼里啪啦放烟花,来不及思考太多,笨拙地伸出双手,抱住红色狐狸。

暖暖的，很贴心。

她手掌完全陷入狐狸绵软的长毛里，轻轻拂过，能感受到它柔软纤薄的皮肉。

沁人心脾的熏香与令人安心的热度将她团团裹住，太过惬意舒适，整具身体仿佛浸在绵绵温水里，即将渐渐融化。

谢星摇快乐拉满，面颊埋进狐狸脖颈，用力一吸。

香软澄净，绒毛温热，从前和晏寒来大眼瞪小眼的时候，她绝对享受不到这种待遇——

猝不及防，耳边传来一声轻笑。

谢星摇一愣。

这是她从未听过的笑声，妩媚微哑，应是出自年轻的女人。

……等等，女人。

手中毛茸茸的触感，好像变了。

熏香蔓延，掌心触感温如软玉，绒毛尽褪，更像是某个人水一样的皮肤。

谢星摇后知后觉，飞快抬头，望见一双含笑的金眸。

樱唇狐狸眼，一个漂亮的大姐姐。

热情如火的狐妖。

"老板，"蛇妖侍女迟迟赶来，无可奈何，"你怎么又在逗小孩？"

"她可是同意过的。"女人懒懒仰首，声调嗑笑，"更何况，她的气味很好闻，我不大能忍住——小妹妹，狐狸抱起来舒不舒服？"

大姐姐的攻势势如破竹，谢星摇一愣，很快诚实地点头。

对方哈哈大笑，指尖白皙如玉，撩起她耳边一缕碎发："还想摸一摸吗？"

须臾的寂静。

温泊雪呆立在原地，看一眼孑然静立的晏寒来，又望一望红狐妩媚的双眸。

谢星摇的几根黑发，仍缠在她指尖。

他没说话，低头看向手中书册。

　　他忍了太久，忍过一个个男人，忍下一次次冷淡。

　　直到某天推门而入，竟见她神色慌乱匆匆起身，而那赤色鸳鸯肚兜……还挂在狂徒张生的腰带上！

　　张生得意地冷笑："我比你热情，也比你更明白如何讨她欢心。旧的不去新的不来，你被她丢掉，不是理所当然吗？"

醋意翻涌，他疯了，他也决定了。
今夜，要把她狠狠按在墙上亲。
让她看一看，谁才是她真正的男人。

温泊雪：世界线收束重合，张生映入现实了吗你们这是？

屋子里一时有些安静。
昙光的这篇狗血文到此结束，月梵将它不动声色地放回储物袋，与温泊雪对视一眼。
温泊雪很茫然。
虽说眼前所见的一切皆与狗血文有了微妙的重合，但……
晏公子，谢师妹，吃醋，发疯文学，狠狠按在墙角亲。
不管怎么看，这几个词汇都完完全全搭不着边吧？
可细细想来，置身于幽都的这段时间，晏公子确实不大对劲。
他从未真正接触过男女之情，更没看过几本言情小说，脑子里一团糨糊，只能一言不发地抬了眼，望向不远处的谢星摇。
在方才那册话本里，女主角与张生的私会不慎败露，被抓包之后匆匆起身，激起男主人公的满腔怒火——
谢星摇毫不犹豫，应下狐妖"再摸一摸"的邀约："好啊！谢谢姐姐！"
温泊雪：你比女主更野啊！
谢星摇的想法很简单。
漂漂亮亮的大姐姐谁不喜欢，更何况还是一只心甘情愿与她亲近的毛茸茸。
这种时候哪里顾得上腼腆害羞，当然是毫不犹豫，赶紧答应啊！
红狐听罢她的应答，心情大好般轻扬柳眉，旋即身形一晃，再度化作火红大狐狸的模样。
因为得了对方的允许，谢星摇这回没束手束脚，双手环住狐狸脖颈，身体贴上热乎乎的肚皮，用脸颊蹭了蹭它脖子上的绒毛。
好开心。
倘若这是晏寒来，不等被她触碰到一丝一毫，小白狐狸定会伸出爪子，将她伸出的手掌拍飞。
……奇怪。

为什么要在这种时候想起晏寒来？

火红狐狸被抚摸得愉悦而惬意，身后长尾抬起，左右轻摇。

这分明是一派和谐景象，温泊雪看着看着，却不知怎么，渐渐生出几分心慌。

他假装四处看风景，实则用余光瞟向晏寒来。

比起平日，晏公子的神情似乎没什么变化，凤目微垂，一动不动地看着角落里的红狐狸，许是觉得不耐烦，双唇抿得更紧。

看不出一丝半点发怒的前兆。

"这个，"温泊雪悄然传音，"应该只是巧合吧。"

"应该，"月梵皱眉，"是……吧？"

"对了，"谢星摇吸狐完毕，心满意足地后退一步，"姐姐，我们头一回来幽都，为何街上家家户户都在挂灯笼和红绸子？"

伴随灵力浮起，红狐狸化作红衣女人的形貌，闻声抬眸："姐姐？"

无论初出茅庐的青年还是百岁老人，在修真界里，人均二十多岁的模样。

眼前的小姑娘唤她姐姐，其实若论实际年龄，她能当谢星摇奶奶的奶奶。

女人朗声笑笑，心情更好："几日之后，便是摘星节。"

"摘星节？"

这是她从未听过的名词，书中也没有相关描写，谢星摇一愣。

"是幽都自古相传的节日。"身后的蛇族侍女温声解释，"诸位来到幽都，应当感受到了一些本地的民风特色。比起人族，妖魔更加热情大胆，倘若遇见中意的对象，会与之结契。"

谢星摇翻找了一下脑子里的知识点。

妖族的"结契"不似成婚那般正式，类似于一种标记。

被标记的对象会沾染上妖族独特的气息，从而向其他妖魔昭示：他（她）已有了结契的对象。

较之成婚，结契可以随时产生随时取消，一切全凭双方的意愿而定。

就挺自由奔放。

"在摘星节期间，幽都会发放特制的'结契绳'。"蛇族侍女继续道，"绳子可用于临时结契，只需用它缠绕住双方身体的一部分，将双方相连便可。相连以后，结契绳自行消失，契约也就形成了。"

月梵听明白了大概，好奇地道："所以说，结契绳和正式结契的区别在于，一个短期一个长期？"

红狐暧昧一笑："可不止这个。"

"幽都有过规定，在同一时间，妖族只能与一个对象结契。"蛇尾簌簌一动，侍女笑意更深，"但只要有了结契绳……一只妖能同时做下任意数量的标记，于你们而言，一个人族，也能同时得到好几只妖的契约。"

晏寒来眸色微沉，无言蹙眉。

老实人温泊雪大受震撼："哇！"

"这就类似于，"谢星摇斟酌一番措辞，"明目张胆交往好几个男女朋友，而且还是被允许的？"

月梵啧啧："张生的理想乐园，真适合他。"

谢星摇想着有些疑惑："既然以结契绳作为临时结契的工具，那为何要叫摘星节呢？"

"看见街上那些长明灯了吧。"红狐温声道，"摘星节最后一日，幽都将挂满长明灯。凡是结了契的人魔妖鬼，皆可摘下其中一盏，赠予结契对象。"

她说着笑笑："你可能会得到许多灯盏，但务必记住，只能收下其中一个——在你心里，最重要的一个。"

月梵准确下定义："海王的陨落，弱水三千只取一瓢。"

温泊雪正色："一对一纯洁的恋爱才是最好！"

谢星摇恍然大悟："所以星星就是指长明灯。"

"我睡了好几日，掐指一算，摘星节应该开始了。"红衣女人懒懒打了个哈欠，倏尔长睫轻抬，一双狐狸眼纤长柔媚，睡眼惺忪，透出丝丝浅笑之意，"规矩听懂了吧？"

谢星摇乖乖点头："嗯，谢谢姐姐。"

月梵由衷感慨："幽都的风俗真是开放大胆，我们在来的路上见过不少妖族，都很热情张扬。"

"那当然。"

红狐慢吞吞伸个懒腰，顺势抬手，拂去耳边凌乱的长发。

她的语气轻快又得意："我们幽都的妖，从不会顾及那些乱七八糟有的没的，若是喜欢，便直截了当地表达出来，就算被拒绝，也只会觉得下一个肯定更好。"

女人说话没有停顿："不像修真界里其他的妖魔，满心记着人族定下的男女之防，扭扭捏捏不像样子——倘若总是板着一张脸，连碰都不愿让人碰一下，那叫妖吗？叫木头冰块，冻死得了。"

谢星摇绝对不是故意的，在红狐姐姐说起这段话的时候，她目光飘飘忽忽，飞到了晏寒来身上。

全都是下意识的错。

少年面无表情地站在角落，正好对上她的视线。

琥珀色双眼幽深寂静，显出点儿不耐烦的味道，他没说话，薄唇轻扬，勾出一个带有嘲弄的冷笑。

他自尊又自傲，必不可能认同红狐的这番话，心甘情愿化为原形，乖乖让人抚摸。

谢星摇迅速收回目光。

"既然懂了规则，那——"恰在此刻，身前的女人唇角微勾，忽地凑近许多，"反正结契绳只是随便绑着玩儿，你想不想来试试？"

她一顿，抬眼看向温泊雪与月梵："这几位小道长可有兴致？我手中还有不少结契绳，不妨一起来玩。"

"老板，"蛇族少女无奈叹气，"你上一年和三百五十六人结成了契约，今年还要重蹈覆辙吗？"

红狐嗔怪地瞧她："这叫广结八方来客。"

话音方落，便听得一道冷沉少年音："没兴趣。"

谢星摇循声扭头。

晏寒来觑她一眼，面不改色："时候不早了，我们晚饭尚无着落，莫要浪费时间。"

温泊雪呆呆传音："晏公子不是辟了谷，不用吃东西吗？"

月梵陷入沉思："嗯……"

红狐盯着他端详许久，并无恼意，展颜笑开："这位小哥也是妖族吧？不知为何，打从我见到你的第一眼起，就觉得你不大高兴。"

她语气人畜无害，眸中却隐隐透出狡黠的挑衅，身后狐尾扬起，勾了勾谢星摇的指尖："为何不高兴？"

谢星摇对狐狸尾巴爱不释手，试着用力戳上一戳，绒毛轻颤不止，圈住她的手指。

晏寒来笑意更冷："我并无不悦之意，前辈修行多年，双目昏花生出错觉，并不奇怪。"

他怼得直白，就差没直接说出"老眼昏花"。

晏寒来性子差劲，对谁都要呛上几声。

谢星摇敏锐地觉察出气氛里的一丝诡异，赶忙转移话题："对对对，是该吃晚饭了。姐姐，你知道幽都有哪些好吃好玩的去处吗？"

"……双喜楼不错。"

女人仍是浅笑，柔若无骨的身子稍稍后仰，倚靠在墙角。

指尖把玩着一缕长发，红狐继续道："双喜楼乃是幽都招牌，不仅菜色丰富，美酒更是一绝。"

对哦，谢星摇心下一动。

刚来幽都的时候月梵就曾对他们说过，这里盛产美食、美酒和美人。

从小到大，她从没怎么喝过酒。

想想还有点儿小期待。

"好久没喝酒了。"月梵颇有兴致，"在以前，我可是当之无愧的酒桌王者，千杯不醉的那种——你们有兴趣吗？"

"我觉得大部分酒水都是苦的。"温泊雪挠头，"要是喝醉就不好了……不过修真界的酒，味道或许会不太一样。"

"我觉得可以去试试。"谢星摇尝试撺掇，"幽都的最终反派不是城主吗？他闭关多日，几天之后才会出现，我们恰好能趁着这段时间好好逛一逛。"

因为要吸取仙骨力量，城主经常闭门不出。

在原文里，主角团费尽心思寻找线索，用了五天推断出他的反派身份。待城主出关，双方才展开一场生死之战。

身为外来者，他们一行人对故事的来龙去脉心知肚明，的确多了几天的空闲。

月梵点头，看向红狐："那就定在这里吧，多谢前辈相告。"

女人弯弯眉眼，做了个颔首的姿势："不必言谢。"

她话刚说完，门外人来人往的长街上，陡然响起一阵躁动喧哗。

谢星摇好奇："外面怎么了？"

"天已入夜，可以亮灯了。"蛇族少女依依立于灯下，微微侧目，"每年这个时候，都会有重要人物在城主府上挂起一盏明灯，宣布摘星节正式开始。"

月梵抓住关键词："重要人物？不是城主吗？"

"城主一年到头见不着影子，不是在闭关修行，就是在闭关修行的路上。"红狐语带嘲讽，显然对城主不甚喜欢，"今年来的……听说是修真界那位首屈一指的大富商。"

她说着撩起眼皮："你们不去看看吗？"

街上很挤。

红狐见他们没有结契的心思，便也不再多做纠缠，而是简要阐述了大富商与幽都的渊源，给他们指明去往城主府的方向。

不愧是幽都里的大妖，拿得起放得下。

听说富商名为陆尚，一百年前行商途经幽州，路上遇见了食人的恶兽。

恶兽凶残嗜血，正值千钧一发之际，忽有长龙呼啸而至，将他护于身后，铲除恶兽。

"不过吧，这位大富商年事已高，修为到了头，已经有点儿神志不清。"当时的红衣女人言罢补充，"修真界早就没有龙的影子了——知道幽都百年前叫什么名字吗？伏龙道。龙已伏诛，百年来未曾现身，陆尚口口声声说他见过，估计只是老人家的幻想罢了。"

回忆戛然而止，谢星摇跟着人群步步前行，好一会儿，终于来到一座府邸之前。

老实说，和绣城相比，幽都的城主府，不太有排面。

漆黑的大门，漆黑的房檐，从内到外毫无情调可言，墙壁则是清一色的白，除了这两种颜色，再见不到其他色彩。

都说幽都城主是个不折不扣的修炼狂，看来果真不假。

街边围满人与妖，大门前留出一片空地，只站了两个男人。

左侧的青年眉目疏朗，身形挺拔，右边则是个上了年纪的白发老人。

"在下乃幽都副城主，感谢诸位能在百忙之中抽出时间。"青年笑笑，朝着旁侧角落后退一步，"我身边这位，正是修真界鼎鼎大名的陆尚前辈。一百年间，前辈为幽都捐赠了无数灵石宝物，今日正值摘星节，便由陆前辈为我们挂上彩灯！"

"啪啪"掌声响起，谢星摇混在人群里凑热闹，也跟着鼓掌。

身旁晏寒来瞟她一眼，眼神分明在说"幼稚"。

"大家好。"

老人温声笑笑，自手中展开一页信纸，一如领导开始大会致辞。

只是比起严肃的前辈，他双目已带浑浊之色，眼神有些恍惚，对应了红狐所说的"神志不清"。

许是目力消减，陆尚眯起双眼，低咳一声："今日，是幽都一年一度的摘星节。众所周知，摘星即是摘下一盏长明灯，代表了心中最为诚挚的祝愿，一送家人，二赠爱侣，三赠恩师。"

一切顺利进行，角落里的副城主心觉满意，保持着微笑。

"赠予家人，是为合家团圆——"

老人说着停下，视野昏花，努力分辨字形。

陆尚恍然大悟："哦，折寿百年！"

这不对。

副城主脸色大变，低声纠正："前辈，祈寿，祈寿百年！"

陆尚："赠予爱侣，是愿有情人终成眷属，都能骑着小马狗驰骋江湖。赠予恩师，是为感恩师长盲人多年，不求回报。"

街边一阵窃窃私语，副城主目眦欲裂，拼命给提示："小马驹，育人多年！"

陆尚："愿幽都和和美美，独占鳌头。人人折寿，年年折寿，都能如马狗一样自由自在，把团圆团聚的传统发扬光大！"

副城主眼前一黑，扶住身边一个侍卫的手臂。

……您这年年折寿，是要去阴间团圆吗？

"最后，感谢为我写出这份文稿的功臣——"

眼见稿子终于到了底，长街之上反响热烈，陆尚恍惚之中颇受鼓舞，一锤定音："副城主，驴脸！"

现场彻底乱成一锅粥，群众大受震撼。

不知真相的外来客人连连惊叹："驴脸。副城主不仅文采斐然不走寻常路，这名字也很厉害啊。"

他已经不想去纠正应该是"独占鳌头"了。

副城主眼角狂抽，一口气快要涌不上来："我叫，马户检。"

一旁的侍卫狠狠拍他后背："冷静，冷静啊驴大人！深呼吸，用力深呼吸！"

侍卫："啊呸，马大人！"

在百姓们无比震悚的注视下，陆尚接过小厮递来的长明灯，颤巍巍向前几步，将它挂上城主府正门。

其间由于步子不稳，身形一晃，引得好几个侍卫匆匆上前，虚虚把他扶住。

"这位陆尚前辈，也真是豁得出去。"月梵暗声道，"看他的状况，恐怕连凭借自己的双腿好好走路都做不到。听闻他久居南海，居然特意赶来幽都……"

百岁老人坐飞机，想想就挺费劲。

谢星摇脑子里残存着原主的一部分记忆，此刻看着老人背影，细细回想这一号神奇人物。

陆尚出生于一个二流的经商世家，算是从小到大备受宠爱的小少爷。

此人极有经商天赋，经过几十年时间，将家族产业日益扩张，步步渗透，几乎遍布修真界里大大小小的每一处角落。

七十多年前，陆尚彻底打响名号，成为当之无愧的第一富商。

可惜天妒英才，他虽拥有一副绝佳的经商头脑，修行天赋却是一片空白——

这位纵横商界数十年的巨擘，生来就不具备灵根。

没有灵根，注定了他一辈子与求仙问道无缘。

他如今应有一百多岁，远远超出寻常百姓的寿命极限。

之所以能活过这么多年，全因陆氏家大业大，寻遍修真界找来续命的灵药，逐一让他服下。然而天灵地宝的力量何其强大，远非一个常人所能受用。

筋脉日日承受着灵力冲撞，骨血时时遭到灵力挤压，当身体不堪重负的那一日，也就到了他生命的尽头。

如今看来，这个日子不远了。

"我听说他心地很好。"温泊雪适时插话，"陆尚前辈每年都会捐赠很多灵石，送给群山里穷苦部落的老人孩子，或是各个城中的贫民窟——修真界里，不少人都特别尊敬他。"

显而易见，能把他请来摘星节，远比城主本人到场更有分量。

一盏长明灯被小心翼翼地挂上大门，百姓们很是给面子，人群中掌声雷动。

副城主百般无奈，没法得罪这尊大佛，只能暗暗叹口气，扶住老人右臂："多谢前辈。"

"不谢，不谢。"陆尚一笑，"我这条命，是在幽都捡回来的，举手之劳罢了，哪能比得上救命之恩？"

人群里窃窃私语尚未止住，不知是哪个小孩扬声开口："前辈，您当真见过龙吗？我听我爹娘说，龙在几百年前就灭绝了。"

"胡说。"白发老人正色，面上皱纹紧紧一缩，"我亲眼见过，就在一百年前。我路过这地方，忽有一恶兽汹汹袭来，眼看它杀气腾腾，即将取我首级……"

副城主轻咳一声，好心提醒："前辈，这段话在刚来这儿的时候，您就已经讲过五遍了。"

陆尚回神，露出三分茫然之色，恍然大悟般点头："那你们应当知道，我是见过龙的。"

春夜冷风不休，老人受不了太长时间的风吹，很快被侍卫们护送进了城主府中。

谢星摇心有好奇，抬眼望了望门上的长明灯。

火光被罩在灯笼里，灯笼单薄如茧，内有流光映照，乍一看去，像极了日光下清透的蝉衣。

再看街头巷尾挂着的其他长明灯，有的高高悬在半空，有的悄无声息地藏于角落。待得夜幕降临，漆黑幕布里，圆润光点确有几分像是星星。

她看得认真，耳边响起晏寒来懒散的轻嗤："谢姑娘看得如此细致，莫不是对结契一事念念不忘？"

谢星摇转身，挑眉回他："我不过赏一赏好看的灯笼，晏公子就能顺势想到结契——念念不忘这件事的，不知究竟是我还是你？"

晏寒来别开视线，没再应答。

"虽然这开幕式略显奇怪和潦草，但摘星节总归是开始了。"身侧的月梵沉浸在热闹气氛里，咧嘴一笑，"我们去北州的时候，也恰巧撞上了节日——这是好运气啊！为了庆祝好运气，不如一起去喝酒吧。"

谢星摇紧随其后："为了庆祝和狐狸姐姐的抱抱，不如一起去喝酒吧！"

温泊雪挠头："那我就庆祝一下……今天穿了一件新衣服？"

虽然理由一个比一个离谱，但等城主府外的人群渐渐散去，几人还是来到了双喜楼。

双喜楼约莫八层，红木身，琉璃瓦，整体类似一栋螺旋塔式建筑，中央立着条直通顶楼的环形长梯，旁侧则是呈圆状展开的一间间厢房。

楼外挂有明灯百盏，皆如螺旋蜿蜒向上。灯影氤氲，夜雾幽幽，不时从窗纱中飘下缕缕乐音，如泉如玉，又似幽涧雀鸣，清冷空灵，十足悦耳。

作为幽都数一数二的高档酒楼，从外形上来看，非常有面子。

此情此景谢星摇很是中意，行至门前，见到一个候在门边的小侍女。

"诸位用餐还是饮酒？"谢星摇礼貌笑笑，"二者兼有。"

小侍女声调温软，双目柔和，闻言颔首侧身，向前一步："请随我这边来。"

谢星摇道了声"多谢",随她迈上螺旋长梯,目光悠转,将楼中景象扫视一番。

珠帘逶迤倾泻,遮掩住每间厢房之内的模样。熏香袅袅,透过珠帘缝隙缕缕而下,晕开雾一样的白烟。

笙歌若隐若现,酒香似有似无,鲛纱为幔,碧石为梯,翡玉镶嵌长廊之间,使人如坠云山幻海。

简而言之,很有钱,也一定很贵。

万幸凌霄山弟子不缺钱。

谢星摇捂紧荷包。

"到了。"

侍女在五楼停下,将众人引进一间厢房。

房中亦是一派华美景象,月梵忍不住传音入密:"腐败,太腐败了。这就是传说中的幽都吗?生活水平也太高了吧。"

温泊雪深有同感:"听名字还以为有多可怕,完全名不副实……建议改名叫'享乐窝'。"

半个时辰后。

饭菜陆续上齐,谢星摇吃得称心遂意,靠坐在椅背上摸摸肚子:"好吃,好喜欢。让我继续腐败吧。"

谢谢红狐姐姐,红狐姐姐眼光真好。

因要品酒,他们只点了几个清淡口味的小菜和点心。

月梵思忖一会儿,指出这是惯性思维——

修真界的修士体质特殊,食物入体之后,经过一段时间,会被自然转化为灵力。

也就是说,根本不必担心因为吃多了东西,而喝不下酒。

谢星摇端起身前的白玉酒杯,眉眼弯弯:"时间还长,下次再来品尝主菜。"

她说罢抬手,举起酒杯:"来,干杯。"

几人都是头一回品尝修真界名酒,月梵与温泊雪毫不犹豫地随她举杯,唯有晏寒来蹙眉坐在一边,欲言又止。

"晏公子为何不来?"温泊雪抬眼,目光好似憨厚的狗狗,"我们同甘共苦这么多天,好不容易凑到了几根仙骨,不来杯酒庆祝庆祝吗?"

月梵点头:"对对对,今天我们大家之所以欢聚在这里,是为了我们的友情。"

"晏公子,"谢星摇了解他的性子,眯眼笑笑,"你该不会是酒量差劲,担心醉了出丑,所以不敢喝吧?"

晏寒来拿起酒杯。

玉杯碰撞,发出一声脆响。

谢星摇饮下第一口,只觉瞬息之间,脑子里被水雾团团裹住。

有点儿蒙。

他们选中了双喜楼里的招牌名酒"一壶春",听闻此酒广受喜爱,不少修士从四面八方专程赶来,只为小酌几杯。

酒香清冽,入口醇香四溢,淡淡竹叶清香里,满是直沁心脾的醉意。

甜,清,香,上头。

"好喝!"谢星摇不懂品酒,身旁的月梵倒是双目晶亮,"不愧是修真界名品,这是怎么酿出来的?好神奇。"

温泊雪点头:"甜而不腻,清爽干净,当真有几分春天的味道。"

这是两个品酒大师,和她不在同一条水平线上。

谢星摇默默看一眼晏寒来。

他显然也没怎么喝过酒,出于习惯,把杯子里的一壶春一饮而尽。

于是酒气顺着喉咙,气势汹汹往头顶冲。少年人的面色本是白净如玉,此刻热意蔓延,被染上一抹不易察觉的浅淡绯红。

确认无误。

这是和她处在同一条水平线上的菜鸡。

谢星摇心觉好笑,与他对视一眼,挑衅似的把酒杯添满。

一壶春的味道在她可接受范围之内,谢星摇大大咧咧地喝完又一杯,被月梵拍了拍肩。

"这酒尝起来没什么酒味,其实度数不低,你别喝太快太多,当心喝醉。"

谢星摇乖顺点头:"嗯,没事的,我目前还很清醒——说不定我酒量不错。"

她似乎没事,月梵舒了口气。

"关于幽都城内仙骨的下落,我这里有几条线索。"月梵道,"幽都城主常年闭门不出,有传言说,他在暗中修炼邪术——但不少小厮侍女证实,城主府内并无邪气。"

她滔滔不绝,兴致大好,谢星摇却觉得有些累,用右手撑住下巴,静静听她说话。

他们三人清楚仙骨被藏在什么地方,晏寒来并非外来者,对此一概不知。

为了让他跟上剧情，必须尽快把线索一股脑抖出来。

谢星摇打了一个哈欠。

月梵还在说话："从一个平平无奇、根骨不佳的普通人，摇身一变成为满城之尊，既然不是邪术的功劳，我认为有九成的可能性，仙骨就在他手上。"

"没错。"温泊雪附和，"他闭门不出，很可能是为了藏匿仙骨，不让它现世。如此一来……"

如此一来，然后呢？

谢星摇微微蹙眉，之后的谈话，她听不大清。

后知后觉，她有点儿晕头转向。

眼前的一切都是灰扑扑雾蒙蒙的，模模糊糊看不清晰。她想聆听温泊雪的话语，神志却无法凝聚，仿佛飘在天上迷了路，塞不回脑子。

糟糕。

这种感觉，很不妙。

闭眼的一霎，谢星摇居然见到一双琥珀色的眼睛。

晏寒来不知何时望了过来，眉头紧锁，薄唇抿起，很快张了口，喉结一动。

"你……"

悲报。

摇摇倒了。

她用右手撑着下巴，因醉酒没了力气，手腕一松，脑袋直直下滑。

在即将撞上桌面的瞬间，晏公子伸出左手，抓住她的领口。

没错。

不是小说里经常出现的"揽她入怀"，而是像拎小鸡崽似的，一掌将她提起。

他手里的谢星摇被衣襟勒住脖子，无助地扑腾两下，奈何手无缚鸡之力，挣扎无果，只能重重一咳。

怎么会这样？

月梵试探性开口："晏公子，要不……你换个姿势？"

晏寒来动作一顿，按住她肩头，手中加大力道向后推去，让谢星摇靠上椅背。

他动作生涩，全然不似斩妖除魔时的一气呵成，小姑娘晕晕乎乎，皱了皱眉。

"看来是醉了。"月梵起身，"这儿太吵，不适合休息。不如你们二人先喝，我把她送去客栈，待会儿再回来。"

她说着声调扬高:"别别别,摇摇你别动,摔倒就不好了。"

温泊雪点头:"要不要我来帮忙?"

他一顿,抬眼望向晏寒来:"晏公子,你还好吗?"

在他的印象里,纵观原著全文,这位从没碰过哪怕一次酒水,再说……

此时此刻的晏公子,脸色也因酒气略显薄红。

晏寒来:"无碍。"

话虽这样说,他却觉出一瞬的恍惚。

都是头一回喝酒,他的酒量只比谢星摇好了几分,倘若再饮下更多,定会变成与她如出一辙的模样。

然而继续留在这里,免不了第二杯第三杯。

晏寒来目光倏动,淡声开口。

"……我送她回客栈。"

温泊雪与月梵双双停下动作,显露惊讶之色。

"我不喜饮酒,留在此地并无用处。"少年无视他们的目光,"一壶春乃是佳酿,二位不妨继续品尝。"

这样一想,的确挺有道理。

月梵暗暗思忖。

他看上去已有醉意,不会再喝太多,送摇摇回客栈之后,自己也能很快躺下歇息。

她和温泊雪尚有余力,解决这些酒酿不成问题。

"应该……没问题吧?"温泊雪悄悄传音,"晏公子为人正派,不会做什么出格的事情。"

"想想他之后干的那些事,'正派'这个词大可不必。"月梵揉揉太阳穴,"不过要论可靠的话,还没闹掰之前,他应该靠得住。"

晏寒来是什么人?

在《天途》里感情线全无、一心搞事业夺仙骨的反派魔头,尚未背叛主角团时,可谓说一不二,言出必行。

目前来说,也是他们的伙伴。

念及此处,她只好点头:"那就多谢晏公子了。"

晏寒来闻声垂眸,看向谢星摇。

她今日穿着一身红衣,面上亦泛了薄薄绯色,在瞥见晏寒来伸手的刹那,猛地往后一缩。

少年眸色稍沉，唇边勾出一丝嘲弄轻笑。

就这么讨厌他。

不等他开口，谢星摇飞快仰头，满目正经："你不会，又要把我扛起来吧。"

晏寒来没反应过来这句话的意思，又见她鼻子皱了皱："第一次见面你就用扛的，我又不是大米，硌得难受死了，不能换种别的方式吗？"

晏寒来想起来了。

把谢星摇带出暗渊时，他的确是将她扛在肩头。

她定然对那件事不满已久，如今趁着酒劲，把心里的话一股脑全说了出来。

不过……别的方式。

晏寒来思索一瞬，曾经匆匆瞥过的话本子逐一浮现。

当他再开口，语调仍是冷淡，却隐隐透出迟疑："我不懂如何抱人。"

谢星摇目不转睛地看着他。

半晌"扑哧"一笑。

她心觉有趣，微微仰了头，自眼尾勾出一道弯弯弧度："谁要你抱了，晏公子莫不是话本看得太多？我的意思是，背着就行。"

晏寒来无言侧目，看一眼房中另外两人。

果然在偷笑。

觉察到他的眼神，月梵乖乖压下嘴角，拍一拍温泊雪的胳膊。

于是温泊雪未尽的笑意凝在脸上。

晏寒来不会抱，背人倒是十分熟练，虽然最初略有生涩，但很快掌握了窍门，三下五除二把谢星摇负于身后。

他没做停留，与月梵、温泊雪道了别，旋即离开双喜楼。

下楼梯的时候，身后那人含含糊糊嘟囔了几句，晏寒来听不懂，只当是和尚念经。

行出双喜楼，一道清风迎面而来。

春夜最是柔软，夜色昏然寂静，四处浮动着浅淡的暗香。他对美景不甚在意，一边走向意水真人订下的客栈，一边默念法诀，试图清理浑身上下的酒气。

忽然谢星摇动了动。

她被冷风一吹，似是恢复了几分意识，轻声开口："……晏寒来？我为什么在飞？"

不对。

谢星摇定神一看,恍然大悟:"哦,是你在飞!"

他不太想和醉鬼交流沟通。

奈何他选择沉默以对,身后那人却是毫不消停,嘀嘀咕咕。

一会儿是:"晏公子,你像这样背着我飞累不累?我会不会很重呀?"

一会儿又是:"晏公子,双喜楼的味道你感觉如何?今天过得开心吗?"

最后迟迟得不到回答,干脆动一动身子:"晏公子,你为什么不说话?"

晏寒来烦死她了。

少年不耐垂眸,淡声逐一应答:"不累。双喜楼菜肴口味清淡适宜,尚可。"

谢星摇得意地哼笑,小腿晃悠一下。

她身形纤瘦,背在身后不觉疲累,仿佛一个散发着热流的软团。

因着这个晃悠的动作,热流簌簌乱窜,莫名其妙地,让晏寒来呼吸一乱。

在他年纪尚小的时候,也曾把某个人背在身后。

然而那时身边充斥着太多杀戮、惊惶与血腥气,他们茫然懵懂,随时随地提心吊胆,唯恐在不知什么时候丢掉性命。

他偶尔会梦见当初的情景,每每醒来冷汗涔涔,但在此时此刻,同样的动作下,晏寒来竟隐约觉出一分安心。

长街之上灯影憧憧,月色如流水,遥遥映出静谧前路。

谢星摇乖巧而温驯,有时叽叽喳喳说个没完,也不会让人感到心烦。

……不对。

晏寒来止住胡思乱想。

她就是很烦。

夜里的幽都灯火通明,好不容易来到客栈,晏寒来松了一口气。

他向掌柜要来房门钥匙,正欲上楼,被谢星摇戳了戳肩头:"晏公子,你看左边。"

又来了。

少年循声看去,右眼一跳。

客栈一楼坐着不少品尝夜宵的食客,幽都以妖闻名,食客之中,八成带了自己的灵宠灵兽。

在他们左前方的位置,一个姑娘正抱着只雪白猫咪,许是百无聊赖,用脸颊蹭了蹭猫咪后背。

很像是谢星摇会喜欢的事情。

不出所料,她又一次晃晃小腿,嗓音里带了些许期待:"晏公子,我们去之前那家灵兽铺子吧。"

她当时意犹未尽,若不是为了观看陆尚前辈的开场白,绝不会放弃满满一屋子的毛茸茸。

醉酒之人的思绪总是天马行空,其实这会儿尚未到深夜,就算前往灵兽铺子,也不算太迟。

但下意识地,晏寒来冷声回绝:"太晚。"

"明明刚过了晚饭时间!"谢星摇浑身上下没什么力气,连带说话也轻声细语,"晏公子若是累了,我可以自己去。"

"不安全。"

"那我去叫上月梵和温泊雪。"

那种心闷的感觉又来了。

说不清心烦意乱的源头,胸腔里仿佛蔓延出若有似无的涩。他头一回正视这种古怪的情绪,追根溯源,始于意水真人声称下个目的地乃是幽都的时候。

那时他心里的第一个念头,是谢星摇身在幽都,一定会很快活。

于是酸涩之意顺势而生。

在灵兽铺子里也是如此,他冷眼旁观,本应对她的举动漠不关心,却忍不住一次次出声,刻意去挑那些灵兽的毛病。

……他真是疯了,连猫咪兔子都要在意。

又或许,他真正在意的,并不是猫咪兔子。

客栈之中喧嚣热闹,谢星摇见他不语,又碰了碰他肩头。

"不必去灵兽铺。"良久,少年垂眸,"在客栈便是。"

"客栈?"她意识混沌,努力思考,"客栈里,没有灵兽用来摸摸抱抱吧。"

谢星摇蓦地压低嗓门,语露惊恐:"晏公子,你不会打算杀人夺兽吧!"

他不知如何应答,无数言语涌上舌尖又轰然褪去,好一会儿低声道:"有。"

谢星摇一愣:"哪里有?"

晏寒来是当真不想回答。

哪怕应上一个字,都能让他烦躁到耳热。

万幸谢星摇残存了些许神志,环顾四周无果,目光一顿,落在少年人白净的脖颈上。

晏公子，本身就是只狐狸。

……不会吧？

方才那股晕乎乎的醉意，陡然消退少许。

谢星摇小心翼翼："晏……晏公子？"

晏寒来没有应声。

以她对这只狐狸的了解，相当于一种默认。

若是在以往清醒的时候，谢星摇定会讲事实盘逻辑，一遍遍告诉自己：

以晏寒来的性子，绝不可能答应这种事情。

更何况还是由他主动提出来，任由她随意抚摸。

但醉鬼不一样。

醉鬼随心而动，万事开心就好，根本不讲逻辑。

谢星摇一声欢呼："谢谢晏公子，晏公子真好！"

晏寒来不留情面："再闹，把你丢下去。"

厢房木门推开，发出"吱呀"一声轻响。

谢星摇被顺势放在地上，摇摇晃晃走向床边，端正坐好。

谢星摇双目澄亮，掩饰不住心中期待，一眨不眨地盯着他瞧。

谢星摇甚至已经开始揉搓手掌，提前做好准备。

……所以他为什么要主动说出那种话？

晏寒来关上房门，不甚情愿地步步靠近，刻意别开了视线不去看她。

灵力氤氲，少年人颀长的身形散去，只剩下一只小白狐狸。

还是那——么可爱。

比起兔子，狐狸身后的尾巴十足显眼，随着动作左右摇晃，如同硕大蓬松的毛球。

比起青鸟，他体型更大，显然更加好摸；而比起那只火红色狐狸姐姐，晏寒来年纪尚轻，能被刚刚好一把抱住。

谢星摇毫不犹豫，伸手将他抱起。

之前几次得以触碰他，全因晏寒来毒咒发作。

那时的气氛太过紧张，小白狐狸又浑身疼得发抖，她时时刻刻小心翼翼，不敢逾矩。

唯有今晚截然不同。

被她抱起的刹那，狐狸并未如往常那般颤抖身体，而是晃了晃耳朵，别扭地侧开脸去。

晏寒来也是第一次在毒咒发作之外，被她抱在怀中。

过去他浑身剧痛，虽如食髓知味般享受着她的抚摸，但疼痛往往占了上风。

如今夜色静谧，身体唯一能感受到的，是少女掌心柔软的温度。

不知怎么，他心中更乱。

手掌罩住耳朵，谢星摇似乎格外喜爱耳朵尖端，用指腹来回捻转，看着浅白色的小尖塌下又立起，乐此不疲。

晏寒来只觉得痒。

以及她真的很麻烦。

"晏公子，"谢星摇好心地询问，"我力气会不会太重？"

晏寒来不想回答。

小狐狸冷脸正色，整只耳朵被掌心裹住的一霎，尾巴不由自主地摇了摇。

晏寒来给尾巴下了一个定身咒，不让它继续晃悠。

指尖掠过耳朵，来到他侧脸。

因醉了酒，谢星摇的动作又轻又慢，手指勾勒出狐狸精致的面部轮廓，自上而下，划开一道无形电流。

灵狐的长相很像雪狐，毛绒耳朵，圆润双眼，还有黑豆豆一样的鼻子。她爱不释手，打算继续向下。

没想到被狐狸爪子按住了手背。

晏寒来："脖子以下，不行。"

脖子以下不行。

谢星摇如同网恋被骗三十万，不可思议地睁大双眼。

"可是——"她虽然醉了，但没傻，"你之前没说过，只能脖子以上啊。"

让她乖乖回房的任务已经完成，晏寒来正要退开，却见眼前的姑娘皱了皱鼻子。

"晏公子，"谢星摇道，"你是不是很讨厌我？"

小白狐狸动作停住。

"和我讲话总是凶巴巴的，表情也凶巴巴……"她吸了口气，嗓音极轻，悄然溢开几分撒娇般的委屈，"今天还这样骗我，连碰一下都不可以。"

无理取闹。

麻烦精。

什么叫"骗她"？什么叫"连碰一下都不可以"？除她之外，他从没心甘情愿……

这个念头突如其来，最后四个字灼得他心口一热。

晏寒来垂眼。

除她之外，他从没心甘情愿地，让任何人摸他的耳朵。

谢星摇小声嘟囔："不像灵兽铺子里的猫猫狗狗，它们就很喜欢我。"

好一会儿，小白狐狸沉默着伸出前爪，肉垫松软，蹭一蹭她的掌心。

他被酒意冲昏了头脑，定是疯了。

少年人的嗓音清越微哑，仿佛不太情愿，显得别扭而生涩："……只有这一次。"

话音方落，便被身前那人抱了个满怀。

酒气与不知名清香扑面而来，狐狸身形僵住，尾巴直直竖起。

谢星摇的情绪来得快去得也快，一把将雪白毛球揽入怀中，右手上抬，胡乱按揉狐狸后背。

她醉得厉害，动作毫无章法，力道时轻时重，好似一团飘忽不定的火球——又或是流泻不止的电流。

没有了疼痛，抚摸的触感尤为突出。

晏寒来生性敏锐，此刻被抱在怀里，双目看不清景象，一片黑暗中，只能感受到她的热度。

他忽然想问她，同铺子里的那些灵兽相比，他是不是更好。

……分明他也不差，她的目光却从未有过停留，将白狐狸抛之脑后，看向更多小猫小狗。

这个问题幼稚至极，少年自嘲轻嗤，只觉自己愚不可及。

谢星摇迷迷糊糊玩了好一会儿，酒劲上涌，终于生出睡意。

她力道渐轻，动作渐缓，晏寒来觉出猫腻，抬眼一瞧，她已经双眼眯成两条线，止不住打哈欠了。

压下一丝古怪的失落，白狐轻盈下跃，落地化作少年人模样。

他不知应当如何照顾人，按照自己的理解给她用了一个除尘诀。

看着谢星摇懒懒缩进被子，晏寒来灭了灯，转身离开。

忽然身后又响起熟悉的低语："晏公子。"

他今夜莫名地有耐心，安静地侧过身去。

房中烛光尽灭，唯有窗外淌进缕缕灯火与月色，好似清波荡漾，于她眼中化开。

谢星摇的一双鹿眼格外明亮，见他回头，弯出一个浅浅弧度。

她算有良心，尾音噙笑："谢谢晏公子。"

晏寒来："不必。"

酒劲退去，他脑子里的冲动也一并消散殆尽。

今夜发生的一切已经足够惹人心烦，等明日谢星摇清醒过来——

他不知如何解释。

正当思忖之时，谢星摇蓦地又道："晏公子，其实我说了个谎。"

醉鬼的思绪异常跳跃，晏寒来凝神对上她的目光："什么？"

"就是——"谢星摇笑意更深，嗓音柔软，有些含混不清，"今天在那家灵兽铺子里，看到兔子的时候，我心里在想，好可惜，没有和小白狐狸一样的大尾巴。"

他一愣。

"之后见到青鸟，我也忍不住去想，如果它能像小白狐狸一样大就好了；还有红狐狸姐姐，好大好大，没办法被我抱在怀里。"她眨眨眼睛，"我在铺子里说那些话，都是为了呛你——其实我最喜欢小白狐狸。"

只她几段话，压住胸腔的那些烦闷情绪，一瞬间消散得干干净净。

心口似被某种柔软之物浑然包裹，坚不可摧的外壳轻轻一颤，融化开一处角落。

晏寒来抿直唇角。

出于习惯，他挪开视线，冷声回应："谢姑娘倒是舌灿莲花，极会夸人。"

"才不是假话。"床上的人影一阵扑腾，"我知道的，晏公子是那个……那个……豆子嘴，刀腐心。"

是刀子嘴，豆腐心。

少年心中腹诽，然而这句话没来得及出口。

在他出声之前，谢星摇笑了笑。

这笑声裹挟着七分醉意，几乎散在晚风里。

"在北州朔风城，晏公子悄悄给过卖画婆婆一袋灵石；绣城对上沈修文，也是晏公子为我们挡下他的全力一击。你不是坏人，只是做了事，从来不说。

"我一直知道的——小白狐狸很好，晏公子也很好。"

他心口重重一跳。

窗外忽有一声风响，吹得树梢震颤不休。

晏寒来抬眼，望见灯火流泻，映亮她澄净双瞳。

室内静极，少女小半张脸藏在被子里，乌发凌乱，水蛇般蜷在她侧脸。

因醉了酒，酡红蔓延，双目惺忪，偏偏眼底又满含浅笑，慵懒之余，透出欲语还休的惑意。

晏寒来本应面不改色同她对视，目光却仿佛被火焰一灼，徒劳张口，不知说些什么。

耳边热气蔓延，他感到头顶有什么东西动了动。

——万幸他站在阴影里，夜色沉沉，遮住陡然冒出的一对狐狸耳朵。

谢星摇太困，看不清角落里的景象，迷迷糊糊闭上双眼，向他道了声"晚安"。

而青衣少年沉默不语，左手稍抬，按一按头顶的毛茸茸。

狐耳轻颤，在越发浓郁的滚烫气息里，挑衅般直直立起。

……太热了。

压不回去。

谢星摇第二日醒来，已是正午时分。

酒意退去大半，从床上坐起身子时，头脑感到一瞬的眩晕。

记忆有点儿模糊。

说来奇怪，她喝了酒，身上本应沾染浓浓酒气，然而被子里一片清新洁净，没有任何令人不适的气息。

昨晚发生过的事情在脑子里乱成一团糨糊，谢星摇懒懒靠坐床头，努力回想。

他们一行人在双喜楼里喝了酒，一壶春尝起来味道不错，她猛灌两杯，之后就醉了。

再然后，月梵提出送她回客栈，她迷迷糊糊一阵子，等回过神来，便到了……

谢星摇陡然顿住。

应该不是做梦。

她隐约记得……自己曾被晏寒来背在身后。

晏寒来不喜饮酒，以送她回客栈为借口，实则是为了让他自己提早离开双喜楼，这一点在情理之中。

谢星摇生在二十一世纪，没受过太多"男女授受不亲"的观念影响，虽然觉得惊讶，但还是很快接受了现实。

毕竟晏寒来总不能再把她当作麻袋扛一回。

找到客栈掌柜拿钥匙，把她送回房间，这一切也应归功于他，临走之前，晏寒来或许还附赠了一道清洁咒术，为她扫去浑身酒气。

这样一想，还挺周到。

大致回忆完毕，谢星摇捋清昨夜的来龙去脉，睡眼惺忪地打一个哈欠，翻身下床。

双足落地的一霎，识海里忽然浮起另一幅画面。

昨天夜里，回房以后，她像这样坐在床沿……

手里抱着一团雪白。

等等。

谢星摇大脑死机。

是做梦吧。

为什么她会想起自己抱着晏寒来原形的那只小白狐狸，从耳朵一直摸到脖颈，最后还把它一整个……

揽进了怀里？

这段记忆太过匪夷所思，她不自觉地面上发热，竭力稳下心神，正色思考。

一定是做梦。

以晏寒来的性子，她但凡表现出一丁点儿对白毛狐狸的兴趣，都会被他毫不留情地出言讽刺。

再说他自尊心强得厉害，哪会愿意化出原形，给旁人去摸。

只可惜天不遂人愿，越是冷静分析，被遗忘的模糊记忆就越清晰。

狐狸松软的触感仿佛仍留在掌心，她甚至想起自己无理取闹，吵着闹着要去灵兽铺子。

不会吧。

沉默半晌，床边红色的人影伸手捂上侧脸，试图消除些许滚烫的热气。

想起来了。

一切全因她无情她无耻她无理取闹，借着酒劲肆意妄为，其间不知发生了什么事，晏寒来百般无奈，变回一只白狐狸。

……他怎么想的啊？

难道她以生死相逼,不给摸就发疯?

这下完蛋了。

晏寒来一定觉得她麻烦又厚脸皮。

头一回醉酒就闹出这种大乌龙,谢星摇呆坐原地,开始思考如何面对另一位当事人。

她想得认真,堪堪浮起第一个念头,便听见敲门声。

"摇摇,"门外的月梵轻声道,"你醒了吗?"

是祸躲不过,人固有一死,早死早超生。

谢星摇下床,快步走向门边。

门外站了三个人,月梵笑眼弯弯,温泊雪朝她微微颔首。

晏寒来安静地站在二人身后,神态如常,唯有见她开门时,眉头皱了皱。

不知出于何种原因,于他侧脸之上,笼着一片病态绯色。

谢星摇耳后微热,心虚地挪开视线,不去看他。

"昨夜是晏公子送你回来的。"月梵不知她还记得多少事,温声解释,"你酒醒了吗?"

谢星摇点头:"嗯,已经没有不适之感了。"

"那就好。"温泊雪笑笑,"当下到了午饭时间,我们先下楼用餐,然后讨论接下来的事宜吧。"

很不幸,很倒霉。

等谢星摇梳洗完毕,下楼之时,只剩下晏寒来身边的一把木椅。

若在这时露了怯,只会徒增不必要的尴尬。

她压下心中古怪的情绪,坐在少年身边。

晏寒来身上有股淡淡皂香,细细嗅来清爽澄净,似竹似木——

像极了今早醒来,曾将她浑然包裹的味道。

不能继续往下想了。

谢星摇默默垂头。

她心乱如麻,并未觉察身边少年不动声色的一瞥。

晏寒来的心情不比她好。

他昨日酒意上头,行事冲动,不知怎么就应下她的请求,如今回想起来,烦闷不堪。

她最好是忘了。

但在谢星摇自房中开门的一霎，晏寒来分明见到她耳根上的薄红。

……很烦。

"你们俩怎么不说话？"月梵正和温泊雪兴致勃勃地讨论菜单，见他们二人正襟危坐，抬眼投来一道目光，"昨天晚上，不会发生了什么事情吧？"

她用了开玩笑的口吻，谢星摇与晏寒来却是异口同声："没有。"

这样一来，反倒显得欲盖弥彰。

"一切正常。"谢星摇反应飞快，轻声补充，"只不过我一直吵吵闹闹，给晏公子添了点儿小麻烦。"

月梵露出了然之色。

"那你恐怕把他折腾得够呛。"她说着笑笑，递来一份菜单，"今早我们遇上晏公子，发觉他染了风寒。"

说者无心听者有意，乍一听见这句"折腾得够呛"，谢星摇本打算通过喝茶缓解紧张，被呛得重重一咳。

所以当她见到晏寒来，对方脸上才会那样红。

修仙者不是不易受冻着凉吗？难道是因为她昨晚……

谢星摇不敢继续往下想。

她心怀鬼胎，只能讪笑一声，身侧的晏寒来倒是面色淡淡："无碍。"

声音果然是微微发哑的。

怎么办？

若是向他挑明，指不定会得来什么冷嘲热讽，让二人之间的关系越发尴尬；然而若是装傻充愣，晏寒来何其聪明，定能看出她已回想起了大半。

就这样一字不提地糊弄过去，谢星摇莫名觉得，自己像个不负责任的渣女。

她思来想去纠结不已，猝不及防，听见一道熟悉嗓音："你们也在这儿！"

谢星摇循声回头，望见易容后的昙光。

"昙光小师父！"温泊雪笑，"你怎么到幽都来了？"

《天途》原文里，主角团在绣城与昙光相遇，依依惜别后，并未在幽都见到他的身影。

昙光露出一个浅笑："我来宣讲佛法。"他说完又愤愤传音，"还不是因为《合欢宗养鱼手册》！绣城副本结束以后，它给出的下一个任务地点就是这里——来来来，快让我躲躲。"

谢星摇好奇："躲躲？"

昙光迅速搬来一把木椅，坐在温泊雪身侧，低声开口："实不相瞒，我遇到了个麻烦。"

月梵心有所感："不会是——女人吧。"

昙光义正词严："这次的麻烦和养鱼无关！"

他传完音，抿唇轻咳一下，试图在晏寒来面前维持佛门中人应有的道骨仙风。

"诸位应当知晓，这幽都群妖丛生，而妖族向来大胆热情，民风开放。"

谢星摇认真聆听："然后呢？"

"一炷香前，我行于长街之上，不慎与一女妖迎面撞上。那女妖声称对我一见钟情，要将我带回她的老巢，我百般拒绝千般顽抗，她竟对我兴致愈浓，死死缠着我不放。"

老实人温泊雪怔怔点头："这位女妖，倒也算是心比金坚。"

"什么啊！"昙光悲痛咬牙，"她信誓旦旦，要我去当她第一百八十三个宠侍！"

一百八十三。

"这就是……"月梵传音入密，"养鱼者，终被鱼养？"

"太厉害了。"谢星摇由衷佩服，"这位不拿《合欢宗养鱼手册》，屈才啊。"

温泊雪大受震撼，呆呆说不出话。

"其实她看上我，有个很重要的原因。"昙光扶额叹气，"《合欢宗养鱼手册》给每个类型的攻略对象都做了等级划分，分为上品、中品、下品——几天前，我在幽都遇上个小贼，一本复印件被偷走了。"

谢星摇："然后几经辗转，不知怎么就到了她手上？"

昙光颇为无奈，拼命按揉太阳穴："嗯。而在那本分类里，'不染凡俗清冷高僧'属于上上品。"

虽然就昙光小师父本人而言，似乎和其中哪个词都沾不上边。

但月梵还是用灵力拍拍他的肩头，以示安慰。

"她一路跟着我，应该快找到这儿了。"

昙光收敛动作，弓身一缩，忽然想到什么，神色骤凛。

"等她出现……温道长和晏公子务必小心。"

温泊雪："啊？"

"你，高岭之花仙道天才。"昙光指一指他，又看一眼晏寒来，"他，桀骜阴戾妖族少年，都是上上品。"

他说罢蹙眉，竭力思忖脱身之法："上上品，这上上品……"

话音未落，客栈门外一阵喧哗。

掌柜小厮纷纷迎门而出，谢星摇抬眼望去，听见掌柜含笑道："您怎么来了？请进请进！"

来者应当是个大人物。

她心生好奇，目光一动。

正午日光大盛，映在门槛好似碎金点点。

淌动的淡金色流光里，现出一袭黑裙。

沉沉威压铺开，身形高挑的女人踏入门槛。

昙光又往角落缩了缩。

黑裙女人修为极高，相貌瑰丽妖冶，仍停留在二十多岁的模样，一双桃花眼潋滟生姿，目光含笑，徐徐落在他们几人所在的桌上。

"有个问题，"月梵悄声，"这位……究竟是何许人物？"

昙光的嗓门比她更小："幽都数一数二的大妖，雀知。"

雀知。

这个名字有些耳熟，谢星摇细细回想。

《天途》原文里，主角团经过一场恶战，终于重创幽都城主。

奈何对手已入化神，双方修为差距太大，主角团始终无法给出致命一击，千钧一发之际，正是雀知出面，将其降伏。

如果原著无误，这应当是个队友。

而她与城主的修为，处在同一水平线上。

原文只说她生性不羁，可从未提过那一百八十多个宠侍。

"谭光现小师父。"黑裙女人展眉一笑，红唇不点而朱，微微上扬，"许久不见。"

昙光勉强笑笑："其实也就一盏茶不到。"

雀知毫不在意他的冷淡，双目上挑，逐一扫过桌前众人："这几位，可是小师父的好友？"

她目光缱绻温柔，自带一抹蛊惑人心的姝色，飘忽几许，落在距离最近的温泊雪身上。

"若我没猜错，这位应当是个仙门道长。"

"不……不……不好了！她果然……"昙光心中警铃大作，赶忙传音，"温道长，还记得我刚刚制订的计划吗？"

女妖的视线毫无遮掩，温泊雪社恐发作，被她看得心慌，急急应了声"嗯"。

雀知垂眸笑笑："不知小道长何名何姓？"

温泊雪咬牙："何必如此大费周章，不如开门见山。"

雀知一愣："嗯？"

"对我感兴趣的女人有很多。"温泊雪竭力挤出笑意，"你要学会在她们之中脱颖而出，拿出你的优势。"

雀知来不及开口，便听身侧的白衣青年继续道："其实我更喜欢小鸟依人的姑娘，但既然你如此执着，我可以给你一个得到我的机会。"

谢星摇握紧右手："代入感太强，拳头硬了。"

月梵猛地喝下一大口凉茶："你不是一个人。"

雀知笑得勉强："稍等，稍等。小道长，我不过来问问你的名姓，不至于牵扯这么多有的没的。"

"从进门开始，你就在偷偷看我，分明是有了非分之想。"温泊雪正色握拳，念出识海里昙光传来的最后一句台词，"别装了，眼神是骗不了人的，姑娘，莫要口是心非。"

黑裙女妖面色微冷，无言垂头，手中凭空现出几张白纸。

目光流连其上，往下往下再往下，翻到后面几页，终于停住。

下品：普信男

他明明看起来那么普通，却偏偏那么自信。

在他眼里，他魅力四射、风流倜傥，平平无奇的相貌是他的本钱，泯然众人的气质是他的珍宝，值得被世上所有女人疯狂迷恋。

看他一眼，你爱他；问他名字，你爱得不可自拔；稍作关心，你此生非他不嫁。

和你在一起，是他纡尊降贵；你若不感激涕零，是你狗肺狼心。

雀知：什么叫下头。

这就是下了大头。

觑见女妖神色，昙光暗暗松下口气。

计划成功了。

既然雀知对"上品"情有独钟，那他就反其道而行之，表现出"下品"的基本素养,让她火速失去兴趣。

现在看来,一切顺利。

黑裙女妖眼中亮色稍稍暗下,视线一动,顺势盯住温泊雪身边的昙光。

要论靠谱,还是清冷佛门弟子。

虽然她和这个小和尚没说过几句话,但看他谪仙般的长相,性子应当不差。

她正要开口,听得一声低笑。

"哎呀——"昙光捂嘴轻笑一声,翘起兰花指,轻拍温泊雪肩头,"温道长不要如此敏感嘛,雀知姐姐为人热情,说不定只是想来交个朋友。"

"我惊了。"谢星摇没忍住背后涌起的鸡皮疙瘩,"这是什么灵异事件。"

"太恐怖。"月梵目露惊恐,"我有生以来头一回体验到,什么叫午夜凶零。"

昙光:"我很不容易好吗!"

"抱歉呀雀知姐姐。"昙光又一次掩唇,笑得花枝乱颤,"温道长就是这么个性子啦,你多担待担待,不要生气——"

她梅开二度地沉默无言,缓缓低头。

在紧挨着"普信男"的词条上,几行大字映入眼中。

下品:姐妹男

毋庸置疑,他是你最贴心的姐妹。

兰花指是他的标配,捂嘴轻笑是他的必备。

危险来临,他叫得比你更响;逛街购物,他笑得比你更欢。

时代姐妹花,非他莫属。

她不懂,她也不明白。

这是群什么玩意儿啊?

都说人以群分,这句话果真不假。

放眼望去,桌上还剩下一个相貌颇佳的少年人。

雀知轻挑眉梢。

她身为幽都数一数二的大妖,早就厌倦了枯燥无味的修行。

不少人族称她顽劣不堪,实则是他们古板迂腐,不懂随心而为的乐趣。

这世上有那么多有趣的好东西,何苦一味追寻长生大道。喜欢的就拿来,想要的便得到,纵心随性,岂不美哉。

至于她，偏生就爱美人。

角落里的少年五官精致，面上沁了薄薄一层粉色，衬得肤如白玉，身如青松，只是神色冷淡，必然是个不好对付的硬茬。

不过……驯服刺猬的过程，才最是有趣。

"她看过来了。"谢星摇伸手，在桌下碰碰他的胳膊，"晏公子。"

晏寒来不太想说话。

昙光给他的人物设定，是个痞里痞气的二流子。

晏寒来自尊心作祟，晏寒来拒绝表演，晏寒来一言不发。

这女妖显然是个风流之辈，她若死死纠缠，拔刀相待便是。

另一边，雀知已然开口："这位公子是——？"

昙光："晏公子！"

温泊雪十足紧张："晏公子！"

谢星摇又一次戳他胳膊。

晏寒来薄唇紧抿，心烦意乱间，因风寒轻轻一咳。

他闭着嘴，身形轻颤，只能听见低低一道气音。

耳边蓦地安静。

下一刻，陡然传来昙光的惊呼："快帮帮晏公子，他又开始打奶嗝了！"

女妖恍惚低头，彻底灰暗的视线，来到手册最后一页。

这是无人问津的角落，攻略者的地狱。

下下下品：奶嗝男

　　他，又软又奶的男孩子，嗓音嗡嗡、面带绯红的男孩子，不高兴时会双眼泛出粼粼水光、委屈巴巴打奶嗝的男孩子。

　　你的专属小奶包，撒娇他最擅长。

　　注：不要靠近，不要靠近，不要靠近！

再看那青衣少年，果真双颊泛红、目露水色，嗓音低哑，如同小气泡。

"好羡慕。"昙光煽风点火，"晏公子，好奶好会，我模仿多年，总是学不到精髓，呜呜。"

温泊雪出言应和："晏公子，奶奶的，很贴心。"

方圆几丈之内，陷入一片寂静。

谢星摇仔细回想了一下，发现一个可悲的事实——

自她来到修真界以后，就时常会遇上这种突如其来的集体沉默。

四面八方的食客欲言又止，绝大多数低着脑袋，目光上挑，悄悄瞟来。

万幸，好一会儿，空寂的识海里，终于响起一道传音。

昙光单手扶额，语气悲痛："晏公子，对不起。"

温泊雪面如死灰，不敢抬头："晏公子，想想一辈子里开心的事情，今天很快、很快就会过去了。"

月梵："……唉，都是为了生存。"

晏寒来面无表情，耳根潮红更凶。

雀知盯着他面上的绯色，沉默了好一阵子。

她的脑子飞速运转，尝试找出一丝半点的现实逻辑，来解释这群人为何如此不正常。

然而她沉思许久，也只能得出一个模棱两可的结论。

——物以类聚，人以群分。

他们的关系，一定十分要好。

"雀知姐姐——"昙光双手并拢撑起下巴，直至此刻仍在维持人设，"你三番五次来找我，是有什么事儿吗？人家有点儿累了，好想回房睡觉。"

月梵咬牙："咱们稍微正常一点儿行不行？你这已经超越了姐妹的范畴，简直就是个绿茶嗲精。"

谢星摇刚刚从"晏寒来打奶嗝"的震惊中缓过神来，还没来得及喝一口茶，就被他吓得战栗一下。

雀知很是勉强地勾了勾嘴角。

"其实也没什么事，只是觉得小仙长们很合眼缘，想来交个朋友。"她干笑几声，"各位若是……有事在身，我就不多做打搅了。"

昙光依旧入戏，"咯咯"笑不停："姐姐可是在夸我们生得好看？多谢姐姐。"

谢星摇轻咳："我怎么觉得，他似乎很享受这个过程。"

月梵："完全沉浸其中了属于是。"

温泊雪只想竖起大拇指："好有戏，天生的演员！"

昙光以一人之力撑起整场演出，雀知似是被他吓到，堂堂一个将近化神级别的大妖，生生后退了一步。

她对美人的兴趣来得快去得也快，亲身经历此情此景，只恨不能夺门而出，当即笑道："那我……"

她本打算告辞的。

然而客栈之中喧哗声起，掌柜发出又一道惊呼："您……您怎么也来了？快请进快请进，有失远迎，对不住大人。"

雀知蹙眉回头，谢星摇亦是撩起眼皮，循声望去。

但见掌柜点头哈腰，站在大门做了个"请进"的手势，旋即一袭长衫跨入门槛，身后跟着好几个小孩。

谢星摇愣了愣。

进入客栈的，居然是那位修真界内首屈一指的大富商，陆尚。

他身形略有佝偻，苍苍白发被太阳映出几缕金辉，身上的灰色长衫看不出材质，但剪裁工整，纹路清晰，明显价值不菲。

与之相比，跟在他身后的孩子们显得有些寒酸。

三男三女，一共六个小孩，绝大多数穿着大街上随处可见的粗糙衣物，有个男孩子甚至满身灰扑扑，衣服领口挂了好几个补丁。

掌柜心有疑惑："大人，您这是——"

"哦，在街上遇到几个孩子，带他们来吃顿饭。"老人朗声笑笑，瞳孔虽已浑浊不清，却不显颓丧之色，"把你们这儿最好的主菜，全都摆上来吧。"

他说着一顿，看向身侧的几个小孩："你们有忌口的食材吗？"

有个小姑娘怯怯应声："我……我不喜欢芹菜和苦瓜。"

她身边的男孩鼓起勇气："我讨厌香菜。"

陆尚一笑："那就去掉这些。"

"好嘞！"掌柜迈步向前，来到一处宽敞明亮的大桌，"您老觉得，坐在这桌如何？"

陆尚："就这里吧。"

"哇。"温泊雪悄然道，"我还以为像陆尚前辈这号人物，吃饭只会去双喜楼呢。"

"笨，谁会带着孩子去酒楼啊。"月梵觑他一眼，"而且这家客栈是幽都里的头号招牌，如今正值摘星节，若不是意水真人为我们早早订下，等客栈爆满，我们压根进不来。"

昙光有感而发："意水真人是谢师妹和温师兄的师父吧？看不出来，他对你们还挺好的。"

他们暗暗传音，那边六个孩子已随陆尚坐好。

一个小女孩抬头看他，语带期盼："爷爷，后来怎么样了？"

"后来？后来魔兽狂吼一声，那叫一个地动山摇，天崩地裂，九死一生之际，忽有一道身影咆哮而来——"

陆尚正色："竟然是龙！"

孩子们齐声："哇——"

"如果真有龙就好了。"问话的女孩低低轻喃，神色失落，"我哥哥不见了四天……希望龙把坏人除掉，尽早带哥哥回家。"

谢星摇离得近，听见雀知冷冷一嗤。

温泊雪压低嗓音："陆尚前辈对龙的传说好执着。"

"但修真界里的最后一条龙，在几百年前就被斩杀了。"昙光挠头，"我听说曾经的幽都之所以叫作'伏龙道'，就是因为最后一条龙在这里陨落，很多人都见证了历史。"

"这个名字很好听啊。"月梵想不通，"为何会变成如今的'幽都'？"

昙光："因为觉得'伏龙道'不够吉利。"

谢星摇与月梵同时发出一声讪笑。

实不相瞒，二者相较之下，还是"幽都"更像从坟堆里爬出来的地方。

"其实不仅仅因为不吉利。"毫无征兆地，一旁的雀知竟淡声开了口，"龙灭族数百年，早已沦为被人遗忘的上古之兽，同我们无甚关联。"

它的存在太过久远，近乎模糊不清。

女妖悠悠抬眸，目光掠过大堂，落在远处白发苍苍的老人身上。

雀知道："如今在这世上，恐怕只有像他这种年岁已高、头脑糊涂之人，才会因为做了场信以为真的梦，从而笃信龙的传说。"

温泊雪一愣："你的意思是，陆尚前辈口口声声说他见过龙，只是因为一场梦？"

"那不然呢。"黑衣女妖懒懒耸肩，"倘若当真有龙，修真界里千千万万的修士和百姓，怎会只有他一人见过？陆尚连'祈寿'和'折寿'都分不清，思绪显然退化不少，还能指望他分清梦境和现实吗？"

这个问题无法反驳，谢星摇又一次看看陆尚。

说起那条从天而降的神龙，老人眼中浊气尽褪，熠熠生光。

他对这个故事寄托了太多情感，甚至不远万里赶来幽都，如果一切都是虚假的幻想，未免有些令人唏嘘。

"不过话说回来，"雀知目光回转，看向谢星摇与月梵，"二位姑娘看起来很是正常……啊不，很是面善，不知姓甚名谁，是何处仙门的弟子？"

你刚刚绝对说漏了嘴，潜台词是他们三个男人不正常吧。

"等等。"月梵敏锐地生出危机感，"这位大妖，她不会男女通吃吧。"

见她面露难色，雀知温声笑笑："这位姑娘不必紧张，我虽名声不好，但绝不会对女子出手。男人作为享乐之物，随意玩玩便是，我可舍不得这样对小姑娘。"

昙光：你真的好直白好诚实啊。

"我叫月梵，是凌霄山弟子。"

月梵对这段话感同身受，当即生出几分好感，逐一介绍在场众人："从左往右，依次是谢星摇师妹、晏寒来公子与温泊雪师兄——至于谭光现小师父，前辈应该认识。"

女妖挑眉，现出惊讶之色："原来是你们！"

月梵一愣："前辈听说过我们？"

"绣城的那件事，近几日传得沸沸扬扬。"雀知搬来一把木椅坐下，懒懒靠上椅背，"有一恶妖食人魂魄，只为增进己身修为，官府一筹莫展，多亏几个年轻仙长将其拿下。诸位皆是少年英才，没想到我今日竟能撞上，真是意想不到。"

她说话时眉梢一动，视线扫过昙光、晏寒来与温泊雪，欲言又止。

他们三个，也挺让人意想不到。

得知他们的身份，雀知兴致更浓，轻扬唇角："凌霄山远在中州，小仙长们来幽都做什么？"

月梵留了个心眼。

她的性子虽是大大咧咧，但绝不愚笨。

《天途》原著里，主角团察觉到仙骨藏匿之地，与城主展开一场死战，到了最终决胜关头，是雀知突然出现，助他们击败反派 Boss。

乍一看来，这位大妖的立场定是站在他们这一边，然而经过前几次的历练，月梵明白，绝不能盲目相信原著剧情。

倘若一开始就暴露目的，指不定会惹上什么麻烦。

"凌霄山有个规矩，弟子修炼一段时日，必须下山历练。"月梵笑笑，"中州仙门众多，下山历练的弟子也多，为了不和其他门派的道友争抢资源，长老特意安排我们来幽都看看。"

谢星摇明白她的用意，飞快应和："还有不少师兄师姐去了南海和北州……我也想去北州看看雪。"

她们的配合找不出漏洞，雀知并未生出怀疑："幽都也有许多有趣的地方，这几天到了摘星节，正值热闹的时候。"

她说罢一顿，眸色微沉："不过……小仙长们既然要下山历练，现今来到幽都，可有找到降妖除魔的任务？"

当然没有。

幽都虽然处处是妖魔，奈何民风异常淳朴，莫说害人性命，连偷盗抢劫的事情都鲜少发生。

再说，他们真正的目的并非下山历练，从没留意过幽都通缉榜上的任务。

"尚未。"谢星摇道，"我们刚来幽都不久，对这里人生地不熟——雀知前辈在此生活多年，不知听说过什么怪异之事吗？"

女妖将他们打量一番，红唇翕动，迟疑地开口："你们方才……应该听见有个小女孩说，她兄长失踪了吧。"

谢星摇点头："嗯。"

看雀知的神色，幽都里的确发生了某件异事。

这应该是个与主剧情无关的支线任务，就算圆满完成，也得不到什么好处。

但她如今的身份是名仙门弟子，在决战之前的这么多天里，比起吃喝玩乐，做些实事显然更有意义。

只不过……雀知的修为临近化神，倘若当真在意某件事，为何要来拜托他们这群小辈？

"其实自许多年起，幽都就陆续有妖魔失踪，一直持续到今日。"雀知沉声，"我暗中调查多年，发现了些许猫腻。诸位是解决了绣城之祸的功臣，我觉得足以信任，便也不瞒你们。"

她蹙了蹙眉，传音入密："失踪之人，很可能与城主有关。"

城主。

谢星摇蓦地怔住。

——这不是幽都的反派 Boss 吗？

本以为是个无足轻重的小任务，没想到竟与城主这个大反派联系在了一起。

她匆匆与月梵交换一道视线，听见雀知的一声轻笑。

"很惊讶是不是？"女妖拈起一缕碎发，满意于他们愕然的神色，低声道，"客栈人多眼杂，几位若是有兴趣，不妨去我府中一坐。"

"离谱。"前往大妖宅邸的路上，月梵暗暗传音，"原著里压根没写过这一茬。"

"那些妖魔的失踪与城主有关，其实有迹可循。"谢星摇道，"他拥有仙骨，要想汲取更多力量，就必须献祭更多魂魄——就像沈修文那样。"

昙光思忖片刻："这就是你毫不犹豫答应跟她回家的原因？逻辑确实能和原著对上。"

谢星摇点点头。

他们虽说不能百分之百信赖雀知，但在原著里，的的确确是她帮了主角团的忙。

倘若她对仙骨怀有觊觎之心，大可在解决城主之后，将主角团一并杀掉——但据《天途》所言，是这位大妖把温泊雪等人送进了医馆。

她觉得，姑且能相信雀知一回。

"正常情况下，仙骨不应该吸收天地灵力、慢慢发育吗？"温泊雪苦着脸，"人心贪婪，当真没有穷尽。他们已经得到了这么好的宝贝，却还是得不到满足。"

谢星摇想到什么，神色微动："这样想来，陆尚前辈就很让人敬佩。在修真界里，其实有夺人根骨的法子，他位高权重，却始终未曾动手。"

知道自己年事已高，命不久矣，老人平静接受了现实，来到幽都参加摘星节后，还会给街边的小孩讲故事听。

他们你一言我一语，不知不觉，来到雀知的宅邸。

——不对。

准确来说，是宫殿。

朱门深深，衬出古意颇浓的红砖琉璃瓦；回廊处处，白玉砌成的长道蜿蜒不绝，勾连始终。

放眼望去，层楼高起，飞檐翘角之上，华美瑰丽的黄金凤凰展翅欲飞，往下则是廊腰缦回，春色融融，尽态极妍。

谢星摇发自内心地震撼很久。

谢星摇："哇。"

温泊雪："天哪。"

月梵："真牛。"

未等他们进门,便有个红衣少年迎门而出,望见雀知,露出欣喜之意:"大人,您回来了!"

他说罢抬眼,逐一环视女妖身侧的陌生人:"这几位是——"

"客人。"雀知笑笑,"进去吧。"

少年立马展颜笑开:"诸位请随我来。"

他生得秀气,笑起来更是明艳至极,好似沾了朝露的海棠花。

谢星摇礼貌地道:"多谢。不知这位公子是——"

雀知脱口而出:"我的第八十九个宠侍。"

记得也太清楚了吧。

谢星摇心中唯有敬佩,海王还真不是一般人能做得了的。

"大人很少带客人回家。"

红衣少年说着侧目,一双丹凤眼流盼生姿,细细看去,眼尾还有颗血红色的小痣。

"看几位皆是龙凤之姿,身份定不一般。"

他话音方落,不远处一道人影闪过。

"雀知大人,"高挑俊朗的玄衣青年踱步而来,微微颔首,"许久不见。"

雀知向他问一声好。

与领路的红衣少年相比,青年的相貌更加成熟冷峻,侧脸线条流畅分明,五官凌厉如刀。

瞥见她身后几人,男子亦是挑眉:"客人?"

红衣少年笑道:"不错。好几个月没见着你,中州有趣吗?"

玄衣青年点头:"尚可。给你们带了些小玩意儿,下午自己来挑。"

"很离谱。"月梵大呼震撼,"这些鱼住在同一个鱼塘里,居然挺和谐。"

少年笑意不减,继续道:"对了,你离开幽都的这段时间,好几个姑娘托我给你送去香包——香包全都通过窗户,放你书桌上了。"

"嗯。"

"离谱到家了。"昙光目瞪口呆,"他们身为大妖的宠侍,居然毫不犹豫地收了人家小姑娘的香包,还能当着大妖的面提起这一茬。"

再看雀知,竟是满面的云淡风轻,仿佛事不关己,优哉游哉。

"怎么了?"许是觉察出他们的注视,雀知"扑哧"一笑,"觉得奇怪?"

她面色如常,语调懒散:"幽都嘛,不就讲究一个随心所欲。我和他们只求你情我愿，其余时候互不干涉——我寻了这么多宠侍，总不能奢望他们对我一心一意吧。"

……太厉害了。

原来这就是传说中大妖的风范。

雀知说罢继续前行，谢星摇乖乖跟在她身后，穿过条条长廊幽道，来到一座小楼前。

顺理成章地，吸引来了不少视线。

谢星摇从小到大这么多年，头一回见到这种场面。

俊秀挺拔的少年青年分散在各处角落，或是清冷出尘，或是白净腼腆，又或是骄纵肆意，无一不对雀知恭恭敬敬，接连上前搭话。

妖族大胆，好几个少年人凑上来询问她和月梵的名姓，谢星摇逐一回答，得来对方的友好微笑。

晏寒来不胜其烦，大概觉得他们太过闹腾，微微蹙了眉头。

"见笑了，他们性格如此，很难管教。"雀知打开小楼房门，"请进。"

谢星摇跨步而入，只见房中空寂昏幽，四下空空荡荡，唯有中央画着一道阵法，一颗浮影石悬在半空。

"这是我搜集来的证据。"

雀知关上房门，指尖掐出法诀，朝着法阵一指。

灵力溢出，将阵法轰然点亮。

下一刻，半空有画面浮现。

谢星摇没再说话，凝神看去。

第一幅画面，夜色深沉，暗如泼墨。

四下悄无声息，城主府中，忽有一簇暗光闪过，稍纵即逝。

月梵皱眉："这是……"

有了之前的经验，她认出这是仙骨之气。

旋即画面一转，来到第二幅景象。

夜半街头，两人迎面走来。

一人是个魁梧青年，另一人身着漆黑斗篷，看不清相貌，只能分辨出大致身形。

二人一左一右，即将擦肩而过时，黑斗篷忽地一顿，轻轻撞上青年胳膊。

这不过是个小小插曲，青年并未在意，径直离开。

没过多久，谢星摇望见无比诡异的一幕——

青年走出半条长街，就在一个拐角，突然消失了踪影。

"这是怎么回事？"昙光看得呆住，"一个大活人，只一眨眼的工夫……他就不见了？"

月梵蹙眉："黑斗篷的动作很可疑，他应当做了什么手脚。"

"不错。"雀知淡声道，"你们倘若见过城主，会发现他的体态与黑斗篷有九成相似。"

"如果这是城主……"温泊雪端详着空中定格的画面，"他是怎么做到的？"

"我也不清楚。倘若我能捋清前因后果，就不会任凭他胡作非为这么久。"雀知摇头，"近百年来，幽都偶尔会有人莫名失踪，有小孩有老人，也有正值壮年的年轻人，彼此之间毫无关联。"

她一顿："很有意思的一点是，浮影石里消失的青年男人，曾声称失踪之事与幽都一位大人物有关，他定会调查到底——据我所知，所有尝试追查这件事的人，全都不明缘由地失踪了。"

谢星摇留了个心眼："前辈是从何处得来这些影像的？"

"我调查多年，矛头渐渐指向城主，却苦于没有证据。"雀知耸肩，"于是我在城主府外潜藏了整整六十天，可惜只得来这些线索。"

城主府中的白光，大可解释为灵力涌现；至于黑斗篷，压根辨认不出身份。

就算假定黑斗篷就是城主，他究竟是如何让人凭空消失的，也是个大问题。

毫无关联的人们陆续失踪，而幽都城主的修为突飞猛进，基本可以断定，城主和沈修文一样，在用魂魄滋养仙骨。

谢星摇想着蹙了眉。

但是……比起沈修文的梦境杀人，他的手段显然不同。

另一边，沉默许久的晏寒来终于开口："前辈已近化神修为，为何要将此事告诉我们这群小辈？"

雀知哼笑一声。

"虽然不知他用了什么手段，但那废物杀人夺魂，绝不会有错。"她缓声道，"穆幽手里有个很神奇的仙家法器，名曰九重琉璃塔，从第一眼见到它起，我就觉得那玩意儿的灵力汹涌到不正常……甚至随着年岁推移，越来越浓。"

谢星摇愣了一愣，半晌才反应过来，"穆幽"正是城主名姓。

不愧是大妖，已经开始称呼他为"那废物"。

月梵恍然大悟："前辈觉得，他在用魂魄滋养九重琉璃塔？"

雀知点头:"方才浮影石里的第一幅情景,城主府内散出了暗光——我当时亲身在场,暗光的气息,正是九重琉璃塔的灵力。"

"破案了!"昙光语带激动,"仙骨很可能藏在琉璃塔里头!"

"穆幽对九重琉璃塔宝贝得很,从不离手,也不让旁人触碰。只不过在他闭关的时候,会把它放在城主府最西边,一处极阴之地。"

极阴之地能有效抑制仙门圣物的气息,不让别人发现。

谢星摇隐隐猜出了雀知找他们来这儿的真正用意。

"极阴之地脆弱非常,但凡有一丝半点别的气息闯入,都会引起他的注意。"雀知颔首,"但……有种气息不同。"

谢星摇毫无迟疑:"仙门灵力。"

雀知点头轻笑:"而且是不能太强的灵力。"

极阴之地里藏匿着九重琉璃塔,而九重琉璃塔,本就是仙家法器。

他们身为仙门弟子,气息能与之巧妙相融,从而不被城主发现。

雀知道:"我之所以找你们过来,是想拜托诸位前往极阴之地,探一探那九重琉璃塔的真面目。我会提前准备好隐匿符,为你们消去凡尘烟火气;至于城主府中遍布的阵法和守卫,不必担心,我自会解决。"

这就是拥有一个富婆作为后援的快乐。

四个字概括:愉悦、轻松。

在原文里,只提到了主角团击败反派魔头,顺利回收仙骨。

其实仔细想想,城主修为飞速增长,怎么可能只依靠了仙骨的力量?

在城主府的某个角落里,一定还藏匿着不少受害者。

他们是死是活、身在何处,直到原文最后,也没人知晓。

谢星摇第一个点头:"我觉得可以一试。"

不过……

她说罢侧目:"晏公子身为妖族,岂不是无法同我们一并前往?"

女妖闻声目光一转,瞥向沉默不语的青衣少年,懒声笑笑:"其实在你们所有人之中,他才是最合适的人选。"

温泊雪一蒙:"什么意思?"

"极阴之地,想想它的名字,除了仙门灵力之外,还有什么气息?"

谢星摇一怔。

……阴气。

只有将死之人才会沾染阴气，晏寒来怎么会有？

晏寒来抿唇无言，雀知并不多嘴，很快转移话题："我不会让几位小仙长做亏本的买卖，这里有几张符纸，诸位还请拿好。"

温泊雪接过符纸，双目一亮："天阶瞬移符！"

月梵立马凑上前："天阶！"

他们都是初出茅庐的菜鸟，顶多用些中阶高阶的术法。

天阶符箓价值千金，哪怕是凌霄山的长老们，也很少有机会用到。

抬眼再看雀知，之前那个一袭黑裙的女妖，已然通体散发着耀眼光辉。

姐姐，他们不太想努力了。

"天阶瞬移符，能听凭心意瞬间移动，不受阵法、空间和幻术影响，远远凌驾于它们之上。"雀知一掷千金，语气如常，"若有危险，尽快离开。"

"多谢前辈！"

温泊雪将瞬移符逐一分给大家，好奇地道："失踪之事与前辈并不相关，前辈为何要煞费苦心追查到底？"

静谧小室里，女妖又一次发出低低哼笑。

她斜倚在窗边，双手环抱，双腿交叉，乍一看去懒散闲适，然而窥其双瞳，却隐隐散开野兽般居高临下的暗光。

"失踪之人的确与我无关，但幽都同我有关。"

雀知挑眉："那废物在这儿惹是生非……很让人不爽，对吧。"

经过一番商议，众人决定今晚动身。

雀知看他们颇为顺眼，留几个仙家小弟子在府中吃晚饭。

月梵对她手中的评级手册很感兴趣，留在小楼和雀知一同鉴赏，昙光为了学习养鱼之法，也选择留下。

至于温泊雪，为了以防万一，正寻了处僻静角落给凌霄山写信，告诉师父倘若他们魂灯闪烁，便来幽都寻找雀知与城主穆幽。

谢星摇对养鱼没什么兴趣，心觉屋子里太闷太暗，先行出了门透气。

正要关门，居然望见近在咫尺的一袭鸦青。

她心下一动："……晏公子？"

晏寒来："透气。"

哦。

他靠得近，携来几缕清新皂香，几乎是下意识地，谢星摇想起今早笼罩在床头的气息。

小楼外是一座花园，姹紫嫣红，争奇斗艳。

她莫名有些紧张，佯装出漫不经心的模样，朝着四周望了望。

与只有黑白两色的城主府相比，这座宅邸华美得有如宫殿，想来雀知的生活很是惬意。

她心不在焉，目光掠过团团簇簇的花草树木，猝不及防，撞上一双含笑的眼睛。

是之前领他们进门的红衣少年。

瞧见谢星摇，他也咧嘴笑了笑。

"仙长们谈完了？"少年快步走来，凤目弯弯，"看你们的样子，应该是第一次来幽都吧。"

他语意轻快，说话时头顶一动，扑簌簌冒出一对雪白的猫咪耳朵。

呜哇。

谢星摇窒住呼吸——是兽耳控的福音！

平日里的雀知前辈，一定能随心所欲地揉捏各种毛茸茸。

觑见她的神色，少年笑意更深："姑娘对我的耳朵很感兴趣？"

谢星摇从不吝惜夸奖，诚实点头："很漂亮。"

"倘若喜欢——"头上猫耳一晃，他眯了眯眼，"姑娘想不想体验一番幽都的节庆传统？"

他说得隐晦，谢星摇先是一怔，继而明白过来意思。

今时今日的节庆传统，可不就是结契吗？

想起来了。

绣城的霓笙城主说过，妖族对气味十分敏锐，而她身上的气息，恰是他们中意的一种。

类似于猫薄荷。

至于眼前这位红衣少年，一看就是个撩拨人心的高手。

谢星摇不由得暗暗惊叹，她本以为雀知是唯一的食物链顶端，没想到偌大一个宅院卧虎藏龙，个个都是海王海后。

她没有结契的心思，尚在思考如何礼貌拒绝，毫无防备地，听见身后一道清冷少年音：

"将结契说得如此清新脱俗,想必公子已同不少人一并体验过'节庆传统',着实厉害。"

这又冷又拽的语气,这呛死人不偿命的话术。

谢星摇回头一瞧,望见晏寒来冷淡的神色。

红衣少年被他说得笑容一僵,紧随其后,园中又响起另一道陌生嗓音:

"这位仙长所言不错,短短一天工夫,你已与二十多个姑娘结了契约,累不累呀。"一名披发青年自墙头轻盈跃下,桃花眼含笑一勾,"要说结契,还是我比较适合。"

红衣少年冷声笑笑:"你不也有十八个?"

"这有什么!"青年耸肩,"这位姑娘生得好看,气味也好闻,没有结契对象实在可惜。结契绳只能临时生效,根本算不了正式结契——就当交个朋友。"

妖族生性不羁,雀知的宠侍更是如此。

在他们眼中,已将结契绳看作了随意分发的玩具,当不得真。

谢星摇目光一动,不知怎么,突然想起晏寒来。

他在这种事上格外正经,得知昙光养鱼,甚至毫不留情地出言讽刺过。

于他而言,哪怕是用结契绳临时结下契约,也定然冒昧不得,只会选择倾心之人。

这个念头堪堪浮起,身侧那人骤然出声:"谁说她没有结契对象?"

"等等。"她不理解,"谁说我有结契对象?"

晏寒来没应声。

她心中茫然,为了不让另两名妖族察觉,用灵力悄悄戳了戳他的胳膊。

晏寒来还是没开口。

甚至生硬地挪开视线,故意不看她。

半晌,少年终于传音入密:"他们太烦。"

他生性孤僻,听着他们喋喋不休的说辞,确实会感到心烦。

谢星摇:"所以呢?"

她说话时不动声色地看向晏寒来,对方眼中颇有几分不耐烦的意思,长睫一颤,冷然回应:"幽都妖族最擅纠缠不休,我不介意帮你。"

不介意帮她。

什么意思?

谢星摇呆愣一瞬,反应过来话中深意。

不会吧。

她险些没忍住,下一刻就要惊呼出声:"结……结契,我们?"

晏寒来烦躁皱眉,少顷,勾出一个揶揄轻笑:"怎么,谢姑娘看不上?"

谢星摇:"倒也不是。"

晏寒来神色冷戾,乍一望去好似护食凶兽,显然不是个良善之辈。

而且是只需看上一眼,就让人不敢招惹的那种。

两个妖族闻言怔住,红衣少年抢先开口:"二位莫非是——"

谢星摇:不是。

长发青年略作思忖:"但二位的气息毫无重合,不像是结了契——"

谢星摇:因为根本没有。

"我们何时结契,与二位无关。"晏寒来一如既往地脾气坏,眉眼稍扬,"这样解释,足够了吗?"

谢星摇:你好凶,好像一个坏蛋啊!

两妖不愿多做纠缠,很快告辞离开。

谢星摇仍未从惊讶中缓过神来,耳边本是清净,忽听晏寒来低低出声:"谢姑娘。"

她仓促抬眸。

少年一身沉郁鸦青,立在角落里的树荫下,面上光影浮动,好似迷蒙水流。

当晏寒来伸出左手,五指修长白皙,几道交错的旧伤疤之间,是一根莹白色长绳。

结契绳。

谢星摇眉心一跳:"你怎么会有这绳子?"

摘星节盛大热闹,街头巷尾有不少妖魔在分发结契绳。

但是……以晏寒来的性子,不应该全盘无视,拒绝接受吗?

譬如她,就逐一婉拒了。

晏寒来语气平平,听不出起伏:"被人硬塞。"

他说罢抬眼,神色中无甚柔情,只能窥出嘲弄与不耐:"谢姑娘,幽都人多眼杂,倘若妖魔鬼怪纠缠而来,只会延误正事。"

虽说有理有据,只要与他结契,就能摆脱不少纠缠,不过吧……

这只狐狸的态度,实在让人不爽。

谢星摇接过白绳一端,敛眉冷哼:"那我还得多谢晏公子,情愿做出伟大牺牲，为我排忧解难。"

她阴阳怪气，晏寒来却是低笑一声，似乎心情不错。

结契绳的质感很是神奇，毫无普通绳索的粗糙之感，似水似冰，沁着股清凌凌的凉意。

谢星摇垂头打量："这个应该怎么用？"

她话音方落，便有一阵清风拂过。

晏寒来微微俯了身子，食指骨节分明，触上结契绳顶端。

他的动作极轻极缓，带着点儿轻慢之意，指节一蜷，将绳索缚在她指尖。

谢星摇低头看着结契绳，没察觉少年轻扬的嘴角。

晏寒来很难说清自己此刻的情绪。

来到幽都以后，许多事情远远超出他的意料——

譬如变成狐狸被她抱进怀中。

譬如用十分笨拙的理由提出结契，心中因为这个愚蠢的说辞暗暗发笑。

譬如瞥见谢星摇抗拒的神情，心中涌起古怪的干涩，阵阵发闷。

又或是走在街头，鬼使神差地收下一根结契绳。

若是以往，他不会看这绳子哪怕一眼。

结契绳被套上她指尖，晏寒来不动声色，静默无言。

心中那些酸涩肿胀到几近窒息的感受，在这一瞬间悄然化开，尘埃落定。

"对了。"谢星摇摸摸鼻尖，"那个，昨天夜里，多谢晏公子。你的风寒还好吧？"

晏寒来："嗯。"

她还想问问小白狐狸的事情，又担心说出来徒增尴尬，犹豫的间隙，听晏寒来冷声道："怎么？"

"……没什么。"谢星摇决定转移话题，"我只是在想，我们应该是所有结契之人里，最没有诚意的一对了。"

晏寒来不明所以，撩起眼皮。

"你看啊，结契的理由只是为了身边能清净一点，过程也很敷衍潦草。"她说着笑笑，"不过……反正也不是真的，没必要有诚意。"

晏寒来本是握着另一端结契绳，即将缠上自己指尖，闻言动作骤停，投来冷淡一瞥。

谢星摇没觉得有什么不对："怎么了？"

空气里沉寂一瞬,她身前的少年忽然轻哂一下,笑出低低气音。

再眨眼,白绳蓦地腾起。

谢星摇心口跳了跳。

四下寂静,晏寒来依旧表现得不以为意,任由结契绳凌空而上,触及他的脖颈。

意识到即将发生的事情,她耳后轰然涌起一缕热流。

绳索白而纤细,悠然环上身前那人的侧颈,继而从后往前,在咽喉打上死结。

于是恰好勒住他最为脆弱的喉结。

晏寒来莫不是……疯了吧。

园中树影斑驳,荫翳沉沉,与跃动的太阳光斑一并倒映于少年眼底。

他眼中噙了散漫的笑意,眼尾则是病弱中的浅淡绯色,五官被光影渐渐勾勒,倨傲、冷漠,带着野兽一样的张扬戾气。

但他脖颈之上,缠绕的白绳逶迤而下,寻其源头,正被一个小姑娘握在手心。

如同缰绳,抑或驯服的项圈。

谢星摇很没出息地感到了心跳加速。

"谢姑娘。"

契约达成,晏寒来好心情地开口。

因染了风寒,清越少年音略显低哑,裹挟出一丝浅淡笑意。

"像这样,算不算有诚意?"

谢星摇脑子里一团糨糊。

谢星摇有点儿蒙。

谢星摇勉强保持几分理智,开始认真推理。

已知晏寒来一向对所有人爱搭不理,和她尤其不对盘。

又知雀知的宅邸宠侍遍布,个个都是养鱼能手,经验老到且丰富,而幽都妖魔,大多懂得易容术。

合理推断,眼前站着的这人很可能并非晏寒来本狐,而是某个伪装成他模样的妖族。

瞥见她若有所思的神情,晏寒来冷声笑笑:"虽然不知谢姑娘在想什么……倘若这副不大聪明的表情被旁人见到,恐怕会有损凌霄山的名头。"

一副恶作剧得逞的讥嘲神色。

很好，他还是他，从没变过。

之所以把结契绳缚上脖子，应该只是为了唬住她，看她呆愕的表情。

……应该。

"这个临时契约，等摘星节结束就会自动消退吧。"

谢星摇压下心中翻涌的情绪，给自己暗下一个清心诀。耳后热意褪去，她指尖一动，引得白绳随之收拢。

于是晏寒来的喉结也上下滚动，无言垂眸，向她皱了皱眉头。

谢星摇默默停下动作。

"我听说，与身体的一部分相连后，结契绳会以灵力作为载体。"她不敢用力也不敢动，只能轻咳一声缓解尴尬，"只要在识海里对它做出指令，结契绳就会自行消失和出现。"

千里姻缘一线牵，绑上这条绳索之后，只要二人身在幽都，无论相隔多远，都能被紧紧相连。

晏寒来："嗯。"

"那，"谢星摇看他一眼，"我让绳子消失啰。"

晏寒来不置可否，是默认的意思。

白绳缓缓消散，直至不见踪影。

这分明只是一场你情我愿的协商，谢星摇却不知怎么，诡异地生出了一丝窃玉偷香的做贼心虚。

停停停，打住。

这个想法过于离谱，她不敢继续往下想，飞快把它赶出脑子。

正值这个当口，花园外响起几声窃窃私语。

向着园外探去，谢星摇见到三个青竹般的小少年。

其中一位的脑袋上，还顶着个雪白色兔子耳朵。

幽都百姓大多淳朴热情，见她抬眼，小少年们纷纷咧嘴一笑，友好地挥一挥右手。

谢星摇正要抬手打招呼，却见手上的结契绳陡然出现。

细绳莹白，通体氤氲着澄澈灵力，在翠色树荫的映衬下格外清晰，悠悠连接她的一根手指，以及晏寒来白皙的脖颈。

小少年们热情好客，还在思索着要不要上前搭话，猝不及防望见这根绳子，皆是一怔。

再看她身侧的青衣少年，眸色淡淡，目光冷然，虽然并未表现出凶神恶煞的恶意，但着实叫人发怵。

好凶。

结契绳虽然不算正式契约，但在幽都的传统里，当众将其显露而出，无疑是一种张扬的挑衅——

类似于野兽护食，警告同类们不要靠近。

更何况，这还是一只凶巴巴的、生人勿近的野兽。

叽叽喳喳的谈话声渐渐停下，小少年们察言观色，最终朝她礼貌笑笑，一溜烟跑开。

这根绳子，绝对不是由她召唤出来的。

谢星摇心有所感，蓦地抬头。

"试试功效。"

晏寒来语气平静，看他模样，浑然对结契绳生不出兴趣。

"看起来尚可。"

一句话说完，灵力缓缓下压，结契绳随之消失不见。

其实你就是独来独往惯了，不喜欢身边吵吵闹闹，所以故意把那些小妖吓走了吧。

除了"毒舌"以外，谢星摇暗暗给他贴上一个标签：幼稚。

想了想，又补上一个：坏家伙。

"对了，"不久前小楼里的对话犹在耳边，谢星摇想起雀知的欲言又止，试探性开口，"雀知前辈说……你是前往极阴之地的最佳人选，为什么？"

晏寒来沉默片刻，唇角微勾："谢姑娘不是不会刨根问底吗？"

"这不叫刨根问底。"谢星摇不假思索，"这是出于同伴之间的关心。"

她这个回答又直又快，全然在对方的意料之外。

晏寒来罕见地愣了愣，好一会儿，却只是漫不经心地告诉她："抱歉，无可奉告。"

他总是把秘密藏在心里，不愿对任何人诉说。

谢星摇清楚自己几斤几两，凭她和晏寒来的交情，还远远达不到能让他无话不谈、推心置腹的程度。

她没再追问，把话题移开："这次去城主府，务必小心。"

晏寒来低笑一下："这句话，还是送给谢姑娘更合适。"

她就不该指望这只狐狸到头来能说出什么好话。

好在谢星摇早已习惯他的性子,并未针锋相对地回怼,而是语气如常,轻声开口:"若是遇上不好的事,大可告诉我和师兄师姐。"

身侧的少年抬起一双琥珀色眼眸,同她四目相对。

谢星摇笑笑:"我们这群人虽然年纪轻轻、修为不高,但同生共死这么多次,大家已把你当成了朋友。你若有请求,我们定会竭力而为。"

晏寒来静默看她许久,眸中晦暗不明,临近最后,懒散地扬起唇角。

晏寒来:"谢姑娘何时学了煽情这一招,莫非是话本子里的新花样?"

谢星摇:很好。

不愧是原文盖章认定的坏蛋,既然不会说话,以后就不要再说。

她正要回怼,身后传来木门打开的"吱呀"一响。

"摇摇!"

月梵交流完养鱼心得,自楼中小跑而来,望见她和晏寒来,颇为惊讶。

"你们怎么还在花园?这个花园不大,我还以为你们去了别的地方散步。"

不。

其实在这个小小花园里发生过的事情,远比散步复杂许多。

谢星摇张口就来,刻意回避结契之事:"这里的建筑风格很是别致,于是我们多逗留了会儿。"

"谢姑娘很有眼光。"雀知得意地一笑,"这个园子是我请幽都最好的工匠,精心打磨而成的。"

糊弄过去了。

松下一口气的同时,谢星摇心中更多的还是犹豫。

结契的事情……应该没必要告诉其他人吧。

这不过是一根平平无奇的小绳子,等摘星节结束就会消失,毫无重要性可言。

倘若让其他人知道这件事情,免不了要进行一大段口干舌燥的解释,更糟糕的是,还会惹得他们胡思乱想。

谢星摇选择守住这个秘密。

只要到了摘星节结束的那一天,就能装作结契从未发生,而她和晏寒来也能顺理成章,恢复互不相干的关系。

应该不会出问题……吧?

图书在版编目（CIP）数据

寒夜星来：全2册/纪婴著. — 南京：江苏凤凰文艺出版社，2023.3（2024.3重印）

ISBN 978-7-5594-7409-4

Ⅰ.①寒… Ⅱ.①纪… Ⅲ.①长篇小说-中国-当代 Ⅳ.① I247.5

中国版本图书馆 CIP 数据核字（2022）第 242364 号

寒夜星来：全 2 册

纪婴 著

选题策划	澜 亭
责任编辑	王昕宁
特约编辑	澜 亭
出版发行	江苏凤凰文艺出版社
	南京市中央路 165 号，邮编：210009
网 址	http://www.jswenyi.com
印 刷	三河市嘉科万达彩色印刷有限公司
开 本	700mm×1000mm 1/16
印 张	34
字 数	593 千字
版 次	2023 年 3 月第 1 版
印 次	2024 年 3 月第 2 次印刷
书 号	ISBN 978-7-5594-7409-4
定 价	69.80 元（全 2 册）

江苏凤凰文艺版图书凡印刷、装订错误，可向出版社调换，联系电话 025-83280257